리 옴 빠

Лиомпа

Юрий К. Олеша

유리 올레샤　　　김성일 옮김

리옴빠
Лиомпа

무엇

일러두기

· 이 책은 유리 올레샤의 *Избранное*(Художественная Литература, 1974)를 저본으로 삼았다.
· 러시아어의 고유명사는 외래어표기법을 따르되 원음에 가깝게 경음으로 표기한 경우도 있다.
· 주는 모두 옮긴이의 주이다.

차례

7	리옴빠 Лиомпа
16	전설 Легенда
21	사랑 Любовь
38	체인 Цепь
51	서커스에서 В цирке
59	예언자 Пророк
69	버찌 씨 Вишневая косточка
85	나는 과거를 들여다본다 Я смотрю в прошлое
99	인간의 재료 Человеческий материал
107	나의 지인 Мой знакомый
117	세상 속에서 В мире
134	알데바란 Альдебаран
147	길동무 잔드의 비밀 기록에서 Кое-что из секретных записей попутчика Занда
165	공원에서의 대화 Разговор в парке
173	오데사의 경기장 Стадион в Одессе
179	5월 1일 Первое мая
189	나타샤 Наташа
195	콤소르그 Комсорг
202	세 이야기 Три рассказа
217	공연 Зрелища
223	우리는 도시 한복판에 있다 Мы в центре города
234	투르크메니아인 Туркмен
247	작은 거울 Зеркальце
253	회상 Воспоминание
261	꾀꼬리 Иволга
268	친구들 Друзья

275	작가 연보
278	옮긴이의 말
281	편집 후기

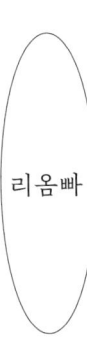

리옴빠

소년 알렉산드르가 부엌에서 나무판을 대패질했다. 그의 손가락에 난 베인 상처가 먹음직스러운 금빛 나무껍질로 뒤덮였다.

부엌은 마당으로 나 있었다. 봄이었고 문들이 열려 있었다. 문턱 주변에는 풀들이 자라나 있었고 돌 위로 흐른 물이 반짝거렸다. 쓰레기통에 쥐가 나타났다. 부엌에서 잘게 채 썬 감자를 볶고 있었다. 석유곤로에 불을 붙였다. 천장까지 닿는 불길로 멋지게 시작된 석유곤로의 삶은 고분고분한 푸른 작은 불꽃으로 마감되었다. 주전자 안에서는 계란들이 보글대며 뛰고 있었다. 거주자 한 명이 새우를 삶고 있었다. 그는 살아 있는 새우의 옆구리를 두 손가락으로 잡았다. 새우는 연초록빛이 감도는 상수도 색깔이었다. 갑자기 수도꼭지에서 물 두세 방울이 저절로 떨어졌다. 수도꼭지가 조용히 코를 풀었다. 그다음에 위쪽에서 파이프가 몇 개의 목소리로 말하기 시작했다. 그러자 순식간에 황혼이 찾아들었다. 유리컵 하나만이 창턱 위에서 계속 빛나고 있었다. 유리컵은 쪽문 사이로 마지막 햇빛을 받고 있었다. 수도꼭지가 이야기를 늘어놓았다. 곤로 주변에서 갖가지 움직임과 삐걱대는 소리가 시작되었다.

멋진 황혼이었다. 사람들은 해바라기 씨를 먹었고 여기저기서 노랫소리가 들렸다. 방을 밝힌 노란 불빛이 보도로 흘러내렸고 음식점의 불빛이 밝게 빛났다.

부엌 옆에 있는 방 안에 중병에 걸린 환자 포노마레프가 누워 있었다. 그는 방에 혼자 누워 있었다. 초 한 자루가 타고 있었고 약이 담긴 목이 긴 유리병이 머리맡에 놓여 있었다. 유리병에는 기다란 처방전이 붙어 있었다.

친지들이 방문하면 포노마레프는 말했다.

"축하해줘요, 나는 죽어가고 있으니."

저녁 무렵이 되자 그가 헛소리를 하기 시작했다. 유리병이 그를 바라보았다. 처방전이 마치 치맛자락처럼 길게 늘어졌다. 목이 긴 그 유리병은 결혼식을 올리는 공작부인이었다. 유리병은 '고관대작의 명명일'[*]이라 불렸다. 환자가 헛소리를 했다. 그는 논문을 쓰고 싶어 했다. 그는 이불과 대화를 나누었다.

"그래, 넌 부끄럽지도 않단 말이야?…" 그가 속삭였다.

이불은 옆에 앉아 있다가 나란히 눕기도 했고 밖에 다녀와서

• 러시아에서는 아기가 태어나 8일째 되는 날에 세례를 주고, 세례를 준 날에 그리스 정교 달력에서 기념하는 성인의 이름을 따서 세례명을 지었다. 명명일이란 세례명을 따온 성인이 기념되는 날을 뜻한다.

새로운 소식을 전해주었다.

　몇 가지 물건들이 환자 주변에 있었다. 약, 숟가락, 촛불, 그리고 벽지였다. 나머지 물건들은 떠나버렸다. 자신이 중병이 들었고 죽어간다는 것을 이해했을 때, 그는 사물의 세계가 얼마나 거대하고 다양한지 이해했고 자신의 권역 안에 남은 것이 얼마나 적은지도 이해했다. 하루가 다르게 물건들의 수는 줄어들었다. 철도 승차권처럼 흔한 물건도 그에게는 이미 돌이킬 수 없이 머나먼 것이 되어버렸다. 처음에는 그로부터 멀리 있는, 주변부에 있는 물건들의 수가 줄어들었는데 다음에는 줄어드는 수가 중심 쪽으로, 그를 향해, 심장을 향해, 마당으로, 집으로, 복도로, 방으로 갈수록 빨리 다가왔다.

　처음에는 물건들이 사라지는 일이 환자에게 향수를 불러일으키지 않았다.

　나라들이 사라졌고 아메리카가 사라졌다. 아름다워지거나 부자가 될 가능성이 사라졌고 가족이 사라졌다. (그는 독신이었다.) … 이런 사라짐에 대해 질병은 아무런 관계도 없었다. 그가 늙어감에 따라 이런 것들이 슬그머니 떠나가버렸다. 진짜 고통이 찾아든 것은 언제나 그와 함께 움직여왔던 물건들 또한 그로부터 멀어지기 시작한다는 점이 분명해졌을 때였다. 말하자면, 어느 날 하루 만에 길거리와 일, 편지, 말馬이 그를 떠났다. 그러더니 이제는 옆에서, 바로 곁에서 재빨리 물건들이 사라졌다. 복도가 그의 힘이 미치는 범위에서 스르르 사라졌고, 방 안에서도 바로 그의 눈앞에서 외투, 문의 걸쇠, 장화가 의미를 잃었다. 그는 자신에게로 이르는 길 위에서 죽음이 물건들을 무지막지하게 박살내고 있음을 알았다. 쓸데없이 엄청나게 많은 사물들의 총수량에서 죽음이 그에게 남겨놓은 것이라고는 겨우 몇 가지 정도였는데, 그마저도 그가 그렇게 할 힘이 있었더라면 절대로 자기 집에 들여놓도록 놔두지 않을 물건들이었다. 그가 받은 건 은근한 찔러봄이었다. 그는 친지들로부터 무서운 방문과 시선을 받았다. 그는 평소 부탁해본 적도 없고, 필요하다고 생각해본 적도 없는 이 물건들의 침입으로부터 자신을 방어할 힘이 없음을 깨달았다. 그런데 지금은 이 은근한 찔러봄이야말로 유일하고도 어찌해볼 수 없이 확고한 것이었다. 그는 사물을 선택할 권리를 잃었다.

소년 알렉산드르가 모형 비행기를 만들었다.

이 소년은 다른 사람들이 생각하는 것보다 훨씬 더 복잡하고 진지한 아이였다. 그는 손가락을 베어서 피를 흘렸고 온통 대팻밥을 흩어놓았다. 풀을 흘려서 여기저기 얼룩을 만들었고 끈덕지게 졸라서 실크 천도 얻어냈다. 엉엉 울다가 뒤통수를 맞기도 했다. 어른들은 자기가 절대로 옳다고 믿는다. 그런데 이 소년은 아주 어른처럼 행동했을 뿐 아니라, 한 걸음 더 나아가서 소수의 어른들만 할 수 있는 방식으로 행동했다. 그는 과학이 가르치는 대로 행동했다. 모형은 설계도에 따라 만들어졌고 여러 가지 계산도 이루어졌다. 소년은 여러 법칙들을 알고 있었다. 그는 어른들의 공격에 맞서 여러 법칙을 설명하고 실험을 해보일 수도 있었지만 입을 다물고 침묵을 지켰다. 자기가 어른들보다 더 신중하게 보일 권리가 있다고 생각하지 않았기 때문이었다.

고무줄 꼰 것과 철사 줄, 나무판, 실크, 차를 마실 때 쓰는 가벼운 실크 천, 딱풀 냄새 따위가 그의 주변에 널려 있었다. 하늘이 빛났다. 바위 위를 벌레들이 기어 다녔다. 바위 속에 조개 화석이 있었다.

열심히 작업하고 있는 소년에게로 다른 남자아이가 다가왔는데 아주 어린 꼬마로 파란 속바지만 입은 벌거숭이 모양새였다. 그 아이가 물건들을 건드리며 방해하자 알렉산드르는 꼬마를 내쫓았다. 고무줄 바지를 입은 벌거벗은 꼬마가 집 안을 이리저리 다니다가 자전거가 서 있는 복도로 갔다. (자전거는 페달 부분이 벽에 닿은 채로 기대어 세워져 있었다. 페달이 벽지에 긁힌 자국을 만들었다. 자전거는 이 긁힌 자국으로 벽에 지탱되고 있는 듯했다.)

작은 꼬마 아이가 포노마레프에게 다가갔다. 꼬마의 머리가 침대 위로 어른거렸다. 환자의 관자놀이가 마치 맹인의 그것처럼 창백했다. 아이가 환자의 머리 쪽으로 바싹 다가가서 들여다보았다. '수염이 덥수룩한 사람이 방 안 침대에 누워 있다.' 아이는 이 세상은 언제나 이래왔고 지금도 이렇다고 생각했다. 아이는 이제 막 사물을 인지하기 시작했다. 아이는 사물이 존재하는 시간상의 차이를 아직 구별할 줄 몰랐다.

아이는 돌아서서 방 안을 걸어 다니기 시작했다. 그는 나무로 된 바닥재, 널빤지 밑의 먼지, 회칠된 곳에 생긴 균열 등을 보았다. 그의 주변에 여러 선들과 몸의 혈관이 나 있었고 갈라져 있었다. 갑자기 빛의 초점이 생겼다. 아이는 서둘러 그 초점으로 향했지만 한 발을 떼기도 전에 거리의 변화가 초점을 없애버렸다. 아이는 고개를 돌려 위, 아래를 살펴보았다. 페치카 뒤쪽도 살펴보다가 찾지 못하자 당황한 듯 두 팔을 벌렸다. 매초마다 그에게는 새로운 사물이 생겼다. 거미가 놀라웠다. 아이가 '저 거미를 손으로 만져봐야지' 하고 한 가지 생각만 하는 순간 거미는 휙 날아가버렸다.

떠나가는 물건들은 죽어가는 사람에게 이름만을 남겼다.

세상에는 사과가 있었다. 사과는 잎사귀에 싸여 반짝거렸고 살짝 빙글 돌기도 했다. 낮의 한 조각과 정원의 하늘빛, 창틀을 움켜쥐고 자신과 더불어 회전시키기도 했다. 만유인력의 법칙이 나무 아래서, 검은 땅 위에서, 울퉁불퉁한 흙 위에서 사과를 기다렸다. 깨알같이 작은 개미들이 울퉁불퉁한 흙 사이로 기어 다녔다. 정원에는 뉴턴이 앉아 있었다. 사과 안에는 많은 원인들이 숨어 있었는데 더욱더 많은 결과들을 야기할 힘을 가진 원인들이었다. 그러나 그 원인들 중에 포노마레프를 위해 예정된 것은 하나도 없었다. 그에게 사과는 추상이 되었다. 그리고 사물의 물질적 구현이 자신에게 사라지고 추상만 남았다는 사실이 그로서는 고통스러웠다.

'나는 외부세계가 존재하지 않는다고 생각했어. 내 눈과 청력이 사물을 다루는 거라고 생각했고, 내가 존재하길 멈출 때 세상도 존재하길 멈춘다고 생각했어. 그런데… 아직 살아 있는 내게서 모든 것들이 등을 돌리는 걸 똑똑히 보고 있어. 내가 아직 존재하고 있는데도 말이야! 어째서 사물이 존재하지 않는 거지? 나는 내 뇌가 사물에 형태와 무게, 색깔을 부여한다고 생각했는데, 그런데 이제 그것들이 나를 떠나갔고 명칭들만 남았어. 주인을 잃은 쓸모없는 이름들만 내 머릿속을 헤집고 있어. 이 이름들이 내게 무슨 소용이야?' 그는 곰곰이 생각했다.

포노마레프는 우수에 잠겨서 아이를 바라보았다. 아이는 돌아다니고 있었다. 물건들이 아이 앞으로 달려왔다. 아이는 그 물건들의 이름을 하나도 모르면서 물건들에게 미소를 지었다. 아이가 나가자 물건들의 화려한 자락이 그 뒤로 물결쳤다.

"내 말 좀 들어봐." 환자가 아이를 불렀다.

"들어보라구… 알겠니, 내가 죽으면 아무것도 남지 않는다는 걸. 마당도, 나무도, 아빠도, 엄마도. 나는 모든 걸 다 가져가는 거야."

쥐 한 마리가 부엌으로 들어왔다.

포노마레프는 귀를 기울여 들었다. 쥐가 주인 노릇을 하며 접시를 툭툭 건드리고 수도꼭지를 틀고 양동이 안에서 꼼지락거리는 소리를.

'이런, 저놈은 설거지꾼이군.' 포노마레프가 생각했다.

그때 그의 머릿속에 불편한 생각 하나가 떠올랐는데 쥐가 사람들이 알지 못하는 자기의 이름을 가지고 있을지도 모른다는 생각이었다. 그는 그런 이름을 궁리하기 시작했다. 그는 헛소리를 했다. 그가 곰곰이 생각에 빠지면 빠질수록 더욱더 강한 공포가 그를 사로잡았다. 그는 무슨 일이 있더라도 그만 멈춰야만 하고 쥐의 이름이 무엇인지 생각하지 말아야 한다는 걸 깨닫고 있었다. 동시에 그 유일하고도 무의미하며 무시무시한 이름을 생각해 내는 바로 그 순간 자신이 죽을 거라는 걸 알면서 생각하기를 계속했다.

"리옴빠!" 갑자기 그가 무서운 목소리로 외쳤다.

집 안은 온통 잠들어 있었다. 5시가 갓 지난 이른 아침이었다. 소년 알렉산드르는 잠들어 있지 않았다. 부엌문이 마당 쪽으로 열려 있었다. 태양은 아직 아래쪽 어딘가에 있었다.

죽어가는 자가 배를 구부리고 손은 축 늘어뜨린 채 두 팔을 뻗고 부엌을 걸어 다녔다. 그는 물건들을 주워 담으려고 돌아다녔다.

소년 알렉산드르가 마당을 뛰어갔다. 모형 비행기가 그의 앞에서 날아갔다. 이것이 포노마레프가 마지막으로 본 물건이었다.

그는 모형 비행기를 잡지 못했다. 비행기는 날아가버렸다.

낮에 노란 장식이 달린 푸른 관이 부엌에 나타났다. 고무줄 바지를 입은 아이가 두 손을 뒷짐 진 채 복도에서 바라보고 있었다. 문을 통과하기 위해 오랫동안 이렇게 저렇게 관을 돌려야 했다. 그러다 선반과 냄비를 건드렸고 회칠에서 가루가 떨어졌다. 소년 알렉산드르가 곤로 위로 올라가 밑에서 관을 받쳐 도와주었다. 마침내 관이 문을 통과해 복도로 들어가자 관은 금방 시커먼 빛이 되었는데, 고무줄 바지를 입은 아이가 샌들을 질질 끌며 앞으로 달려 나갔다.

"할아버지! 할아버지!" 아이가 외쳤다.

"할아버지한테 관을 가져왔어요."

1927년

전설

한밤중에 병사들이 처단하기 위해 우리 집이 있는 건물로 왔다. 나는 총소리에 깨어났다. 위쪽 4층쯤에서 사격이 일어났다. 군인들이 두 층 위에서 일을 벌이는 동안, 그들이 우리 집에도 들이닥치기 위해서 계단을 내려오는 동안 나에게 다음과 같은 일들이 일어났다.

첫 번째, 정신을 차려보니 내가 부모님의 침실에 있었다. (밤에는 처음 있는 일이었다.) 나는 밤의 부모님의 침실을 보았다. 빨간 갓을 씌운 작은 램프가 작은 테이블 위에서 불을 밝히고 있었다. 나는 부모님이 한 침대에 누워 있는 것을 보았다. 아버지는 부끄러움을 모르는 모습을 내 앞에 드러내고 있었다. 게다가 아버지는 어머니도 그런 모습으로 있도록 만들고 있었다. 벽 옆에 자리한 아버지가 침대에서 내려오려면 아래쪽으로 기우뚱거리며 빠져나오거나 어머니를 타고 넘어야 했다. 아버지는 이불을 잡아당기며 기었고 어머니는 덮고 있던 것이 벗겨져버렸다. 어머니는 숨으려는 노력도 하지 않은 채 그대로 누워 있었다. 의식이 공포로 인해 흐려졌던 것이다.

(나는 연민을 느끼지 않았다. 나는 이불을 들어 올려 어머니를 덮어주고 포옹하며 어머니의 머리를 쓰다듬어야 했다. 나는 어떻게든, 어떤 말을 해서든 아버지에게 용기를 되찾아주고 침착함을 찾도록 해줘야 했지만 그렇게 하지 않았다.)

두 번째, 나는 아버지에 대해 다음과 같이 생각했다.

'…아버지는 자신이 나보다 더 어리석을 수 있다는 생각은 단 한 번도 해본 적이 없어요. 아버지는 부모와 자식 간의 평등이나 불평등에 대해 대화한다는 가능성 자체도 절대 허락하지 않았을 거예요. 아버지는 자신이 나의 본보기라고 생각했어요. 아버지는 내가 아버지 같은 사람이 되고 싶어 한다고 생각했어요. 아버지는 내가 아버지를, 아버지의 성격을, 콧수염을, 몸짓을, 생각을, 침실을 이어가고 싶어 한다고 생각했습니다. 아버지가 어머니와 같이 누워 있는 것처럼 나도 여자와 같이 누워 있어야 한다고 생각했지요. 아버지는 당연히 그래야 한다고 생각했어요. 나는 아버지의 계속이고 싶지 않아요! 듣고 있나요?'

세 번째, 나는 그토록 오랫동안 나를 둘러싸고 있던 모든 환경을 갑자기 아주 다른 방식으로 보게 되었고 그 광경이 나를 뒤흔들어놓았다. 모든 물건이 내게 혈연을 강요했다. 모든 물건이 내게 어떤 명령을 내렸다. 벽에 둥근 시계가 걸려 있었다.

"나는 저 시계 소리를 들으며 태어났단다." 어머니가 이 얘기를 한두 번 한 게 아니었다.
"할머니도 마찬가지야."
시계는 구전설화였고 전설이었다. 나한테 전설은 필요 없다. 나는 저 시계 소리를 들으며 죽고 싶지 않다. 나는 계속이고 싶지 않다. 나는 가구들의 가족협의회가 나를 에워싸고 있음을 돌연 분명히 깨달았다. 가구들이 내게 충고를 늘어놓고 어떻게 살 것인지 나를 가르친다. 찬장은 내게 이렇게 말하고 싶어 한다.
"네 인생 여정에 내가 함께할게. 네 뒤에 내가 서 있을 거야. 나는 오래 버틸 수 있어. 난 튼튼해, 두 세대가 내 안에 음식을 보관했어. 난 할 수 있어, 날 소중히 다뤄줘, 그러면 나는 네 아들과 네 손자 때까지도 유용할 거야. 나는 전설이 되는 거지."
갑자기 내가 이 모든 물건들에 좌우되고 있음을 깨달았다. 둥근 테이블은 내가 곧장 가고 싶은 곳에서 방향을 돌려 지나가도록 만들었고, 서랍장은 내가 오른쪽으로 가야 하는 곳에서 왼쪽으로 이동하게 만들었다. 벽에 설치된, 래커 칠을 한 작은 선반은 내가 팔을 크게 휘젓는 걸 방해했다. 나는 반란을 일으키고 싶은 적이 한두 번이 아니었다. 그러나 아버지가 나와 가구들 사이를 중재했다. 그는 나를 어떻게 속이고 만족시킬 것인지, 내가 전쟁을 일으킬 생각이 들지 않게 하려면, 내가 얌전히 지내도록 하려면 어떻게 행동해야 하는지 찬장과 축음기로부터 비밀 지령을 받았다. 때로는 모든 독립 주권에 깜짝 놀라 겁에 질린 어떤 두꺼운 커튼이 끈에서 떨어져 나간 벨벳 공의 형태로 내게 뇌물을 주기도 했다. 나는 전통과 전설을 파괴하면서 공을 사방으로 내던질 수 있었고, 커튼이란 무엇이며, 왜 커튼이 생겨났으며, 커튼을 어떻게 다루어야 하는지, 인간의 생활 속에서 커튼이 어떤 장소를 점해야 하는지에 대한 가정의 관념들을 마구 깨부수는 그 어떤 용도도 그 공에 부여할 수 있었다….

네 번째, 나는 아버지를 배반했다.

아버지가 침실 밖으로 달려 나갔다. 그는 온몸을 덜덜 떨었고 말도 하지 못했다. 그는 공포심으로 인해 인간이길 멈추었다. 그는 닭으로 변해버렸다. 그가 날았다! 그는 갑자기 탁자 위로 (속옷 차림으로) 날아 올라갔고, 엉거주춤 앉았다가 다시 날아올라 찬장 위에 모습을 드러내더니 창턱에 앉았다(마치 요리사에게 쫓기는 닭처럼).

그리고 이 모든 것 다음에 그는 예기치 못하게도(날고 난 다음이 아니다. 그는 날지 않았다. 단지 내 머리가 어지러웠고, 어지럼증이 지나간 다음 나는 그의 공포가 외적으로 드러난 것을 그렇게 받아들였다) 자기의 두 손을 맞잡으려고 애를 썼다.

그리고 그 노력은 성공했다. 그는 단번에 변했다. 날기를 멈추었고 굳건히 서서 몸을 쭉 편 다음 한 손을 내 어깨에 얹고는 말했다.

"콜랴, 긍지를 갖거라. 우리는 귀족답게 죽는 거야."

한마디로 말해 아버지의 권력은 지속되었고 가구협의회는 해체되지 않았고 전설은 여전히 존재하는 것이다. 가장이자 가문을 잇는 자, 전통의 수호자인 그가 마지막 속임수를 보여준다. 그는 역사적으로 사망한다. 자신을 수난자로 만드는 것이다.

"잠깐 기다려." 아버지가 말을 계속한다.

"지금 내가 밖으로 나갈 거다. 우리는 함께 죽는다."

그는 침실로 갔다가 어머니를 질질 끌며 돌아왔다. 그가 어머니를 들어 올렸지만 어머니는 천천히 주저앉았다. 아버지의 정복 외투가 두 사람을 덮고 있었다.

"단추를 모두 채워라." 그가 내게 지시했다. (나는 학생복 윗도리를 어깨에 걸치고 있었다.)

"품위 있게 죽음을 맞이하자."

사람들이 문을 두드렸다. 아버지가 문을 열러 갔다. 어머니는 바닥에 누워 있었다. 그는 마치 순교자처럼 걸어갔다. 그는 자신의 등과, 살짝 올라간 어깨를 마치 비석처럼 가져갔다. 그는 이미 전설이었다.

그때 내가 아버지를 앞질렀다. 내가 문을 열면서 외쳤다.

"총을 쏘세요! 총을 쏴요! 침실에! 비밀에! 찬장에, 전설에, 모든 단추마다! 나를 그로부터 잘라내줘요, 그의 콧수염으로부터, 그의 생각으로부터. 나를 해방시켜줘요."

이렇게 외치면서, 나는 완전히 고분고분하게 누군가의 수중으로 쓰러졌다. 내가 침대에서 일어나 이런 흥분을 겪는 것이 티푸스를 앓기 때문이며, 파국으로 끝날 수 있다는 것을 이해했기 때문에 나는 입을 다물었다.

1927년

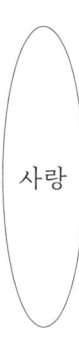

사랑

슈발로프는 공원에서 렐랴를 기다리고 있었다. 무더운 정오였다. 바위 위에 도마뱀 한 마리가 나타났다. 슈발로프는 '도마뱀이 이 바위 위에 있으면 무방비하지. 금방 발견될 수 있잖아'라고 생각했다. '의태'라고 그는 잠깐 생각했다. 의태에 대한 생각이 카멜레온에 대한 기억으로 이어졌다.

"안녕." 슈발로프가 말했다.

"카멜레온처럼 색을 바꾸면 좋을 텐데."

도마뱀이 도망갔다.

슈발로프는 화가 나서 벤치에서 벌떡 일어나 성큼성큼 작은 길로 걸어갔다. 그는 분통이 터져서 아무것에나 마구 맞서고 싶은 마음이 들었다. 그는 멈춰 서서 꽤 큰 소리로 말했다.

"빌어먹을 도마뱀, 썩 꺼져버려! 내가 뭐 하러 의태나 카멜레온에 대해 생각한담? 나는 그런 생각 할 필요가 전혀 없어."

그는 작은 공터로 나서 작은 그루터기 위에 걸터앉았다. 벌레들이 날아다녔다. 줄기들이 갑자기 흔들렸다. 새들과 파리, 딱정벌레들의 비행이 지어내는 건축물은 투명했으나 아치, 다리, 탑, 테라스의 어떤 점선과 윤곽을 포착할 수 있었다. 재빨리 이동하면서 매 순간마다 변형되는 어떤 도시였다.

'나를 갖고 놀기 시작하는군.' 슈발로프가 생각했다.

'내 관심 영역이 오염되고 있어. 절충주의자가 되고 있는 느낌이야. 누가 나를 조종하는 거지? 존재하지 않는 게 보이기 시작했다니까.'

렐랴는 오지 않았다. 그가 공원에 머무는 시간이 길어졌다. 그는 이리저리 거닐었다. 그는 곤충의 종이 많다는 것을 확실히 알게 되었다. 그는 풀 줄기 위로 기어가는 작은 벌레를 잡아서 손바닥 위에 올려놓았다. 갑자기 벌레의 배가 반짝 빛났다. 그는 화가 났다.

"빌어먹을! 30분만 더 지나면 나는 ㄴ주의자가 되겠어."

나무줄기가 상당히 다양했다. 이파리들과 여러 줄기들이 있었다. 그는 대나무처럼 마디가 진 풀 줄기를 보았다. 그는 초록이라고 불리는 것이 다양한 색을 가졌다는 데 놀랐다. 땅 자체가 여러 가지 색을 가졌다는 것이 그로서는 전혀 예상치 못한 사실이었다.

"나는 자연주의자가 되고 싶지 않아!" 그가 애원하기 시작했다.

"난 이런 쓸데없는 관찰 따위 관심 없다고."

그러나 렐랴는 오지 않았다. 그는 이미 어떤 통계적인 결론에 이른 참이었고 일종의 분류까지 다 마쳤다. 이 공원에는 줄기와 잎이 넓적하고 클로버 형태의 잎을 가진 나무들이 우세하다는 걸 확인할 수 있었다. 그는 벌레들의 울음소리를 알아들었다. 그의 주의는, 그의 희망과는 다르게, 그가 전혀 흥미를 갖지 않는 내용으로 가득 채워졌다.

하지만 렐랴는 오지 않았다. 그는 마음이 아련해왔지만 분통이 터지기도 했다. 렐랴 대신에 검은 모자를 쓴 낯선 남자가 다가왔다. 그 남자는 녹색 벤치에 슈발로프와 나란히 앉았다. 그는 무릎 위에 하얀 손을 하나씩 올려놓은 채 고개를 약간 숙이고 앉아 있었다. 그는 젊고 말이 없었다. 나중에 밝혀졌는데 이 젊은이는 색맹으로 고통받고 있었다. 그들은 대화를 주고받았다.

"나는 당신이 부럽습니다." 젊은이가 말했다.

"나뭇잎이 초록색이라고 하던데요. 나는 초록색 나뭇잎을 본 적이 없습니다. 나는 파란 배를 먹어야 하지요."

"파란색은 먹음직스럽지 않아요." 슈발로프가 말했다.

"파란색 배라니, 나는 구역질이 날 것 같네요."

"나는 파란색 배를 먹습니다." 색맹인 자가 슬프게 되풀이했다.

슈발로프는 몸을 부르르 떨었다.

"그런데 당신 주변으로 새들이 날아다닐 때, 가상의 여러 선들로 도시 모양이 그려지는 것을 알아차린 적이 있나요?…" 그가 물었다.

"그런 적 없는데요." 색맹이 말했다.

"그러면 온 세상이 정상적으로 감지된다는 말인가요?"

"몇 가지 구체적인 색상을 제외하곤 온 세상이 그렇지요." 색맹이 창백한 얼굴을 슈발로프에게 향했다.

"당신은 연애를 하고 있나요?" 색맹이 물었다.

"그렇습니다." 슈발로프가 솔직히 대답했다.

"색상을 좀 헷갈릴 뿐 나머지는 다 괜찮습니다!" 색맹이 활기차게 말했다. 그러면서 그는 대화 상대의 보호자라도 되는 것 같은 제스처를 취했다.

"하지만 파란색 배라, 그건 아무것도 아닌 게 아니지요." 슈발로프가 코웃음쳤다.

멀리 렐랴가 나타났다. 슈발로프가 몸을 들썩였다. 색맹은 일어나서 검은 모자를 살짝 들어 보이고는 멀어지기 시작했다.

"당신은 바이올리니스트 아닌가요?" 슈발로프가 쫓아가며 물었다.

"당신은 있지도 않은 것을 보는군요." 젊은이가 대답했다.

슈발로프가 발끈해서 외쳤다.

"당신은 바이올리니스트 같아요."

색맹은 계속 멀어지면서 뭔가 말했고 슈발로프의 귀에는 "당신은 위험한 길로 가고 있어요…" 하는 말이 들렸다.

렐랴가 빨리 걸어왔다. 그는 그녀를 맞아 일어나서 몇 걸음 내딛었다. 클로버 모양의 잎사귀들이 달린 나뭇가지가 흔들거렸다. 슈발로프는 작은 길 가운데에 서 있었다. 나뭇가지들이 살랑거렸다. 나뭇잎들의 갈채를 받으며 그녀가 걸어왔다. 오른쪽으로 방향을 튼 색맹은 잠깐 생각했다. '바람이 부는 날씨야.' 그리고 고개를 들어 나뭇잎을 보았다. 나뭇잎은, 바람으로 인해 흥이 난 여느 나뭇잎처럼 움직였다. 색맹은 흔들거리는 파란 우듬지를 보았다. 슈발로프는 초록색 우듬지를 보았다. 그러나 슈발로프는 부자연스러운 결론을 내렸다. 그는 생각했다. '나무들이 렐랴를 박수갈채로 맞아주는군.' 색맹이 실수했으나 슈발로프는 한층 거친 실수를 했다.

"나는 있지도 않은 것을 본다." 슈발로프가 되풀이했다.

렐랴가 다가왔다. 그녀는 살구가 든 종이 봉지를 들고 있었다. 그녀는 다른 손을 그에게 내밀었다. 세상이 재빨리 바뀌었다.

"너는 왜 얼굴을 찡그리고 있는 거야?" 그녀가 물었다.

"나, 안경을 쓰고 있는 거 같아."

렐랴가 종이 봉지에서 살구를 꺼내 작은 과육 부분을 가른 다음 씨를 집어 던졌다. 작은 씨앗이 풀 위에 떨어졌다. 그는 깜짝 놀라서 돌아보았다. 고개를 돌린 그는 씨앗이 떨어진 자리에 나무가, 가늘고 빛나는 작고 어린 나무가, 놀라운 빛가림이 생겨난 것을 보았다. 그러자 슈발로프가 렐랴에게 말했다.

"정말 얼토당토않은 일이 일어나고 있어. 내가 이미지로 생각하게 됐다니까. 나한테 법칙이 작용하길 멈추고 있어. 오 년 뒤에 이 자리에 살구나무가 자라날 거야. 얼마든지 가능한 일이야. 그건 전적으로 과학에 부합하는 일이야. 하지만 나는 모든 자연법칙에 어긋나게도 이 나무를 오 년 일찍 보았다니까. 무슨 엉터

리람. 내가 이상주의자가 되려나 봐."

"그건 사랑 때문이야." 그녀가 살구즙을 흘리며 말했다.

그녀는 그를 기다리며 베개 위에 앉아 있었다. 침대가 구석으로 옮겨져 있었다. 벽지 위에서 작은 화환들이 금빛으로 반짝거렸다. 그가 다가오자 그녀는 그를 포옹했다. 옷을 벗고 속치마 차림인 그녀는 너무도 젊고 가벼워서 부자연스럽게 벌거벗은 것만 같았다. 첫 번째 포옹은 격렬했다. 어린아이 모양이 새겨진 둥근 펜던트가 그녀의 가슴에서 튀어 올라 마치 금빛 살구 씨처럼 그녀 머리칼 사이에 걸렸다. 슈발로프가 그녀의 얼굴 위로 몸을 숙였다. 천천히, 마치 죽어가는 자의 얼굴이 베개 속으로 떠나가듯이.

램프 불빛이 타고 있었다.

"내가 끌게." 렐랴가 말했다.

슈발로프는 벽 아래 누워 있었다. 구석이 바싹 다가왔다. 그는 벽지의 무늬를 따라 손가락을 움직였다. 그는 벽지에 난 전체 무늬의 저 부분, 그가 밑에 누워서 잠드는 벽의 그 부분이 이중의 존재라는 걸 깨달았다. 하나는 보통의, 낮의, 전혀 별다를 것 없는 평범한 화환들이고, 다른 하나는 밤의, 잠들기 오 분 전에 감지되는 것이었다. 갑자기 아주 바싹 밀착하자 무늬의 일부가 커졌고 세밀해졌으며 변화했다. 막 잠이 들려고 할 때의 어린아이 같은 느낌과 비슷한 상태에서 그는 익숙하고 규정된 형태들이 변화하는 것에 저항하지 않았다. 하물며 그 변화가 감동적이었음에야. 빙빙 돌아가는 나선형과 동그라미들 대신에 그는 염소와 요리사를 보았다….

"높은음자리표가 있어." 그를 이해한 렐랴가 말했다.

"그리고 카멜레온도…" 잠이 들면서 그가 불명확하게 말했다.

그는 아침 일찍 잠에서 깼다. 아주 이른 아침이었다. 잠에서 깨자 그는 양옆을 돌아보고는 비명을 질렀다. 지극한 행복의 소리가 그의 목구멍에서 터져 나왔다. 그들이 만난 첫날에 이 세상에서 시작된 변화가 지난밤 사이 완성된 것이다. 그는 새로운 땅에서 잠에서 깨어났다. 아침의 눈부신 빛남이 방 안을 채우고 있었다. 그가 창턱을 보았을 때 거기에 알록달록한 꽃들이 꽂힌 작은 꽃병들이 서 있었다. 렐랴는 그에게 등을 돌린 채 자고 있었다. 그녀는 몸을 웅크리고 누워 있었는데 등이 동그랗게 구부러져 있었고 피부 밑으로 척추뼈가 도드라져 보였다. 가는 갈대 줄기 같았다. '낚싯대, 대나무.' 슈발로프가 생각했다. 이 새로운 땅에서는 모든 게 감동적이고 우스웠다. 열려 있는 창밖으로 목소리들이 날아다녔다. 사람들이 그녀의 창가에 놓인 꽃병들에 대해서 이야기하고 있었다.

그는 일어나 바닥 위에 간신히 서서 옷을 입었다. 더 이상 중력이 존재하지 않았다. 그는 이 새로운 세계의 법칙들을 아직 파악하지 못했기 때문에 조심스럽게, 경계심을 가지고 몸을 움직였다. 어떤 부주의한 행동으로 놀라운 영향을 불러일으킬지 몰라 두려워하면서. 그냥 생각하고 사물을 그저 받아들이는 것조차도 위험을 감수하는 것이었다. 그런데 밤새 그에게 생각을 물질화하는 능력이 갑자기 생기기라도 한 것일까? 그렇게 추정할 근거가 있다. 예를 들면, 우선 단추들이 저절로 채워졌다. 또한, 예를 들면, 머리카락을 깨끗이 하기 위해 빗을 적셔야 했을 때 갑자기 물방울 떨어지는 소리가 들렸다. 그는 돌아보았다. 햇살 아래 벽에서 렐랴의 옷들이 한 아름으로 몽골피에Montgolfier 형제의 열기구 색깔로 불타고 있었다.

"나 여기 있어." 그 수북한 더미에서 수도꼭지의 목소리가 울려왔다.

그는 옷 더미 아래에서 수도꼭지와 세면대를 찾아냈다. 분홍색 비누 조각도 거기에 있었다. 이제 슈발로프는 뭔가 무서운 것을 생각하는 것이 두려워졌다. '호랑이가 방 안에 들어왔어.' 그는 원하는 바와 반대로 생각할 준비가 되어 있었지만 자기 마음을 그 생각으로부터 돌리는 데 간신히 성공했다…. 그러나 그는 커다란 공포에 빠져 문을 바라보았다. 물질화가 이루어진 것이다. 그러나 생각이 완전히 형성되지 않았으므로 물질화의 효과도 다소 거리가 있고 근사치에 이르는 데 그쳤다. 벌 한 마리가 창으로 날아들어 왔다…. 줄무늬가 있는 피에 굶주린 벌이었다.

"렐랴! 호랑이야!" 슈발로프가 부르짖었다.

렐랴가 잠에서 깼다. 벌이 접시에 매달려 있었다. 벌은 자이로스코프처럼 웅웅거렸다. 렐랴가 침대에서 뛰쳐 일어났다. 벌이 그녀에게로 날아갔다. 렐랴가 벌을 쫓으려고 팔을 흔들자 벌과 펜던트가 그녀 주변에서 함께 날았다. 슈발로프가 펜던트를 손바닥으로 탁 쳤다. 그들은 포위망을 만들었다. 렐랴가 바스락거리는 자신의 밀짚모자로 벌을 덮었다.

슈발로프가 떠났다. 그들은 맞바람을 맞으며 헤어졌는데 그 맞바람은 이 세상에서 각별히 활동적이고 왁자지껄하다고 간주되는 것이었다. 맞바람이 아래층의 문을 열었다. 맞바람은 마치 세탁부처럼 노래를 불렀다. 맞바람이 창턱에 놓인 꽃들을 빙빙 돌렸고 렐랴의 모자를 떨어뜨렸고 벌을 내보내 샐러드 속으로 집어 던졌다. 맞바람이 렐랴의 머리칼을 곤두세웠다. 맞바람은 휘파람을 불었다.

맞바람이 렐랴의 속치마를 들쳐 올렸다.

그들은 작별을 했다. 그리고 행복감에 겨워 자기 발밑에 작은 계단을 알아차리지도 못하면서 슈발로프는 아래로 내려가 마당으로 나섰다…. 그렇다, 그는 계단이 있는지도 알아채지 못했다. 그 후에도 그는 현관도, 돌도 감지하지 못했다. 그러자 그는 이것이 환상이 아니고 현실이라는 것, 그의 다리가 공중에 떠 있으며 자기가 날고 있다는 것을 발견했다.

"그는 사랑의 날개로 날아가고 있어." 바로 옆 창문 안에서 사람들이 말했다.

그는 재빨리 날아 올라갔다. 긴 셔츠가 부풀어 크리놀린으로 변했고 입술이 덜덜 떨렸다. 그는 손가락을 튕기며 날아갔다.

그는 2시에 공원에 도착했다. 사랑과 행복에 취한 그는 녹색 벤치 위에서 잠이 들었다. 그는 펼쳐진 옷자락 사이로 쇄골을 드러낸 채 자고 있었다.

오솔길을 따라 두 손을 뒷짐 지고 가톨릭 사제의 점잖음을 뽐내며, 신부처럼 옷을 입고 검은 모자를 쓰고 두꺼운 푸른 안경을 쓴 낯선 남자가 고개를 숙였다가 높이 들었다가 하며 천천히 걸어왔다.

그가 다가와 슈발로프 옆에 앉았다.

"나는 아이작 뉴턴이오." 검은 모자를 살짝 들어 보이며 모르는 남자가 말했다. 그는 안경 너머로 자신의 푸른 사진 같은 세계를 바라보았다.

"안녕하세요." 슈발로프가 웅얼거렸다.

위대한 학자가 조심스럽게 가시 바로 위에 앉아 있었다. 그는 귀를 기울였는데 두 귀가 떨리기도 했고, 분명 보이지 않는 합창단의 주의를 끌기 위해 왼손 검지를 공중으로 뻗고 있었다. 그 합창단은 이 손가락의 신호에 따라 당장이라도 합창을 시작할 준비가 되어 있었다. 이 모든 것이 자연 속에 녹아들어 있었다. 슈발로프는 살그머니 벤치 뒤로 숨었다. 그의 발밑에서 자갈이 한 번 서걱거렸다. 저명한 물리학자는 자연의 위대한 침묵을 듣고 있었다. 저 멀리, 무성한 초목 숲 위로, 마치 일식 때처럼, 별이 모습을 드러냈고 날이 선선해졌다.

"바로 이거야!" 갑자기 뉴턴이 외쳤다.

"들리나요?…"

돌아보지도 않은 채 그가 손을 뻗어 슈발로프의 옷깃을 움켜쥐었다. 그리고 몸을 살짝 일으켜 숨어 있던 그를 끌어냈다. 그들은 풀밭을 걸어갔다. 과학자의 헐렁한 신발이 부드럽게 땅을 딛었고 풀 위로 하얀 자국이 남았다. 앞쪽에서 도마뱀이 자꾸 뒤돌아보며 달려갔다. 그들은 나무가 빽빽하게 자란 숲을 지나갔는데 숲을 지나는 동안 학자의 철제 안경테가 솜털과 딱정벌레 따위로 장식되었다. 공터가 나왔다. 슈발로프는 어제 나타났던 작고 어린 나무를 알아보았다.

"살구나무지요?" 그가 물었다.

"아니오." 학자가 화가 난 듯 반박했다.

"이건 사과나무요."

사과나무의 줄기, 몽골피에 형제가 만든 기구의 틀처럼 가볍고 부서지기 쉬운, 사과나무 꼭대기의 새장 같은 가지가 듬성듬성 난 잎사귀들 사이로 비쳐 보였다. 모든 것이 움직이지 않고 조용했다.

"자," 등을 구부리며 학자가 말했다. 등을 구부렸기 때문에 그의 목소리가 으르렁거리는 것처럼 들렸다.

"여기!" 그가 손에 사과를 들고 있었다.

"이게 무엇을 뜻하지요?"

그가 몸을 굽히는 일이 자주 있는 게 아님이 분명했다. 몸을 펴고 나서 그는 척추를, 오래된 대나무 같은 척추를 맞추듯 몇 번 등을 뒤로 젖혔다. 사과는 세 손가락으로 이루어진 받침대 위에 얌전히 있었다.

"이게 무엇을 의미하지요?" 아이고 소리로 문장 발음을 방해하면서 그가 반복했다.

"사과가 왜 떨어졌는지 얘기해주지 않겠소?"

슈발로프는 언젠가 빌헬름 텔이 그랬듯 사과를 쳐다보았다.

"만유인력의 법칙 때문이지요." 그가 쉬쉬거리며 대답했다.

그러자, 잠시 침묵을 지킨 위대한 물리학자가 질문했다.

"당신은 오늘 하늘을 날아다닌 것 같은데, 학생?" 기사단장이 그렇게 물었다. 그의 눈썹이 안경 위로 높이 치솟았다.

"당신은 오늘 하늘을 날아다닌 것 같소만, 젊은 마르크스주의자여?"

딱정벌레 한 마리가 손가락에서 사과로 기어 건너갔다. 뉴턴이 눈동자를 옆으로 돌려 그것을 보았다. 딱정벌레는 그에게 눈부시게 파란색이었다. 그는 눈살을 찌푸렸다. 딱정벌레가 사과의 제일 높은 지점에서 떨어지더니, 연미복 뒷자락에서 손수건을 꺼내듯 어딘지 뒤쪽에서 빼낸 날개를 이용해 날아가버렸다.

"당신은 오늘 비행한 것 같은데요?"

슈발로프는 아무 말도 하지 않았다.

"돼지." 아이작 뉴턴이 말했다.

슈발로프가 잠에서 깨어났다.

"돼지." 그의 위에 서 있던 렐랴가 말했다.

"날 기다리면서 잠을 자다니. 넌 돼지야!"

그녀는 벌레의 작은 배가 쇠처럼 딱딱한 걸 보자 한 번 웃음 지었다. 그러곤 그의 이마에서 딱정벌레를 떨쳐냈다.

"제기랄!" 그가 욕설을 뱉었다.

"난 네가 미워. 우선 나는 그것이 딱정벌레라는 걸 알고 있었어. 그리고 그게 딱정벌레라는 것 빼고는 그 벌레에 대해 아무것도 몰랐어. 뭐, 말하자면, 그 벌레의 이름이 약간 반종교적이라는 결론에 이를 수도 있었겠지.* 그런데 우리가 만난 뒤로 내 눈에 이상한 일이 벌어졌단 말이야. 파란 배가 보이고, 붉은광대버섯이 딱정벌레랑 비슷해 보인단 말이야."

그녀가 그를 껴안으려고 했다.

"날 내버려둬! 내버려두라고!" 그가 소리쳤다.

"난 지겨워! 난 창피하다고."

그렇게 외치면서 그는 마치 뿔난 사슴처럼 달려갔다. 콧김을 불고 거칠게 껑충거리면서, 자기의 그림자로부터 펄쩍 뛰어 물러나며 한 눈으로 곁눈질하면서. 그는 숨이 차서 멈춰 섰다. 렐랴가 사라졌다. 그는 모든 것을 잊기로 결심했다. 잃어버린 세계가 반드시 되돌아와야 했다.

"안녕." 그가 한숨을 내쉬었다.

"우리 더 이상은 서로 보지 말자."

그는 경시진 비탈의 꼭대기에 앉았는데 그곳에서는 많은 다차**들이 점점이 자리 잡고 있는 아주 넓은 곳의 전경이 한눈에 보였다. 그는 경사면에 다리를 늘어뜨리고 프리즘의 꼭대기 위에 앉아 있었다. 아래에서 아이스크림 장수의 양산이 빙빙 돌고 있었다. 어딘가 흑인 마을을 연상시키는, 아이스크림 파는 사람의 마차였다.

- 러시아어로 딱정벌레는 'божья коровка(신의 작은 암소)'라고 한다.
- 러시아인들이 교외에 마련하여 주로 여름에 머무는 별장.

사랑 33

"나는 천국에 살고 있어." 젊은 마르크스주의자가 질척한 목소리로 말했다.

"당신은 마르크스주의자인가요?" 옆에서 목소리가 들렸다.

검은 모자를 쓴 젊은이, 낯익은 색맹이 슈발로프 바로 옆에 나란히 앉아 있었다.

"그래요, 난 마르크스주의자요." 슈발로프가 말했다.

"당신은 천국에서 살 수 없어요."

색맹은 가느다란 나뭇가지를 가지고 놀고 있었다. 슈발로프가 한숨을 내쉬었다.

"나보고 어쩌란 말이오? 지구가 천국이 되어버렸는데."

색맹이 나지막이 휘파람을 불었다. 색맹이 나뭇가지로 귓속을 살살 긁었다.

"내가 어디까지 갔는지 알겠어요? 내가 오늘 하늘을 날았다고요." 하소연하며 슈발로프가 말을 이었다.

하늘에 마치 우표처럼 비스듬하게 연이 멈춰 있었다.

"원한다면 당신에게 보여드릴까요…. 내가 그쪽으로 날아가지요."(그가 손을 뻗었다.)

"아니요, 고맙습니다. 나는 당신이 벌이는 구경거리의 증인이 되고 싶지 않아요."

"그래요, 끔찍한 일입니다." 잠깐 입을 다물었다가 슈발로프가 말했다.

"끔찍한 일이란 걸 알고 있어요."

"난 당신이 부러워요." 슈발로프가 말을 이었다.

"과연 그럴까요?"

"정말입니다. 당신처럼 온 세상을 정상적으로 받아들이고 몇 가지 세부적인 색깔에서만 다소 혼동이 있다면 얼마나 좋을까요. 당신은 천국에서 살 일이 없습니다. 당신에게는 세상이 사라지지 않아요. 모든 게 그대로지요. 하지만 나는? 당신은 내가 완전히 건강한 사람이고 유물론자라고 생각하지요…. 그런데 갑자기 내 눈앞에서 거의 범죄라고 할 만한 반과학적인 사물과 물질의 변형이 일어나기 시작한단 말입니다…."

"그래요, 그건 끔찍한 일입니다." 색맹이 동의했다.

"그리고 그건 다 사랑 때문이지요."

슈발로프가 전혀 예상치 못한 격정을 담아 옆 사람의 손을 움켜쥐었다.

"들어보세요!" 그가 외쳤다.

"나는 동의해요. 당신의 홍채를 나에게 주고 내 사랑을 가져가요."

색맹은 경사면을 따라 밑으로 기어 내려갔다.

"미안합니다." 그가 말했다.

"난 그럴 시간이 없어요. 잘 가시오. 부디 천국에서 사시길."

그는 경사면을 따라 움직이는 것이 힘들었다. 그는 다리를 쩍 벌리고 기어갔는데 그 모습이 사람 같지 않고 물속에 있는 인간의 반영과 흡사했다. 마침내 평지에 다다르자 그는 활기차게 걷기 시작했다. 그러더니 가느다란 나뭇가지를 내던지고는 슈발로프에게 입맞춤을 날리며 외쳤다.

"이브에게 안부를 전하세요!" 그가 외쳤다.

렐랴는 자고 있었다. 색맹을 만나고 한 시간이 지나서 슈발로프는 그녀를 공원의 내부, 핵 속에서 찾았다. 그는 자연주의자가 아니었다. 그는 자신을 둘러싸고 있는 것이 무엇인지, 개암나무인지, 산사나무인지, 딱총나무인지, 들장미인지 정의할 수 없었다. 사방에서 나뭇가지, 떨기나무 들이 그에게 달려들었고 그는 핵을 향해 응축된 나뭇가지들을 가볍게 얽어 짊어진 행상처럼 나아갔다. 그는 자신에게 나뭇잎과 꽃잎, 가시, 열매, 새 들을 쏟아부은 이 바구니들을 줄곧 내쳤다.

렐랴는 분홍 원피스를 입고 가슴을 풀어 헤친 채 똑바로 누워 있었다. 그녀는 자고 있었다. 그는 자느라고 젖어서 부풀어 오른 그녀의 콧속 점막이 쩍쩍 소리를 내는 걸 들었다. 그는 옆에 앉았다.

그러더니 그는 그녀의 가슴에 머리를 얹고 손가락으로 그녀의 사라사 옷감을 쓸었다. 머리는 땀에 젖은 그녀의 가슴 위에 있었다. 그는 그녀의 장밋빛 젖꼭지를, 마치 우유 위에 뜬 거품처럼 부드러운 주름이 진 젖꼭지를 보았다. 그는 바스락대는 소리도, 한숨 소리도, 굵은 삭정이가 타닥거리는 소리도 듣지 못했다.

색맹이 관목 덤불 너머로 나타났다. 관목이 그를 보내주지 않았다.

"들어보세요." 색맹이 말했다.

슈발로프가 달달해진 얼굴로 머리를 들었다.

"개처럼 날 따라다니지 말아요." 슈발로프가 말했다.

"들어봐요, 동의합니다. 내 홍채를 가져가고 당신의 사랑을 저에게 주세요…"

"가서 파란 배나 드세요." 슈발로프가 대답했다.

1928년

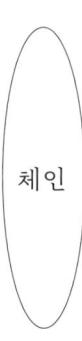

체인

대학생 오를로프는 내 누나 베라를 쫓아다녔다.

그는 자전거를 타고 다차로 왔다. 자전거는 베란다 난간에 살짝 기대서 화단에 세워두었다. 자전거 핸들은 뿔 모양이었다.

대학생은 소리가 나지 않는 박차 비슷한 번쩍거리는 조이개를 복사뼈 있는 데서 끌러 나무로 만든 테이블 위로 집어 던졌다. 그리고 나서 하늘색 테가 달린 제모를 벗고 손수건으로 이마를 닦았다. 그의 얼굴은 갈색이었고 이마는 희었고 짧게 밀어버린 머리는 무지갯빛으로 아롱졌고 울룩불룩했다. 대학생은 나를 보지 못했다. 나는 다 보고 있었다. 그는 나와 한마디도 하지 않았다.

나무 테이블은 거칠거칠했다. 테이블 위에 꽃이 꽂힌 화병이 있었는데 대학생이 꽃에 입김을 후 하고 불자 꽃송이가 돌아갔다. 대학생은 먼 곳을 바라보았고 모자의 테처럼 푸르게 빙 둘러진 바다를 보았다.

"블레리오L. Blériot가 라망슈 횡단비행에 성공했어요." 내가 말했다.

아직 나는 한 문장을 말하기 전에 침부터 꿀꺽 삼키는 나이였다.

"횡단비행을 했다고." 대학생이 말했다.

그리고 다시 침묵이 찾아왔다.

나는 세상사에 참여할 권리를 가지고 있지 않다. 블레리오니… 라망슈니… 하는 말을 하면서 똑똑해 보이는 것도 나는 부끄럽다.

대학생이 활짝 핀 패랭이꽃 두 송이와 꽃봉오리 하나가 달린 줄기를 화병에서 뽑는다. 그가 꽃봉오리를 씹는다. 탄탄하고 빛나는 원기둥 모양의 꽃봉오리가 탄환과 비슷하다. 대학생은 볼을 오목하게 하더니 꽃봉오리를 발사한다. 꽃봉오리가 자전거 바큇살에 가서 맞는다. 바퀴가 하프처럼 울린다.

"비행기에도 자전거 바퀴 같은 걸 쓰나요?" 내가 묻는다.

자전거 바퀴는 내가 아주 잘 알고 있다. 그런데 내가 보기에 이 대학생은 멍청하다. 항공에 관해서라면 그보다 내가 훨씬 더 빠삭하다고 나는 확신한다. 하지만 나는 이것을 인정하는 것이 불편하고, 대학생에게 자신이 좀 더 통달하고 있다는 걸 입증할 기회를 주는 게 필요하다고 생각한다.

"자전거 바퀴 같은 거야." 대학생이 말한다.

이제 삼각관계가 생긴다. 자전거, 대학생, 나.

나는 얼굴이 붉어진다. 나는 온종일 자전거에 대해 떠들고 싶다. 그런데 그건 부끄러운 일이라고 여기는 탓에 붉은색이 내 얼굴을 가득 물들인다. 그는 바보 대학생이다. 나는 알고 있다. 나는 그의 생각을 꿰뚫고 있다.

"너의 세바*는 믿지 못할 사람이야." 아버지가 베라에게 말했다.

정말로 세바는 못 믿을 사람이다. 하지만 어쩐단 말인가? 그는 자전거를 잘 다룬다. 그리고 나는 얼굴을 찡그리고 위선적으로 행동한다. 그가 있으면 나는 몸이 떨린다.

나는 말하고 싶다.

"프세볼로트 바실리예비치,** 잠깐 타게 해줘요. 멀리 안 가고 샛길로 탈게요. 그러고 나서 쪽문 쪽으로 돌아올게요. 거기는 길이 고르니까요. 조심해서 타겠어요. 아니면 쪽문 쪽으로 올 필요도 없어요. 샛길로만 타도 충분해요."

나는 그렇게 말하고 싶다. 부끄러움 때문에 눈썹이 치켜 올라간다. 테이블에 팔꿈치를 올린 채 나는 손가락을 이용해 눈썹을 내린다.

어제 나는 잠시 자전거를 타도 좋다는 허락을 받았다. 그리 자주 타는 건 안 된다. 내일 부탁해봐야지. 아니면 내일모레나.

나는 자전거를 쳐다본다. 대학생은 언제라도 나의 시선을 포착할 수 있다. 그러면 나는 은근슬쩍, 조금씩 조금씩 일직선으로 시선을 들어서 포도 덩굴을 쳐다봐야지. 포도나무 가지에 고양이

• 대학생 오를로프의 애칭.
•• 오를로프의 이름과 부칭(父稱). 이는 정중함의 표현이다.

한 마리가 매달려 있었다. 아무 소리도 내지 않고 나뭇잎들 사이에 하얀 작은 고양이가 매달려 있다. 시베리아 고양이로 털이 긴 것이 거의 깃털 수준이다! 길고양이가 되어버렸지만 좋은 품종이다.

대학생이 고양이를 보았다.

"아, 이 거지 같은 놈이!" 그가 말했다.

"포도를 먹는군."

고양이는 절대 포도를 먹지 않는다. 게다가 저것은 야생 포도이다. 하지만 대학생은 일어서고 나는 고양이를 비호하고 나서지 않는다. 반대로 펄쩍 뛴다. 대학생이 포도 덩굴이 타고 올라간 벽에서 고양이를 떼어내 난간 너머로 집어 던진다.

대학생이 정원으로 내려간다. 이제 곧 베라가 수영을 마치고 돌아올 것이다. 저기 철조망 울타리 너머로 그녀가 나타난다. 그 못 미더운 세바를 발견하고는 발걸음을 빨리한다. 뛰어온다. 두 사람이 만났다. 그녀는 분홍빛 양산을 접는다.

대학생이 말했다. "타도 돼!"

나는 안장 밑에 고정시켜놓은 가죽 가방에서 프랑스제 열쇠를 꺼냈다. 나사를 돌려서 안장 높이를 낮췄다. 인조가죽으로 만든 핸들 그립이 얼마나 시원한지! 나는 정원으로 이어지는 계단을 따라 자전거를 끌고 내려간다. 자전거가 통통 튀며 탕탕 소리를 낸다. 자전거의 조명등이 끄덕거린다. 나는 자전거를 돌린다. 자전거 프레임의 전면부에 붙은 제조사의 녹색 상표가 밝게 빛난다. 움직이면 상표가 사라진다, 마치 도마뱀처럼.

나는 자전거를 탄다.

자갈들이 버석거리고 위에서 내려다보는 내 눈길 밑으로 타이어가 달려 나간다. 쪽문이, 구부러진 지팡이처럼, 내 어깨 밑으로 파고들 기회를 노리고, 녹이 잔뜩 슬어서 부풀어 보이는 어떤 나사못이 길 위에 누워 있다. 그렇게 여행이 시작된다!

쏜살같이 좁아지는 모퉁이 길의 양편 가운데로 그어진 이등분선을 따라 달려가는 것만 같다.

눈에 작은 파리가 들어갔다. 오, 어째서 이런 일이? 내가 달리는 곳은 이렇게 넓은데, 내가 얼마나 빨리 달리는데, 꼭 그래야 하는지…. 그리고 전혀 일치점이 없는 두 종류의 운동(나의 움직임과 벌레의 움직임)이 이렇게나 작은 내 눈 속에서 충돌했어야만 하는가 말이다!

시야가 쓰려려온다. 얼마나 심하게 눈을 찡그렸던지 눈썹이 뺨에 닿을 지경이다. 핸들을 놓아서는 안 된다. 눈꺼풀을 쳐들려고 애를 쓰지만 눈꺼풀은 경련을 일으킬 뿐이다…. 나는 브레이크를 잡고 자전거에서 내린다. 자전거가 누워 있고 페달은 여전히 돌아간다. 나는 손가락으로 눈을 벌린다. 눈알이 밑으로 돌아간다. 나는 붉은 눈꺼풀 안쪽을 본다.

눈 속에 들어간 벌레는 왜 즉시 죽어버리는 걸까? 내가 독액이라도 분비한단 말인가?

그리하여 나는 다시 자전거를 탄다.

바퀴 바로 밑에서 새가 날아오른다, 정말로 최후의 일각에. 무서워하지 마. 작은 새일 뿐이야. 그런가 하면 비둘기는 아예 날아가지도 않는다. 비둘기는 자전거 탄 사람을 돌아보지도 않고 그저 한옆으로 비켜설 뿐이다.

자전거를 타고 달리면 뭔가를 볶는 것과 비슷한 소리가 계속 난다. 어떨 때는 폭죽이 터지는 것 같다. 그러나 이건 중요하지 않다. 그런 건 얼마든지 좋을 대로 끄집어낼 수 있는 사소한 것에 불과하다. 골격 때문에 안에서부터 뚱뚱해져서 천막을 떠올리게 만드는 암소들에 대해 이야기할 수도 있다. 아니면 하얀 사슴가죽 마스크를 쓴 암소들에 대해 얘기할 수도 있다. 중요한 건 내가 체인을 잃어버렸다는 것이다. 체인이 없으면 자전거를 탈 수 없다. 전속력으로 달리다가 체인이 날아가버렸는데 내가 너무 늦게 알아차린 것이다.

체인은 길 위 어딘가에 떨어져 있다. 되돌아가서 주워야 한다. 거기에 두려운 일이라고는 하나도 없다. 무서울 것은 전혀 없다. 나는 인조가죽으로 된 핸들 그립을 잡고 자전거를 끌며 걸어간다. 페달이 내 무릎을 친다. 남자아이 세 명이, 내가 모르는 남자아이들 세 명이 골짜기 끝 쪽을 뛰어다닌다. 그들은 햇빛을 받아 온통 금빛으로 빛나며 멀리 뛰어간다. 바보 같은 나약함이 내 배 속 아래쪽에서부터 생겨난다. 아이들이 체인을 찾아냈다는 걸 나는 안다. 내가 알지 못하는 저 아이들은 떠돌이들이다. 저 멀리 아이들이 이미 풍경 속 깊은 곳으로 달려간다.

불행은 그렇게 일어났다.

그리고 나는 이런 장면이 떠오른다.

…나는 아무 일도 없었다는 듯이 다차로 돌아간다. 쓸모없어

진 자전거를 끌고 가서 베란다 난간에 기대어 세워놓는다. 아버지와 어머니, 베라와 대학생 오를로프가 차를 마시고 있다. 자두가 들어간 피로그*를 차에 곁들여 먹고 있다. 연보라색 피로그는 납작하고 동그란 모양이다. 나와 대학생 오를로프는 서로 마주 보고 앉아 있다. 상황은 이렇다. 대학생이 자전거를 갖고 있었는데 내가 그걸 망가뜨렸다. 이렇게 강화할 수도 있다. 대학생에게 아내가 있었는데 내가 그녀의 눈을 파냈다. 저녁 시간이 된다. 나는 상상한다. 저녁 무렵이 되어 램프를 가지고 온다. 어머니의 가슴 위에, 유리구슬 위에 달의 길이 만들어진다. 대학생이 일어나서 말한다.

"저는 가보겠습니다."

자전거 쪽으로 걸어간다.

그다음 무덤 같은 정적이 찾아온다.

아니다, 정적이 아니다…. 실제로는 베라가 무슨 이야기를 하고 어머니도 이야기하지만 이미 나의 의식 속에는 정적이 존재한다. 대학생이 자전거 위로 몸을 숙였다. 그리고 나는 이제 곧 그의 머리가 내 쪽을 향하리라는 예감을 맛본다. 그와 나 사이에는 이미 정적이 감돈다.

"체인이 어디 있지?" 대학생이 묻는다.

"무슨 체인이요?" 내가 되묻는다.

"무슨 체인이냐니?"

"뭐 말이에요?"

• 밀가루 반죽에 다양한 소를 넣어 만든 러시아식 파이.

"잃어버렸니?"

"체인이라고는 없었는데요." 내가 말한다.

"나는 체인 없이 탔어요. 체인이 있었단 말이에요?"

"저놈이 미쳤구나." 아버지가 말한다.

"혀를 내밀고 앉아 있는 걸 봐."

침묵이 이어졌다. 나는 혀를 내밀고 앉아 있다.

나는 이런 장면이 상상된다. 합법적인 방법으로는 불행한 사태에서 빠져나올 길이 없다. 한 가지 방법만이 남는데 바로 법을 어기는 것이다. 나는 꿈속에서처럼 행동하기로 결심한다. 그러자 기억의 심연 속에서 무서운 꿈이, 이따금 반복해서 꾸던 꿈이 떠오른다. 내가 어머니를 죽이는 꿈이다. 나는 일어선다. 베라가 두 손으로 얼굴을 가린다. 어머니는 마치 온몸이 가라앉는 것처럼 몸이 가늘어지더니 목이 없어진다.

나는 그런 상상이 든다.

나는 집으로 돌아갈 수 없다.

이제 사람들이 나를 잡을 것이다.

나는 구르핀켈의 다차로 향한다. 나와 같은 학급에 있는 그리샤 구르핀켈은 반드시 나를 도와줄 것이다. 나는 울음을 터뜨릴 것이고 유명한 외과의사인 구르핀켈 박사가 나를 불쌍하게 여길 것이다. 빈혈이 있는 어린 소년이 위대한 의사 앞에서 울며 경련을 일으킬 것이다. 그런데 체인은 얼마나 할까? 구르핀켈 가족이 내게 돈을 줄 거야…. 우리는 같이 가서 체인을 사는 거야.

그리하여 나는 부지런히 걸어갔다. 한쪽 눈을 얼어맞은 낯선 부인이 내 뒤를 졸졸 따라왔다. 우리는 서로를 흘깃거렸다. 벌써 추적이 시작된 걸까?

그런데 구르핀켈 가족이 없었다. 그들은 가버렸다. 그들은 샤보에 있는 포도원으로 떠났다. 나는 그 자리를 떠난다. 시원한 음료수를 파는 상점들 주변에 사람들이 모여들었다. 거기서 나는 '우토츠킨Уточкин'이라는 말을 듣는다.

자동차가 서 있다. 무서운 자동차다. 나는 이 차를 이미 한 번 본 적이 있다. 이 자동차는 일제 사격과도 같은 엄청난 굉음을 내고 연기를 뿜으며 란줴로놉스카야를 질주했다…. 이 차는 굴러가는 것이 아니라 펄쩍펄쩍 뛰며 달려가는 것 같았다.

이 자동차는 엔진 덮개가 없고 지저분하며, 기름칠로 번쩍거리고 물을 뚝뚝 흘리며 쉬쉬거리는 소리를 낸다.

우토츠킨은 상점에서 청량음료를 마시는 중이다. 사람들이 훌륭한 경주 선수에 대해 이야기한다. 사람들은 '우토츠킨'이 '붉은 머리'라고 말하며, 그가 말더듬이라고 기억한다.

사람들이 옆으로 비켜선다. 훌륭한 경주 선수가 나온다. 모자를 쓰지 않았다. 그리고 또 어떤 사람들이 동행한다. 그들도 붉은 머리이다. 그가 제일 앞장섰다. 그가 자전거 경주에서 피터슨과 베이더를 이겼다.

(그는 괴짜로 알려져 있다. 사람들이 그를 대하는 태도에는 유머가 섞여 있다. 왜 그런지는 모른다. 그는 자전거와 오토바이, 자동차를 탄 최초의 사람들 가운데 한 명이 되었고, 최초로 비행한 사람들 중 한 명이 되었다. 사람들이 웃었다. 그는 페테르부르

크와 모스크바 구간 비행에서 추락해 많이 다쳤다. 사람들이 웃었다. 그는 챔피언이었는데 오데사에 있는 사람들은 그가 도시의 미치광이라고 생각했다.)

나는 우토츠킨을 쳐다본다.

그는 뭔가 자루를 연상시키는, 온통 지저분하고 반들거리고 윗부분이 마구 찢어진 것을 입고 있다. 그는 크림이 든 피로그를 마저 먹고 있다. 그는 가죽 벙어리장갑을 끼고 있다. 피로그가 벙어리장갑에 라일락처럼 온통 흩어져 묻는다. 페르시아 라일락이 그의 입술과 뺨에 묻는다. 일행이 시동을 걸자 모터가 대포처럼 쏘아대기 시작하고 그 일대가 덜덜 흔들리고 돌풍이 일어난다. 나는 자전거와 함께 넘어진다. 바큇살을 붙잡는다. 무서운 자동차는 내게 어떤 알파벳을 떠올리게 만드는데 Ф도 아니고 Б도 아닌데 등으로 누운 알파벳이다.

우토츠킨이 나를 일으켜 세운다.

혼란 속에서 조용히 감동적인 장면이 연출된다. 나는 손목 부분이 나팔처럼 벌어진 장갑을 낀 그의 손을 잡고 내게 일어난 일을 전부 이야기한다. 대학생에 대해, 자전거에 대해, 그리고 이 큰 불상사에 대해서….

그다음에 사람들이 내 자전거를 자동차 범퍼에 기대어 세운다. 무서운 자동차에 투명한 장식이 달린다. 나를 포함해 다섯 명이 문자 Б의 배 부분에 올라타 앉는다. 오, 산업적인 동화다! 아무것도 기억나지 않는다! 아무것도 모른다! 기억하는 거라곤, 길 양쪽에 동네 개들이란 개는 모조리 나와서 뒷다리로 서서는 우리의 경주에 함께했다는 것뿐이다.

물론 나는 죽지 않을 것이다. 나는 이다음에도 살 것이다. 오늘이 지난 다음에도, 내일도, 또 오래, 오랫동안. 변하는 건 없을 것이다. 나는 이전처럼 소년일 것이고 대학생 오를로프도 계속 존재할 것이며, 체인과 관련된 드라마도 쉽게, 원만하게 끝나지는 않을 것이다…. 하지만 지금은… 지금의 나는 뻔뻔스럽고 교만하며 간악하다. 나는 어디로 달려가는 걸까? 나는 어머니와 아버지, 베라 그리고 대학생을 벌주러 달려간다…. 만약 그들이 지금 내 눈앞에서 죽음을 맞이하게 된다면 나는 웃음을 터뜨리며 환호하리라. "이것 좀 봐요, 우토츠킨! 하하하! 저들이 죽어가고 있어요…. 우리는 검은 차를 타고 있는데… 누가 '사랑과 순종, 자비'에 대해서 말했지요? 우리는 그런 건 몰라, 몰라요. 우리한테 있는 거라곤 실린더와 휘발유, 타이어 트레드이지요…. 우리는 남자잖아요. 여기 이 사람은 위대한 남자입니다. 우토츠킨이에요! 이 남자가 아버지를 응징하러 갑니다."

우리는 쪽문 옆에서 멈춘다. 걸어간다. 우토츠킨이 앞장선다. 우리는 자전거를 끌고 뒤에서 뛰어간다. 모터가 계속 쏘아대고 있다. 멀리 있는 다차들에서 사람들이 쪽문 쪽으로 모여들어 먼 곳에서 터지는 맹렬한 포사격에 귀를 기울인다.

우토츠킨과 대학생이 얼굴을 마주하고 만난다.

주변에 있는 사람들은 아무것도 이해하지 못한다.

내가 부드럽게 딸랑거리는 소리를 내며 나가지 않았던가. 내가 얼마나 유순하고 말 잘 듣는 아이였는지! 나는 부탁했고 허락을 받았다. 그것이 한 시간 전 일이다! 그런데 갑자기 내가 폭우와 번개, 유령과 함께 돌아온 것이다! 불손하고 다루기 힘든 놈이야!

"어린아이를 모욕해서는 안 돼요." 얼굴을 찡그리고 말을 더듬으며 우토츠킨이 대학생에게 말했다.

"당신은 왜 이 아이를 모욕한 거요? 이 아이에게 체인을 돌려줘요."

이 상황은 자동차가 펄쩍거리며 다차로부터 멀어지고, 대학생 오를로프가 휘몰아치며 떠나가는 폭풍 뒤에 대고 이렇게 소리치는 것으로 끝난다.

"이 돼지! 사기꾼! 미친놈아!"

이 이야기는 머나먼 과거에 대한 것이다.

자전거를 갖는 게 나의 꿈이었다. 하지만 지금 나는 어른이 되었다. 그리고 어른인 내가 어린 중학생인 나에게 말한다.

"어깨, 지금 요구해봐. 이제는 내가 너를 위해 복수할 수 있어. 남몰래 원하는 걸 말해봐."

그런데 아무도 대답하지 않는다.

그러면 나는 다시 한 번 말한다.

"나를 봐, 나는 너한테서 그리 멀어지지 않았어. 그리고 이미, 봐. 나는 잔뜩 늙었지, 살이 잔뜩 쪘어…. 너는 역사의 산증인이었잖아. 기억나? 블레리오가 라망슈를 횡단비행한 거? 이제 나는 뒤쳐졌어, 봐, 내가 얼마나 뒤쳐졌는지, 나는 종종걸음을 쳐,

뚱뚱이가 짧은 다리로 종종걸음 친다니까…. 내가 뛰는 게 얼마나 힘든지 보라구, 하지만 나는 뛰어, 숨이 막히고 발이 빠지더라도, 쾅쾅 울려대는 세기의 폭풍을 향해 달려간다구!"

1928년

서커스에서

    검은 니트를 입은 사람이 자기 다리 사이에 고개를 집어넣고 자신의 등을 쳐다본다. 다른 사람은 물을 스무 잔 들이켜고는 시가를 피우고 지팡이를 휘두르며 어슬렁거린다. 그러더니 무대 한가운데 멈춰 서서 자기 배를 쓰다듬는다. 그러자 그의 입에서 분수가 뿜어져 나오기 시작한다. 따뜻한 물이다…. 세 번째, 몸집 좋은 선수가 쇠로 된 들보를 높이 던진 후 떨어지는 들보 아래로 자기 목을 들이민다.

    기형인간들의 서커스이다.

    관객은 그런 공연에 어떤 감정으로 반응하는가? 어찌 됐든 환희는 아니다. 관객들이 동요한다. 마치 이렇게 외치고 싶어 하는 것만 같다. '그럴 필요 없어. 내 앞에서 그렇게 너 자신을 낮출 만큼 난 센 사람이 아니야.'

    위에 언급한 곡예사들의 기교는 비굴하다. 그런 구경을 하는 관객의 마음에서는 양심의 내밀한 움직임이 일어난다. 뱀인간은 배우가 저속한 개성과 어릿광대 놀음, 불구로 이름을 날리던 시대부터, 배우가 구걸하던 시대부터 그대로 남아 있다.

새로운 서커스는 그런 종목을 거부해야 한다.

서커스 기술은 멈추어 불변의 것이 돼버린 것처럼 여겨졌다. 아무것도 추가할 수 없고, 장르가 완성된 것으로 여겨졌다. 그렇다면 줄타기 곡예사의 작업을 한번 살펴보자.

예전에 우리가 알던 바는 다음과 같다.

줄타기 곡예사의 모습은 동화적이다. 줄타기 곡예사는 굉장히 몸이 말랐고 키가 크며 몸이 굴곡지다. 굉장한 턱과 긴 코를 가진 그의 얼굴은 악마 같다. 두 눈은 반짝거린다.

우리는 알고 있다. 그는 검정색과 노란색 니트를 입고 있는 어릿광대다. 그의 다리는 뱀과 비슷하다.

그가 장식이 많고 마치 가마처럼 흔들거리는 작은 무대 위로 올라간다. 작은 무대가 휘청거리고 녹색 실크가 반짝거린다. 방울들이 울려댄다.

그리고 물론 줄타기 곡예사가 우산을 집어 든다⋯.

줄타기 곡예사의 우산은 전설이었다!

그리고 물론 밧줄이 팽팽하게 걸려 있다. 이 악마가 뛰어다니고 미끄러진다. 그는 마치 말을 타고 있는 것처럼 달려갔다. 바로 그 속력에서 우리는 담대함과 날렵함을 목도했다.

요즘의 줄타기 곡예사는 느슨한 와이어 줄 위에서 연기한다. 그리고 뛰어다니지 않는다. 무엇으로 이 오래된 곡예를 더 복잡하게 만들 수 있을까!라는 생각이 들 것이다. 끓는 물이 담긴 주전자로 저글링을 하면서 와이어 줄 위를 걸어 다니는 기술을 완전히 익힌 후에는 무엇을 더 궁리해낼 수 있을까…. 바로 이것을 궁리해냈다. 와이어 줄 위에 서는 것이다. 오늘날의 줄타기 곡예사는 느슨한 와이어 줄 위에 낚시꾼 같은 부동의 자세로 서 있는다. 그는 과장되게 느릿느릿하고 꼼꼼하며 굼뜨다.

옛날의 줄타기 곡예사가 감옥으로부터의 탈주나 연인의 창문으로 들어가는 것을 상징화했다면 새로운 서커스의 줄타기 곡예사는 세탁부가 걸어놓은 빨랫줄 위에 올라가게 된 겁쟁이 도시인을 표현한다.

그것은 도시의 모험이다.

반짝거리는 것도 딸랑거리는 것도 없으며 우산도 절대 찾아볼 수 없다. 현대의 줄타기 곡예사는 재봉사의 모습을 하고 있다. 그렇다, 양복쟁이와 비슷하다. 그것도 거인과 말싸움을 벌였던, 우리의 동화 같은 줄타기 곡예사와 같은 부류로 밝혀질 수 있는 그 동화 속의 재봉사가 아니라, 중절모를 쓰고 재킷을 입고 콧수염을 기르고 넥타이를 비스듬하게 맨 아주 평범한 도시의 양복쟁이 말이다….

그는 우연찮게 와이어 줄 위로 올라가게 된 것만 같다. 그는 자기가 모르는 일을 하는 사람을 그려낸다.

그렇게 풍자적으로 모사하려면 굉장한 기술이 필수적이다. 그리고 정말로 그의 기술은 경이로울 정도다. 관중들은 무슨 영문인지 이해도 못한다. 관중의 열광은 지체되고 잠깐 동안 침묵을 지킨 후에야 갈채를 보낸다. 처음에 관중은 곡예사가 와이어 줄 위에 멈춰 서서 넥타이를 고쳐 매는 것에 전혀 놀랄 일이 없다고 생각하는 것이다….

새로운 줄타기 곡예사가 옛것을 패러디한다.

그리 오래되기 전에 우리는 나이아가라의 줄타기 곡예사들도 보았다. 그것은 과거로의 회귀였고 변절이었다. 이 곡예단은 요란한 소리를 내며 공연했는데, 헬멧을 쓰고 로마식 장비를 갖추고 자전거를 타고 와이어 줄 위로 다니는 장갑 보병들이었다. 폭죽이 터지는가 하면 일제 사격도 이루어졌다. 특수효과가 강렬했다. 그러나 흔들거리는 와이어 줄과 함께 공중으로 뛰어오를 줄 아는, 해진 바지를 입은 소박한 사람의 공연을 보면, 때로는 이 사람이 이미 살아 있는 어떤 존재가 아니라 그림자일 뿐이라고 생각되는 것이다. 외관상 수수한 이 공연이 가장 드높은 장인의 경지를 말해주는 것이다.

채플린이 만들어낸 캐릭터가 새로운 서커스의 주된 인물 중 하나가 되고 있다. 무대 위에 등장하면 가엾은 불신을 불러일으키는 이 도시인은 "이 병신아, 네가 감히 그런 일에 나서!"라고 말한다.

그리고 겉보기에 젊지 않고 불결한 생활로 인해 불어 터진 이 인물이 갑자기 곡예단의 주요 배우임이 드러난다. 그가 가장 힘든 일을 맡아서 하는 것이다.

그는 약간의 속도를 확보한 다음 철봉대의 수직 기둥에 두 다리를 걸고는 지면에 평행되게 몸을 죽 뻗고 물리학의 기본 법칙에 어긋나게 기둥 주위를 빙빙 돌기 시작할 수 있다.

그가 재킷을 벗어던진다….

그러자 당신의 연민은 흔적도 남지 않는다. 그가 약삭빠른 재킷 속에 근육을 위한 익살을 준비하고 있었던 것이다. 당신은 그로 인해 전율을 맛볼 것이다….

그것은 가장무도회였다.

그리고 여기에 어떤 암시가 있었다. 도시의, 말하자면, 인간 나부랭이들인 우리는 위축되어 있고 신경질적인데 (하지만 우리는 좀 더 훈련하고 조금 노력할 필요가 있다) 도시적인 복장 속에 놀라운 신체를 가지고 있는 것이다. 이것은 유용한 비유이다. 우리는 그에게 가장 열렬한 갈채를 보내는 것으로 상을 준다.

이 인물이 광대까지도 대체해버렸다. 카펫 옆에서 채플린이 일한다.

"광대야! 광대야! 도와줘!"

지금은 '광대야! 도와줘!'라고 외치지 않는다. 광대는 없다. 광대가 광대이길 그만두었다.

광대가 무대에서 머리를 아래쪽으로 하고 관람석으로 떨어졌다. 하얀 두건을 반짝거리면서 난간에 매달렸다! 굉장히 큰 사진기가 요란한 소리를 낸다기보다는 차라리 독수리의 울음 같은 소리를 내며 그의 비행을 좇았다. 높은 곳에서 날아 내려온 그는 벨벳으로 덮인 무대 차단벽 위에 내려앉아 손수건을 꺼내 코를 풀었다. 코 푸는 소리가 이상했다. 오케스트라에서 심벌즈, 북, 플루트 연주로 그 소리를 만들어냈다.

광대가 얼굴에서 손수건을 치우자 그의 코가 밝게 빛나고 있는 것을 모두가 보았다!! 그의 코에서 작은 전구가 불빛을 밝히고 있었다. 전구 불빛이 꺼지자 갑자기 붉은빛 머리칼이 곤두섰다. 그것은 광대의 화려한 엔딩이었다.

여자 기수가 휴식을 취하고 말이 평보平步로 원을 그리며 걷고 있을 때 다음과 같은 일이 벌어졌다.

광대가 채찍을 든 사람에게 다가가 물어본다.

"이분이 마드무아젤 클라라인가요?"

"모릅니다." 채찍을 든 사람이 말했다.

그러자 광대가 발끝으로 서서 여자 기수의 드러난 어깨에 입을 맞추었다. 그리고 따귀를 맞았다.

"맞아, 마드무아젤 클라라야." 그가 말했다.

환영곡. 갤럽gallop. 여자 기수는 일을 계속한다.

(이제는 여자 기수도 점점 적어진다!)

옛날 서커스에서 광대는 이랬다.

그는 추태를 부리고 노래를 부르고 울음을 터뜨렸다.

오늘날의 광대는 공상적이지 않다. 그는 의아한 표정을 짓는다. 그 광대가 아는 것이라고는 카펫뿐이다. 그는 일하는 사람들이 카펫을 말고 펴는 것을 방해했다. 그리고 아이들이 소리를 지르는 가운데, 사람들이 그 유명한 발 토시를 신은 다리를 치켜들고 있는 그를 카펫 위에, 손수레에 실어 데리고 나가는 것으로 그의 막간 공연은 끝이 났다.

새로운 광대는 섬세하고 귀족적으로 공연한다. 그가 옛날 광대처럼 고래고래 소리를 질러대는 일은 절대로 없다. 그는 사물과 소도구 들을 '의도적으로 사용한다'. 그 바탕에는 호기심이 있다. 그는 알지 못하는 물건과 맞닥뜨린 호기심 많은 어린이를 표현한다. 어린이가 아니라, 동물 이를테면 고양이일 때도 있다. 언제나 호기심은 처벌을 받는다.

그런데 지금은 여자 기수가 갈수록 적어진다!

말은 이미 서커스의 자랑거리가 아니다. 예전에는 말을 보러 서커스에 가는 걸로 생각들 했다.

빌리얌 트루찌Вильям Труцци가 유명하다!

그는 최후의 기사이다. 그는 서커스 최후의 미남이다. 마지막으로 말 스무 마리가 한꺼번에 모두 뒷발로 일어선다. 마지막에 말 한 마리가 연출 감독의 특별석 앞에서 무릎을 꿇는다. 레이스로 얼굴을 반쯤 가리고 스페인제 여성 모자를 쓴 말은 마치 영양처럼 상냥하다…. 마지막으로 기사가 말 두 마리를 동시에 탄다. 이어서 말 탄 무리가 무대 위를 돈다. 캐스터네츠가 울리고 기사가 실크해트를 벗는다. 실크해트의 둥근 표면을 따라 눈부신 빛이 회전하며 반짝인다.

공연이 끝날 무렵 기사 트루찌가 특별석에 나타난다. 그는 자동차들이 공중에서 추격을 벌이는 자동차 공연을 보고 있다.

하지만 빌어먹을, 자동차를 훈련시켜서는 안 된다!

서커스에서 자전거가 새로운 물건이었던 게 오래되기라도 했는가?

대형 바구니가 설치되었고 우리는 바구니의 나무살 사이로 자전거를 탄 사람을 보았다. 그는 바구니의 안쪽 벽을 따라 나선형으로 올라가며 자전거를 탔다. 그러고 나서 행운의 여신처럼 바퀴 하나로 자전거를 타기 시작했다. 쇠로 된 말을 뒷발로 세웠다…. 그러더니 재킷을 입고 넥타이를 비뚜름하게 맨 작은 사람이 여기에도 등장해서는 자전거를 가장 노련하게 타는 것이었다. 그는 바퀴 하나로 타는가 하면 멈춰 서서 가만히 있다가 뒤로 가기도 했다. 그는 술 취한 사람을 흉내 내면서 바퀴와 함께 비틀거렸다.

우리는 서커스에서 하는 운동과 유머를 지지한다! 서커스에서 공포를 맛보기를 원치 않는다. 배우가 공중그네에서 떨어져 몸을 다치는 걸 보는 건 즐겁지 않다.

1929년

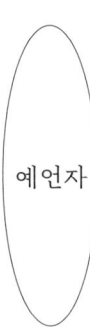

예언자

　코즐렌코프는 언덕 위에 서 있었다. 무더운 여름날이었다. 광활함, 청명함, 빛남. 광활함 속에 코즐렌코프는 완전히 혼자 서 있었다. 삼베로 만든 윗옷에 샌들을 신고 모자를 쓴, 어쨌든 여름 옷차림이었다. 얼굴은 확실히 볕에 그을린 모습이었다.
　녹음은 무성하지 않았다. 풍경이 다소 메마른 감이 있었다. 강바닥의 갈라진 곳이 검게 보였다. 강바닥이 소리를 울렸다.
　코즐렌코프가 서 있는 언덕 아래쪽으로 이어지는 가파른 오솔길로 천사 하나가 재빨리 올라왔다. 어깨까지 오는 검은 머리칼이 물결치는 키가 크고 날개가 없고 강해 보이는 천사였다. 그는 빨간색과 검정색의 천으로 지은 실내복을 입었고 손에 지팡이를 들고 있었다. 실내복 속에서 두 무릎이 바쁘게 움직였다.
　그가 언덕 가장자리에서 코즐렌코프 앞에 모습을 드러냈다. 선명한 초록빛 새싹이 잎을 틔운 기다란 지팡이가 풀 줄기들 사이로 메마른 땅을 짚고 있었다. 지팡이가 가구처럼 반짝거렸다. 새싹들이 새끼 새의 머리와 비슷했다…. 천사는 똑바로 마주 보고 서 있었다. 그의 울대뼈가 우승컵의 형태를 하고 있었다. 천사가 코즐렌코프의 어깨로 한 손을 뻗었다.

바로 그때 코즐렌코프가 잠에서 깨어났다. 그는 여느 때처럼 아침 8시쯤 깨어났다. 어제저녁에 먹다 남은 양파와 샐러드가 탁자 위에 푸른빛을 발하고 있었다. 코즐렌코프는 물 한 잔을 단번에 들이켰다.

그는 몸을 씻고 옷을 입었다. 활기찬 여름 아침이었다. 코즐렌코프는 창밖을 내다보았다. 어딘가 수풀 사이에서 이슬이 반짝거리는 것 같았고, 포르르 날아오른 새가 이슬방울을 물고 가는 것 같았다. 물을 보는 것이 그를 즐겁게 해주었는데 양파를 먹은 뒤로 밤새 갈증에 시달렸기 때문이었다. 옆집 여자가 복도를 뛰어다니면서 숨고 소리를 질러댔다.

차를 실컷 마시고 나서 그는 집을 나섰다. 경비 아저씨가 옆 건물에서 젊은 여자가 목을 매달았다고 말했다. 코즐렌코프는 서둘러 보러 갔다.

옆 건물 마당 한가운데 작은 정원이 온통 짓뭉개져 있었다. 거주민들이 창밖을 내다보고 있었다. 코즐렌코프는 생각했다. '직장에 늦게 가야지.' 그러나 그렇게 하지 못했다. 사건은 어두운 마당에서 일어났다. 코즐렌코프는 아치 아래 멈춰 섰다. 사람들의 행렬이 그를 향해 다가왔다. 아줌마들, 조끼 입은 남자들, 야채 바구니, 개들, 아이들, 빗자루. 올가미에서 빼낸 여자를 다들 손으로 붙잡아 옮기고 있었다.

그녀는 행렬 위에 누워 있었는데 숨이 붙어 있었고, 햇빛을 환히 받고 있었고, 장미 문양이 찍힌 원피스를 입고 있었다. 멀리서 작은 나팔을 불었다. 마차가 지나갔다. 코즐렌코프는 그녀가 불행했고 버림받았으며 굶주렸다는 것을 알아냈다.

불현듯 코즐렌코프는 겨울이 다 지나갔는데도 열지 않은 어두운 창문을 보았다. 창틀 틈에는 솜이 끼워져 있었고 털실과 초도 있었다. 그 창문은 자살과 아무런 상관이 없었다. 그다음에는 현관 계단에 노망난 할머니가 앉아 있었다. 할머니는 음식을 먹고 있었는데 무릎에서 음식 조각을 집어 올렸다.

'슬프다. 아, 슬퍼.' 코즐렌코프가 생각했다.

그러자 그는 모두가 불쌍해졌다.

"도와야 해!" 그가 큰 소리로, 결연히 말했다.

그는 이렇게 말하고 싶었다.

'나는 인간의 슬픔을 보았다. 당장 모든 사람들을 도와야 한다. 인간의 슬픔을 단번에 박살낼 만한 일을 당장 해내야만 한다.'

"사람들이 도와줄 거야. 그 여자는 살아 있어." 사람들 속에서 누군가 대답했다.

코즐렌코프는 인간의 슬픔을 단번에 박살낼 힘을 가지고 있지 않았다. 그는 그런 힘은 존재하지 않는다는 걸 알고 있었다. 기다리며 그 힘을 축적해야 한다.

코즐렌코프의 열망이 너무도 강렬했고 북받치는 감정을 도

저히 억누를 수 없었으므로 그는 단 한순간일지라도 기다리는 데 동의할 수 없었다. 그래서 그는 기적을 생각했다.

"기적을 일으켜야 해." 그가 탄식했다.

직장에서 점심시간에 콜바사*가 든 빵을 씹으면서 코즐렌코프는 아침의 사건을 떠올렸다. 그의 두 눈에서 눈물이 반짝거렸다. 그는 울음을 참았지만 음식을 삼키는 게 점점 더 어려워졌다. 그는 어떤 광경을 상상했다.

그가 싹이 난 지팡이를 들고 마당으로 들어선다. 작은 정원에서 새들이 지저귀고 덤불 사이에서 꽃들이 살랑거리는데 사람들이 공포에 사로잡혀 창턱에서 뛰어온다. 맞은편에서 사람들이 젊은 여자를 운반해 온다. 아치 너머로 할머니와 털실이 있는 창이 보인다. 그는 손바닥으로 젊은 여자의 이마를 짚어본다. 바로 그때 창문이 높이 올라가고 허공과 태양을 향해 돌아가더니 있는 대로 활짝 열린다. 창턱에서 펠라르고늄이 축 늘어지고 바람이 커튼을 불어 올린다…. 그 순간 할머니에게 젊음이 돌아오고 아들도 돌아온다. 그들은 나무로 만든, 깨끗이 닦인 식탁 앞에 앉아 수박을 먹는다. 수박이 눈처럼 희고 붉다. 작은 씨들이 깨끗하고 반짝거린다. 그 씨들로 블로쉬키**를 할 수 있다. 그런데 그 여자는…. 모두들 행복하다. 꿈이 이루어지고 잃어버린 것이 돌아온다.

코즐렌코프가 갑자기 일어섰다. 그는 꿈을 떠올렸다. 요란한 소리를 내며 의자가 뒤로 물러났다. 회계책의 페이지들이 곤두섰다.

- * 러시아식 소시지.
- ** 끝을 눌러 튀게 하여 정해진 곳에 들어가게 하는 놀이.

그는 옆 사무실로 가는 문을 열고 문턱을 넘어섰다. 바로 그 때 모든 고개들이 숙여졌다. 그는 창문들이 열려 있고 창문 너머에 초록이 우거지고 나뭇가지들이 드리운 것을 보았다. 그 순간 창문들이 움직였다. 어떤 힘이, 어떤 기운이 창문에 날아들어 창문짝을 사방으로 흔들어놓았다. 나뭇가지들이 흔들리며 설렁거렸다. 책상에서부터 회오리를 일으키며 서류들이 날아올랐다. 그의 등 뒤에서 쾅 소리를 내며 문이 닫혔다. 맞은편 문은 저절로 열렸다.

그리고 그는 가장 중요한 것을 보았다. 모든 고개들이 푹 숙여지더니 얼굴이 책상에 가닿는 것이었다. 물론 맞바람 때문이라는 걸 그는 알고 있었다. 그러나 그는 아무도 그를 향해 시선을 들지 못하는 것도 보았다. 그리고 그는 그 의미를 얼마든지 좋을 대로 평가할 수 있었다.

그는 생각했다. '모두들 내 앞에서 고개를 푹 수그렸어. 난 걸어간다. 난 천사를 보았어. 나는 예언자야. 나는 기적을 행해야 돼.' 그는 연달이 있는 방 몇 개를 맞바람과 폭풍을 일으키며 지나갔다. 그가 지나가는 길에 연신 비명이 울렸다. 그 비명들의 뜻은 이랬다.

"조심해! 문! 문! 서류들을 잡아! 유리창이 깨진다! 경비원이 없어!"

그러나 그 비명들에 다른 의미를 부여하는 것이 코즐렌코프에게 금지되지 않았다. 어떤 비명들은 그에게 환희의 표현으로 들렸고, 다른 비명들은 분노의 표현으로 들렸다. 그는 예언자로

서 걸어갔다. 어떤 사람들에게는 오랫동안 기다린 예언자였고, 다른 사람들에게는 증오의 대상인 예언자로서. 그는 파견자의 의지를 실행했다.

창문들이 쿵쾅거렸고 유리가 밝게 빛났으며 정원에는 그로 인해 번개가 날아다녔다. 드디어 극도의 흥분에 도달했다. 코즐렌코프가 회사 대표 앞에 선 것이다. 대표가 코즐렌코프를 맞아 자기 의자에서 천천히 일어나기 시작했다. 예언자는 맞바람 때문에 머리칼이 헝클어지고 창백해졌고 이글이글 불타는 눈동자에다 숨을 헐떡이고 있었다.

"2주치 급여를 가불해주십시오." 코즐렌코프가 말했다. 그리고 1분 뒤 그는 회사 대표의 쪽지를 손에 쥐고 되돌아가고 있었다.

"이건 기적이야, 기적이지. 기적적으로 받은 거야, 기적!" 주변에서 웅성거렸다.

돈을 받았다. 그는 밖으로 나왔다. 모두 창가로 급히 다가왔다. 그는 모자도 쓰지 않고 걸었고 마주치는 사람들이 돌아다보았다.

그러고 나서 그는 올가미에서 빼낸 여자를 찾았다. 그 어두운 마당에서 사람들이 그에게 여자가 병원에 있다고 이야기했다. 모르는 사람이 그를 때렸다.

"엉뚱한 사람을 때려, 왜 때리는 거야!" 아줌마가 외쳤다.

모르는 사람이 다시 한 번 주먹으로 그의 두 어깨뼈 사이를 때렸다. 코즐렌코프는 주먹에 맞자 이상하게도 몸이 쭉 펴졌다.

그리고 갑자기 몸이 쭉 펴져서 그런지 가볍게, 왠지 여위어서 계단을 내려갔다. 그의 얼굴이 빛났다. 그는 단지 자기를 다른 사람으로 착각했을 뿐이며, 젊은 여자를 불행에 빠뜨린 책임이 있는 자로 착각했을 뿐임을 알고 있었다. 그는 타인의 죄를 자신이 짊어졌기 때문에 입을 다물었다. 비웃음을 당한 그는 마당을 재빨리 지나갔다.

마당 안에서 여자아이가 공을 가지고 놀고 있었다. 공이 덤불 안으로 들어갔다. 코즐렌코프가 풀 위를, 잔디밭의 검은 흙 위를 기어서 덤불을 떼어내고는 공을 들어 올렸다. 경비가 지붕 위에서 그것을 다 보았다. 꽃잎들이 코즐렌코프의 머리를 뒤덮었고 손바닥에서 가시가 삐죽 튀어나왔다.

높은 곳에서 하늘빛을 받은 경비가 세상 위에서 열변을 토했다. 높은 곳에서 저주가 내렸다. 그의 앞치마가 마구 펄럭거렸다. 마침 경비의 발치에 있던 이런저런 물건들의 위치가 두루마리를 연상시키는 형태를 만들어냈는데, 그 형태는 대리석으로 만든 천사들의 입상에서 보이는 두루마리와 같았다. 그리고 경비가 마침 사다리의 꼭대기에 서자 (평범한 소방용 사다리였다) 햇빛 속에서 사다리가 활활 타올랐다. 코즐렌코프는 깜짝 놀랐다.

코즐렌코프가 병원 근처로 갔다. 꽃잎들이 조용히 빙 돌면서 그의 머리에서 떨어져 내렸다.

"난 못 해. 왜 내게 천사를 보낸 거지?" 그가 한숨을 쉬었다.

그래서 그는 집으로 갔다. 마당 안 현관 옆에 세탁부 표도라가 앉아 있었다.

그녀는 야채를 팔았다. 거칠게 잘랐지만 겉보기에는 조각을 한 것 같은 배추 포기들이 바구니에 담겨 현관에 놓여 있었다. 코즐렌코프는 흘긋 보았다. 잎사귀들이 빙빙 말린 배추 포기, 바로 이 빙빙 말린 모습이 대리석의 단단함과 잎사귀들의 차가움으로 되살아나 코즐렌코프의 기억 속에 경각심을 불러일으켰다. 조각상의 느낌을 주는 비슷한 빙빙 말린 것을 그는 오늘 경비의 앞치마에서 보았었다.

세탁부가 두 손에 배추 포기를 들고 있었다. 힘센 그녀는 빨간 옷을 입고 있었다. 어제도 똑같은 시간에 그녀는 바구니 위로 서 있었고 어제 코즐렌코프는 그녀에게서 신선한 양파를 샀었다. 지금도 그는 똑같이 했다. 세탁부가 배추를 바구니 안에 내려놓고 (배추가 막 씻은 것처럼 손바닥 안에서 삑삑 소리를 냈다) 양파를 꺼냈다.

'나쁜 세탁부야.' 코즐렌코프가 생각했다. 어젯밤 잠자리에 들면서 그는 침대 시트가 뻣뻣해서 화가 치밀었다. 어제 그는 양파를 잔뜩 먹었고 밤에 갈증이 나서 잠에서 깼다. 그는 더워서 베개를 뒤집었다. 지치고 잠에 취한 그가 반대쪽을, 시원한 쪽을 베자 회복과 안정감이 찾아들었다. 그러나 얼마 안 가서 이쪽도 열기가 배어들었다.

놀라운 날이 저물었다. 저녁에 코즐렌코프는 또다시 양파를 먹었다. 버터를 바른 빵과 양파. 쓰고, 달고, 땀에 젖은, 겨드랑이 냄새와 함께. 잠자리에 눕기 전에 그는 매트리스 위에 깐 시트를 손으로 문질러보았다. 보이지 않는 울퉁불퉁함을 고르게 하기 위해서였다.

 지나간 하루가 이상했다. 코즐렌코프는 잠이 들었다. 또다시 갈증이 그를 괴롭혔다. 가뭄, 가문 날이 다시 한 번 그 앞에 펼쳐졌다. 노랗고 소리가 잘 울리는 풍경, 구멍이 숭숭 난 강바닥. 그는 잠을 잤다. 그의 몸이 소란을 일으켰다. 그는 베개 뒷면을 찾으며 이리저리 뒤척였다. 그는 잠을 자면서 저항했고, 자면서 활동하는 자신에게 분노했다. 또다시 언덕을 오르는 자신에게 맞섰다…. 그는 잠을 자면서 우우 소리 질렀고 이불을 두 손으로 두들겼다….

 그런데 그가 또다시 언덕 위에서 멈춰 섰고, 또다시 빨간 옷을 입고 머리가 검은, 강인해 보이는 천사가 아래쪽에서 그를 향해 걸어왔다. 환상이 시작된 바로 그 순간 잠든 코즐렌코프의 몸에서 가슴 통증이 시작됐다. 가슴 통증이 기관지 쪽으로 옮아가는 것, 식도 깊은 곳 어딘가부터 가슴 통증이 진행되는 경로가 바로 꿈속에서 천사가 등장하고 걸어오는 경로였다. 그런데 코즐렌코프가 낮 동안 획득한 지식들(일련의 사물들 사이에 존재하는 유사성에 대한 그의 깨달음)이 잠에 취한 그의 의식 작용에 반영되었다. 이 지식이 꿈에 대해서 폭로하는 성격이 강했으므로 꿈이 약화되었고 꿈은 중단될 준비가 되었다.

 일 초만 더 지났어도 잠자던 그가 벌떡 일어났을 것이었다…. 그리고 정말로 코즐렌코프는 일 초 뒤에 잠에서 깼다. 자기 앞 언덕 가장자리에 세탁부 표도라가 서 있는 걸 본 다음이었다.

 코즐렌코프가 잠에서 깼다. 날이 밝았다. 그는 물을 잔뜩 마시고는 웃음을 터뜨렸고 잠이 들었다.

1929년

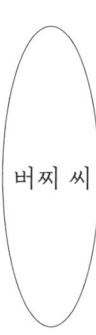

버찌 씨

일요일에 나는 나타샤의 다차를 방문했다. 나 말고도 세 명의 방문객이 더 있었는데 아가씨 두 명과 보리스 미하일로비치였다. 아가씨들은 나타샤의 오빠인 에라스트와 함께 강에 보트를 타러 갔다. 우리, 즉 나타샤와 보리스 미하일로비치 그리고 나는 숲으로 갔다. 숲속에 들어간 우리는 작은 공터에 자리를 잡았는데 볕이 환하게 잘 드는 곳이었다. 나타샤가 얼굴을 치켜들자 갑자기 그녀의 얼굴이 빛나는 도자기 접시처럼 보였다.

나타샤는 나를 또래 대하듯 하는데 보리스 미하일로비치에게는 윗사람 대하듯 하며 그의 기분을 맞춰준다. 그녀는 내가 그것 때문에 기분이 상하고 보리스 미하일로비치를 질투한다는 걸 알고 자꾸만 내 손을 잡으며 무슨 이야기만 하면 나를 돌아보며 묻는다.

"그렇지, 페쟈?"

말하자면 나의 용서를 구하는 것 같다. 직접적으로가 아니라 에둘러서 말이다.

나무들이 빽빽이 우거진 곳에서 우스꽝스러운 새소리가 들려왔기 때문에 새에 대해서 이야기하게 되었다. 나는 예를 들어 개똥지빠귀를 한 번도 본 적이 없다고 말했다. 그리고 개똥지빠귀가 어떤 새인지 물었다.

숲에서 어떤 새가 날아왔다. 새는 공터 위를 날아 지나가 우리 머리에서 멀지 않은 곳에 뻗어 나온 가지에 앉았다. 그런데 그 새는 흔들리는 나뭇가지 위에 앉은 것이 아니라 서 있었다. 새가 눈을 깜박거렸다. 그리고 나는 새의 눈이 얼마나 보기 흉한가 하고 잠깐 생각했다. 눈썹이 없는데 눈꺼풀은 굉장히 튀어나왔으니 말이다.

"이게 무슨 새지?" 내가 속삭이며 물었다.

"개똥지빠귀인가? 저 새가 개똥지빠귀야?"

아무도 내게 대답하지 않는다. 나는 그들에게 등을 돌리고 있다. 나의 탐욕스런 시선은 그들을 좇고 있지 않으며 그들은 호젓함을 즐기고 있다. 나는 새를 쳐다본다. 고개를 돌리자 나는 보리스 미하일로비치가 나타샤의 뺨을 쓰다듬고 있는 것을 본다. 그 손은 생각한다. '저놈은 새나 쳐다보라지, 토라진 어린놈!' 나는 이미 새를 쳐다보지 않는다. 나는 귀를 세워 듣는다. 키스하던 두 입이 서로 떨어지는 소리를 듣는다. 나는 뒤돌아보지 않지만 그들은 포착당했다. 그들은 내가 몸을 부르르 떠는 것을 본다.

"저 새가 개똥지빠귀야?" 내가 묻는다.

새는 이미 날아가고 없다. 새는 나무우듬지 사이를 지나 위로 날아가버렸다. 새는 그렇게 나느라 힘들었을 것이다. 나뭇잎들을 바삭거리며 새는 날아간다.

나타샤가 우리에게 버찌를 대접했다. 나는 어릴 때 습관대로 버찌 씨 한 알을 입속에 그대로 남겨두었다. 씨는 입속에서 이리저리 구르며 아주 깨끗하게 빨아 먹혔다. 나는 씨를 꺼냈다. 씨앗은 꼭 나무 모양이었다.

나는 입안에 버찌 씨를 물고 다차를 떠났다.

나는 눈에 보이지 않는 나라를 여행한다.

나는 다차에서 도시로 돌아가면서 여기를 걷고 있다. 해가 지고 있는데 나는 동쪽을 향해 걸어간다. 나는 이중의 여정을 밟는다. 하나의 여정은 모든 사람이 볼 수 있는 여정이다. 마주 오는 사람은 초록이 물들어가는 인적 없는 지역을 걸어가는 사람을 본다. 그런데 이 평화롭게 걸어가는 사람에게 무슨 일이 벌어지고 있는지? 그는 자기 앞으로 늘어진 그림자를 본다. 길게 드리운 그림자가 땅 위로 움직인다. 그림자의 다리가 창백하고 길다. 나는 인적 없는 곳을 가로지른다. 그림자가 갈색 벽 위로 올라가더니 갑자기 머리가 없어진다. 마주 오는 사람은 이걸 보지 못한다. 이걸 보는 사람은 나 혼자뿐이다. 나는 두 건물 사이에 만들어진 홀로 들어선다. 홀은 끝없이 높고 그림자로 가득 차 있다. 이곳의 흙은 약간 퀴퀴하고 마치 텃밭의 흙처럼 다루기 쉽다. 마주 오는 들개 한 마리가 미리 한쪽으로 비키면서 벽 옆으로 달려간다. 우리는 서로 지나쳤다. 나는 주위를 둘러본다. 뒤에 남겨진 문턱이 빛난다. 거기 문턱 위에서 순간적으로 홍염이 개를 휩싼다. 그다음에 개는 황야로 달려간다. 그리고 지금에야 나는 개의 털빛이 붉은색이라고 단정할 기회를 얻는다.

이 모든 것은 눈에 보이지 않는 세계에서 일어나는 일이다. 왜냐하면 정상적인 시력으로 볼 수 있는 나라에서는 다른 일이 일어나기 때문이다. 길을 걷던 사람이 개와 마주친다, 해가 진다, 황야가 초록으로 물들어간다….

눈에 보이지 않는 나라는 관심과 상상의 나라이다. 여행자는 외롭지 않다! 두 명의 누이가 양옆에서 걸으며 손을 잡고 이끈다. 누이 한 명의 이름은 관심이고 다른 누이의 이름은 상상이다.

그러니까, 뭐라고? 그러니까, 모든 것을 개의치 않고, 질서와 사회를 무시하고, 나만의 고유한 감각이 갖는 가공의 법칙 이외에는 그 어떤 법칙에도 따르지 않는 세계를 내가 만든다고? 그게 무슨 뜻이지? 낡은 것과 새로운 것, 두 개의 세계가 있다. 그런데 이것은 어떤 세계인가? 세 번째 세계인가? 두 가지 길이 있는데 대체 이건 세 번째 길인가?

나타샤가 나와 만날 약속을 정하고는 나오지 않는다.

나는 정해진 시간보다 30분 먼저 도착한다.

교차로 위에 트램 시계가 걸려 있다. 시계는 나무통을 연상시킨다, 그렇지 않은가? 두 개의 문자판. 두 개의 바닥. 텅 빈 시간의 나무통!…

나타샤는 3시 30분까지 와야 한다.

나는 기다린다. 오, 물론 오지 않는다. 3시 10분이다.

나는 트램 정거장에 서 있다. 주변 사람들은 다들 움직이는데 나 혼자 불쑥 솟아 있다…. 길을 잃은 사람들이 멀리서 나를 쳐다본다. 역시나 시작된다…. 모르는 여자 하나가 다가온다.

"실례합니다." 모르는 여자가 말한다.

"27번을 타면 쿠드린스카야까지 갈 수 있나요?"

내가 데이트 약속을 기다리고 있는 걸 알아야 할 사람은 아무도 없다. 이렇게 생각들 하라고 하는 게 낫겠지. '활짝 웃음 짓는 젊은이가 다른 사람들의 편의를 봐주려고 모퉁이에 나와 서 있구나. 저 젊은이가 뭐든 말해줄 거야, 맞는 방향으로 보내줄 거야, 안심시켜줄 거야…. 저 남자에게 가자! 저 남자에게!'

"네." 예의를 차리느라 기운이 빠져서 내가 대답한다.

"27번을 타면 쿠드린스카야까지 갑니다…."

그런데 이때 문득 생각이 나서 그녀에게 달려들어 붙잡는다.

"아, 아니네요! 아, 아니에요! 16번을 타셔야 돼요."

약속은 잊어버리자. 나는 사랑에 빠진 남자가 아니다. 나는 거리의 선량한 천재이다. 내게로 오시오! 내게로 오시라고!

3시 15분이다. 시곗바늘이 겹쳐져서 수평으로 뻗어 있다. 그걸 보고 나는 생각한다.

'파리가 발을 비비는 거야. 심란한 시간의 파리 한 마리가.'

어리석어! 무슨 놈의 시간의 파리야!

그녀는 오지 않는다. 그녀는 오지 않을 것이다.

그런데 붉은 군대 병사 한 명이 다가온다.

"실례지만." 그가 묻는다.

"여기 다윈박물관이 어디 있습니까?"

"모릅니다…. 아마 저기 같은데요… 가만있자… 그러니까… 아니, 모르겠네요, 동무, 모릅니다…."

다음! 누구 차례입니까? 부끄러워 마세요….

택시가 방향을 바꾸어 내게로 다가온다. 운전사가 나를 어떻게 무시하는지 잘 보시라! 정신력으로 하면 안 돼, 안 된다니까! 그는 너무나 관대해져서 나를 정신력으로 무시하는 경지에까지 이를 것이다…. 그가 장갑으로 나를 무시한다!!! 운전사 동무, 나를 믿어주세요, 나는 아마추어라고요, 당신이 어디로 차를 돌려야 하는지 나는 알지 못한다고요….

나는 방향을 알려주려고 여기 서 있는 것이 아니다…. 나는 볼일이 있다…. 여기 서 있는 것은 어쩔 수 없어서이고 처량하다! 나는 사람이 좋아서 웃고 있는 게 아니라 긴장해서 웃는 것이다…. 잘 보라고요!

"바르소노피옙스키에 가려면 어디로 가야 하나요?" 운전사가 어깨 너머로 묻는다.

가만있자, 만약 그렇게 필요하다면, 다리 한가운데 서서 사람들이 나에게 강요하는 일에 진지하게 착수하는 게 어떨까?

맹인이 걸어온다.

오, 이 사람은 그냥 나한테 소리치는걸! 지팡이로 나를 막 밀어대….

"10번이 오나?" 그가 묻는다.

"어? 10번 말이야?"

"아니요." 그를 거의 쓰다듬으며 내가 말한다.

"아니요, 동무. 저건 10번이 아닙니다. 2번이에요. 저기 10번이 오네요."

약속 시간에서 이미 10분이 지났다. 뭘 더 기다려? 그런데 혹시 그녀가 어디선가 서두르고 있다면, 날아오고 있다면?

'아, 늦었어, 아, 늦어버렸어!!!'

모르는 여자는 벌써 16번을 타고 가버렸고, 붉은 군대 병사는 박물관의 시원한 홀을 벌써 돌아다니고 있고, 운전사도 이미 바르소노피옙스키에서 빵빵거리고 있다. 맹인도 이미 기분 상한 듯이, 하지만 이기적으로 지팡이를 앞세우며 트램의 승강구로 오르고 있다.

모두들 만족했다! 다들 행복하다!

하지만 나는 서 있다, 무의미하게 미소 지으면서.

그리고 또다시 사람들이 다가와 질문을 던진다. 할머니, 술 취한 사람, 깃발을 든 어린이 한 무리. 그리고 나는 벌써 팔을 휘두르며 공기를 가르기 시작한다. 이제는 길을 가다가 우연히 질문을 받은 행인처럼 그냥 고개를 주억거리는 것이 아니다! 나는 이미 손바닥을 세워서 팔을 뻗고 있다…. 1분이 더 지나자 내 주먹에서 지휘봉이 자라난다….

"뒤로!" 나는 소리칠 것이다.

"멈춰! 바르소노피옙스키로 간다고요? 되돌아가요! 할머니,

오른쪽이요! 멈추세요!"

이런, 이것 좀 보시라! 내 입에 호루라기가 물려 있다…. 나는 호루라기를 분다… 나는 호루라기를 불 권리가 있다… 어린이 여러분, 나를 부러워하라! 뒤로! 아이고… 보세요. 나는 마주 보고 달려가는 두 차량 사이에 서 있을 수 있다. 보시라, 내가 한쪽 다리를 척 내밀고 두 손은 뒷짐을 지고서 빨간 지휘봉을 어깨뼈에 대고 서 있는 것을.

나에게 축하를 건네라, 나타샤. 나는 경찰관이 되었다….

그런데 이때 나는 아벨이 멀리 서서 나를 지켜보고 있는 것을 알아차렸다. (아벨은 나의 이웃이다.)

나타샤는 오지 않을 것이다. 이건 분명하다. 나는 아벨을 부른다.

나. 보셨나요, 아벨?

아벨. 봤어요. 당신은 미쳤어요.

나. 보셨다고요, 아벨? 내가 경찰관이 되어버렸어요.

정적. 그래도 시계 쪽을 일별한다. 보긴 뭐 하러 봐! 4시 10분 전이다.

나. 그런데 말이지요, 당신은 그걸 알 수가 없어요. 경찰관으로의 내 변신은 보이지 않는 나라에서 일어났으니까요.

아벨. 당신 눈에 보이지 않는 나라는 이상주의적인 잠꼬대요.

나. 그런데 가장 놀라운 것이 뭔지 아세요, 아벨? 그 마법의

나라에서는 내가 왠지 모르게 경찰관으로 존재하는 것이 놀랍단 말입니다…. 그 나라에서는 내가 마치 통치자인 양 안정감 있고도 당당하게 점잔 빼며 걸어야 할 것 같단 말입니다. 그리고 현자의 꽃피는 지팡이가 내 손안에서 빛나야 할 것 같고요…. 여기 좀 보세요. 내 손에 경찰관의 지휘봉이 있어요! 실제 세계와 상상의 세계가 얼마나 기이하게 교차하는지 몰라요.

아벨은 말이 없다.

그런데 더더욱 이상한 것은 나를 경찰관으로 바꿔버린 전제조건이 공유되지 못한 사랑이라는 점이다.
아벨. 나는 아무것도 이해가 안 돼요. 아마도 베르그송 철학 나부랭이겠지요.

나는 씨앗을 땅속에 묻기로 결심했다.
나는 자그마한 장소를 골라 씨앗을 묻었다.
'여기에서 벚나무가 자라날 거야. 나타샤를 향한 나의 사랑을 기념해서 심은 나무지. 어쩌면 언젠가, 한 오 년쯤 지나서 봄에 나와 나타샤가 새 나무 옆에서 만나게 될지도. 우리는 나무 양쪽에 설 거야. 벚나무는 크지 않을 거야. 까치발을 하고 서면 가장 높은 데 핀 꽃송이를 건드릴 수 있겠지. 해가 눈부시게 빛날 거고 봄이라고 해도 아직은 썰렁할 거야. 배수로가 아이들을 유혹하는 그런 봄날일 거야. 그리고 곧 이 닥나무의 개화기가 오겠지.' 나는 생각했다.

나는 말할 것이다.

"나타샤, 청명하고 빛나는 날입니다. 바람이 불어 한낮의 밝은 빛을 더욱 강하게 채우는 것 같군요. 바람이 나의 나무를 흔드는군요. 나무가 반짝반짝 빛나는 잎사귀들을 흔들며 바삭거립니다. 나무의 작은 꽃송이 하나하나가 일어섰다가 다시 눕고 그럴 때마다 분홍빛에서 흰빛으로 바뀌어요. 이것이 봄의 삼라만상이지요, 나타샤. 당신은 오 년 전에 내게 버찌를 대접한 적이 있어요, 기억하지요? 응답받지 못한 사랑이 그 기억을 아주 절실하고도 선명하게 하네요. 나는 아직도 기억합니다. 당신의 손바닥이 버찌즙 때문에 연보랏빛으로 물들었고 당신은 손바닥을 마치 파이프처럼 길게 오므려서 내게 열매를 덜어주었지요. 나는 씨 하나를 입에 물고 왔어요. 당신이 나를 사랑하지 않은 것을 기념하며 나는 그것을 심었습니다. 나무가 자라나 꽃을 피웁니다. 아시겠어요, 그때 난 조롱받았지요. 당신의 마음을 쟁취한 보리스 미하일로비치는 남자다웠고요. 나는 공상적이었고 어린애 같았습니다. 당신들이 입 맞추는 동안 나는 개똥지빠귀를 찾고 있었어요. 나는 낭만주의자였습니다. 그런데 보세요. 낭만주의자의 씨앗에서 단단하고 남자다운 나무가 자라났어요. 일본 사람들은 벚꽃이 남자의 정신이라고 생각한다는 걸 아시나요. 보세요. 키는 작지만 튼튼한 일본 나무가 서 있습니다. 믿어주세요, 나타샤. 낭만주의는 남자다운 것입니다. 낭만주의를 조롱할 필요는 없지요…. 알다시피, 문제는 어떻게 접근하는가 하는 거니까요. 만약 보리스 미하일로비치가 벌판에 쪼그리고 앉아서 어린애 같은 씨앗을 땅에 묻고 있는 나를 보았더라면 그는 다시 한 번 자신이 승리했음을 느꼈을 겁니다. 공상가를 누르고 남자가 승리했다는 걸요. 하지만 나는 그때 땅속에 씨앗을 감추고 있었단 말입니다. 그 씨앗은 탁 터지더니 눈부신 탄알을 발사했지요. 나는 땅속에 씨를 감추어두었습니다. 이 나무는 당신이 낳은 나의 자식입니다, 나타샤. 보리스 미하일로비치가 당신에게 낳게 한 아들을 데려와 보세요. 나는 그 아이가 어린애 같은 인물에게서 태어난 이 나무처럼 건강하고 순수하며 절대적인지 한번 보겠습니다."

나는 다차에서 집으로 돌아왔다. 바로 그때 벽 뒤에서 아벨이 나왔다. 그는 노동조합에서 활동한다. 키가 작은 그는 무명과 모 혼방으로 지은 셔츠를 입고 있었고 샌들에 파란 양말을 신고 있었다. 그는 깨끗이 면도한 모양이었지만 뺨이 검었다. 아벨은 언제나 덥수룩한 느낌을 준다. 그에게는 뺨이 두 개가 아니라 검은 뺨 하나만 있다고 잠깐 생각될 정도다. 아벨에게는 독수리 같은 코와 검은 뺨 하나가 있다.

아벨. 무슨 일 있나요? 오늘 다차행 열차를 타고 가다가 당신이 철도 부지에 쪼그리고 앉아서 손으로 땅을 파는 것을 보았어요. 무슨 일입니까?

나는 침묵한다.

아벨. (방 안을 거닐며) 사람이 쪼그리고 앉아서 땅을 판다. 그가 무얼 하는 걸까요? 알 수 없습니다. 실험하는 걸까요? 아니면 발작을 일으킨 걸까? 알 수 없어요. 당신은 가끔 발작을 일으키나요?

나. (잠시 입을 다문 뒤에) 내가 무슨 생각을 하는지 아시나요, 아벨? 공상가들은 아이를 낳으면 안 된다는 생각을 했습니다. 새로운 세상에 공상가의 아이가 왜 필요하단 말입니까? 공상가들은 새로운 세상을 위해서 나무를 생산하라고 두지요.

아벨. 그것은 계획으로 검토된 바 없습니다.

관심의 세계는 머리맡에서 시작되고, 꿈나라로 떠나기 전에 당신이 옷을 벗으면서 침대 가까이로 끌어오는 의자 위에서 시작된다. 당신이 아침 일찍 잠에서 깨어나면 온 집 안이 아직 잠에 빠져 있고 방 안에는 햇살이 가득하다. 고요하다. 움직임 없이 가득한 햇빛을 그대로 두려면 꼼짝하지 마시라. 의자 위에 양말이 놓여 있다. 갈색 양말이다. 그런데 조금의 움직임도 없는 눈부신 햇살 아래에서 당신은 갈색 직물 속에 위로 구불구불하게 뻗친 빨갛고 파랗고 오렌지 빛깔인 털 가닥들을 갑자기 발견한다.

일요일 아침이다. 나는 또다시 잘 알고 있는 길을 따라 걸으며 나타샤를 만나러 가고 있다. '보이지 않는 나라를 여행' 하는 것을 써야 한다. 원한다면 다음은 '돌을 던지려고 서두른 사람'이라는 제목을 달아야 하는 '여행'의 한 장이다.

갈색 벽 아래로 관목이 자라고 있다. 나는 관목들을 쭉 따라서 오솔길을 걸어갔다. 벽에 홈이 나 있는 걸 보자 거기에 돌멩이를 던져 넣고 싶어졌다. 나는 몸을 굽혔다. 발치에 돌멩이가 있었다…. 나는 거기서 개미집을 보았다.

한 이십 년쯤 전에 나는 개미집을 마지막으로 보았다. 오, 물론, 이십 년의 세월 동안 우연찮게 개미집을 밟고 지나간 적이 한 번은 아닐 것이다. 한 번은 적은가? 그리고, 아마도, 나는 그것들을 보았지만, 보면서도 '내가 개미집을 밟고 지나간다'라는 생각은 안 했을 것이다. 그저 머릿속에서 '개미집'이라는 단어가 떠오른 게 전부였을 것이다. 슬그머니 밀고 들어온 친절한 용어에 의해서 살아 있는 이미지가 한순간에 내팽개쳐졌다.

오, 기억났다. 개미집은 시선에 의해서 갑자기 모습을 드러낸다. 하나… 오! 좀 있다가 또 하나! 잠시 후에 보세요! 보세요! 한 개가 또 있어! 지금도 그렇게 된 상황이다. 줄지어 개미집 세 개가 나타났다.

내 키의 눈높이에서는 개미를 잘 볼 수가 없다. 시각은 그저 어떤 불안정한 형체를 포착할 뿐인데 그 형체들은 성공적이게도 움직이지 않는 것으로 간주될 수 있었다. 그리고 시각은 기꺼이 속임수에 넘어갔다. 나는 잘 살펴보고는 개미집 주변에서 엄청나게 바글바글대는 것이 개미가 아니고, 개미집 자체가 마치 모래 언덕처럼 허물어져 내리는 것이라고 생각하는 데 동의했다.

나는 손에 돌멩이를 쥐고 벽에서 네 걸음 정도 떨어진 곳에 섰다. 돌멩이가 벽 홈 안에서 멈춰야 했다. 나는 팔을 휘둘렀다.

돌멩이가 날아가 벽돌에 맞았다. 먼지가 빙빙 피어올랐다. 못 맞혔다. 돌멩이가 벽 아래 관목들 속으로 떨어졌다. 나는 그제야 겨우 돌멩이의 고함 소리를 들었는데 내 손바닥이 펴지기 전에 돌멩이가 내 손안에서 외친 소리였다.

"기다려!" 돌멩이가 외쳤다.

"날 좀 봐!"

그리고 정말로 나는 기억했다. 돌멩이를 잘 살펴봐야 했다. 정말, 의심의 여지 없이, 그 돌멩이는 놀라운 물건이었다. 그런데 그런 돌멩이가 관목들 사이에서, 풀숲 사이에서 사라져버린 것이다! 그리고 그걸 손안에 쥐었던 나는 그것이 어떤 색깔이었는지도 모르는 것이다. 그 돌멩이는 연보랏빛이었을 수도 있고, 한 덩어리가 아니라 몇 개의 조각으로 구성된 것이었을 수도 있다. 어떤 화석이 그 돌멩이 안에 들어 있었을 수도 있다. 죽은 딱정벌레나 버찌 씨 같은 것 말이다. 그 돌멩이는 구멍이 숭숭 많이 난 것일 수도 있었고 마지막으로, 내가 땅바닥에서 주워 든 것이 사실은 전혀 돌멩이가 아니라 녹색 빛을 띤 뼛조각이었을 수도 있다!

나는 길에서 견학 온 무리를 만났다.

씨앗이 잠들어 있는 공터를 스무 명가량의 일행이 돌아다니고 있었다. 아벨이 그들을 이끌고 있었다. 나는 한옆으로 비켜섰다. 아벨은 나를 보지 못했다기보다는 이해하지 못했다. 그는 나를 보았지만 인지하지 못했다. 광신자들이 으레 그렇듯 동의 혹은 저항을 미처 다 기다리지 못하고 나를 완전히 덮어버렸다.

아벨은 신도들로부터 약간 떨어져서 그들에게 얼굴을 향하고는 (내게는 등을 돌리고) 한 팔을 거세게 한번 휘젓고 나서 외쳤다.

"바로 여깁니다! 바로 여기예요! 바로 여기예요!"

잠시 정적이 흘렀다.

"쿠르스크에서 온 동지 여러분!" 아벨이 외친다.

"여러분들이 상상력을 갖고 계시리라 기대합니다. 상상해보세요, 두려워하지 말고요!!!"

오! 아벨이 상상의 나라로 돌진하려고 애를 쓰고 있다. 설마 그가 응답받지 못한 사랑을 기념하여 꽃을 피운 벚나무를 견학단에게 보여주고 싶은 건지?

아벨이 보이지 않는 나라로 가는 길을 찾고 있다….

그가 발걸음을 옮긴다. 그는 발길을 한 번 휘젓더니 멈춰 섰다. 그는 다시 한 번 발길을 휘저었다. 그리고 한 번 더. 그는 발걸음을 옮길 때 발 주변에 엉겨 붙은 어떤 가늘고 구불구불한 식물을 떼어내려고 하는 것이다.

그가 발로 한 번 밟자 그 풀은 바스락거렸다. 그리고 노랗고 둥근 작은 것들이 굴러다녔다. (이 이야기에는 얼마나 많은 식물이 등장하는 것일까, 나무들이며 관목이며!)

"제가 여러분에게 이야기했던 거대 건물이 여기서 솟아오를 겁니다."

…친애하는 나타샤, 내가 중요한 것을 놓쳤군요. 바로 계획입니다. 계획이 있습니다. 내가 계획을 묻지도 않고 움직였습니

다. 오 년 후면 지금은 공터이고 작은 도랑이 있고 아무 쓸모도 없는 벽들이 있는 그 자리에 콘크리트로 지어진 거대 건물이 들어설 것입니다. 나의 누이인 상상은 경솔한 인물입니다. 봄이면 기초 공사를 시작할 텐데 그러면 나의 멍청한 씨앗은 어쩐단 말입니까! 그래요, 저기, 보이지 않는 나라에서는 당신에게 바친 나무가 언젠가 꽃을 피우겠지요….

견학단이 콘크리트 건물로 다가갈 겁니다.

그들은 당신의 나무를 보지 못할 겁니다. 보이지 않는 나라를 보이게 할 수는 없는 걸까요?…

이 편지는 상상의 편지다. 나는 이 편지를 쓰지 않았다. 만일 아벨이 그 말을 하지 않았더라면 나는 이 편지를 쓸 수도 있었을 것이다.

"이 건물은 반원형으로 지어질 것입니다." 아벨이 말했다.

"반원형 건물의 내부는 모두 정원으로 채워질 겁니다. 상상이 되시나요?"

"됩니다." 내가 말했다.

"나는 보여요, 아벨. 아주 분명히 보입니다. 여기에 정원이 만들어질 것입니다. 그리고 당신이 서 있는 그 자리에 벚나무가 자라날 겁니다."

1929년

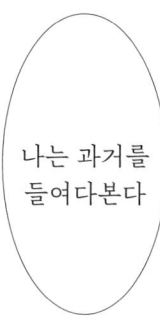

나는 과거를 들여다본다

블레리오가 라망슈 횡단비행에 성공했을 때 나는 작은 중학생이었다.

여름이었는데 우리는 다차로 떠나지 않았다. 돈이 없었기 때문이다.

아버지는 카드놀이에 빠져서 새벽녘에야 집으로 돌아왔고 낮에는 잠을 잤다. 아버지는 세무 관리였다. 그가 하는 일은 국유 포도주 상점들을 다니면서 거래 규칙을 위반하지는 않는지 점검하는 것이었다. 그는 자신이 맡은 일을 잘 하지 않았다. 그가 직장에서 어떻게 버텨냈는지 나는 모른다. 그래도 봉급은 나왔다. 중요한 것은 클럽과 카드놀이였고 그는 보통 잃었다. 이 또한 다들 아는 사실이었다. 아버지는 운이 없었다. 그는 클럽에서 거의 24시간을 보냈다.

그래서, 블레리오가 라망슈 횡단비행에 성공했다. 여름이었고 여름에 먹는 점심 식사가 차려졌다. 날이 무더워서 땀이 났고 멜론을 자른 것이 기억난다.

멜론에 대해 말하자면 톨랴 삼촌이 멜론에 소금을 뿌려 먹는 걸로 유명했다. 단 한 번이라도 멜론이 맛있다는 말을 들은 적이 없었다. 단지 우리들, 아이들만 멜론이라면 다 좋아했다. 어머니는 "완전히 오이구나"라고 하셨고 아버지는 "람자카한테 사야 돼"라고 하셨다. 고모는 "조심해라, 잘못하면 콜레라 걸린다"라고 했다.

우리 가족은 프티 부르주아였다.

화장대 위에 커다란 소라 껍질이 있었는데 그것을 귀에 갖다 대고 귀 기울여 들었다.

"바닷소리가 나." 어른들은 말했다.

바닷소리가 나는 소라 껍질은 톨랴 삼촌이 소금을 쳐서 먹는 멜론 같은 종류의 환경 조건이었다. 내가 아는 집마다 조개껍질이 있었다. 어떤 바다가 그 조개껍질들을 집어내 던졌는지는 하느님이 아시리라.

아버지는 내가 엔지니어가 되기를 바라셨다. 그는 엔지니어라는 직업을 어떤 기관에서 일하는 것으로 이해했다. 그들의 모자가 떠올랐고 "코발렙스키 씨처럼"이란 말들이 나왔다.

집 안에는 독특한 의미를 갖는 물건이라고는 하나도 없었다. 어떤 물건을 보고 그걸 근거로 집주인이, 말하자면 바보라든가, 몽상가라든가 아니면 구두쇠라고 규정할 그런 물건이 단 하나도 없었다. 아무런 규정도 내릴 수가 없었다.

주인은 도박꾼이었다. 아버지는 불행한 사람이라고 생각되었다. "카드가 다 말아먹었어."

아버지가 클럽에서 어떻게 처신했는지 우리는 몰랐다. 돈을 잃으면 땀을 잔뜩 흘렸는지도 모른다. 3루블을 빌리려고 작정한 인물들의 기분을 풀어주려고 우스갯소리를 늘어놓았는지도 모른다. 어쩌면 아버지와 이야기를 나누면서 다른 사람들은 의미심장하게 서로 눈짓을 나눴는지도 모른다.

집에서 아버지의 모습은 다음과 같았다. 잠에서 깨면 침대에서 차와 버터를 바른 빵을 먹었다. 그러고 나서 다시 잠을 잤다. 가슴 위에 두 주먹을 올려놓고 잠을 잤다. 정오 무렵이면 옷을 차려입고 나갔는데 소맷부리에 금단추가 달린 옷이었다. 그는 선량하고 부드러운 성품이었다. 머리를 빗고 나면 관자놀이의 머리칼이 젖어 있었다.

"블레리오가 라망슈 횡단비행에 성공했어요." 내가 말했다.

나의 발언은 미리 준비된 관객을 고려한 것이었다. 고모는 라망슈가 무엇인지, 블레리오가 누구인지 몰랐고 그가 왜 라망슈를 횡단비행해야 했는지도 몰랐다. 아무도 관심이 없었다.

중요한 것은, 아이들은 진지한 이야기를, 보다 정확하게는 반박하거나 배척할 수 없는 이야기는 전혀 하지 못한다는 확신을 어른들이 가지고 있었다는 점이다. 아이들이 이야기하는 것은 모두 쓸데없다고 치부되었다.

그뿐인가. 아이들의 대화나 생각, 열망 속에는 언제나 점잖지 못한 것이 포함되어 있다고 의심했다.

한 가지 의구심이 언제나 부모님을 불안하게 만들었는데 내 마음속에 난잡한 성적 충동이 일지 않나, 혹시 내가 두 손을 이불 안에 넣고 자지 않나 하는 것이었다.

'아마도 저 아이가 두 손을 이불 속에 넣고 있을 거야.'

그들은 서로 눈짓을 교환했다. 그리고 나는 그들의 눈빛 속에 바로 그 불안함이 표현되는 것을 보았다.

나는 나쁜 습관으로 인해 애를 먹은 적이 없었다. 나는 이불 속에 두 손을 넣으려 한 적이 없었다. 그들이 내게 그 욕망을 집어넣었다. 나는 언제나 의심의 눈초리를 받았다. 그들은 나를 뚫어지게 쳐다보았고 있지도 않은 성적 의미를 나한테서 읽어냈다.

블레리오 말고도 다른 명사들이 있었는데 라탐, 파르망, 윌버 라이트, 오빌 라이트, 릴리엔탈, 브와쟁 형제였다.* 파리 근교에 이시레몰리노라고 하는 지방이 있었다.

집안에서, 가족 중에서, 주위 사람들 가운데 어떻게 살고 어떤 사람이 될 것인지 알고 있던 사람들 중에서 글라이더를 타고 날았던 오토 릴리엔탈이 추락사했다는 것을 아는 사람은 없었다. 비행기가 이륙하기 전에 지상을 활주한다는 것, 브와쟁 형제의 비행기가 다른 비행기들보다 더 새의 모습과 비슷하다는 것을 아는 사람도 없었다.

그걸 아는 사람은 나뿐이었다.

소년은 집안에서 유럽인이자 저널리스트였고 기계공학자였

• 저명한 비행사이자 항공기 제작자들.

다. 나는 가족들에게 젊어질 것을 제안했다. 나는 점심 식사 때 아버지의 금빛 단추들 사이로 일어나 내 손에 소리굽쇠를 들고 있기라도 하듯 손가락을 치켜들고 큰 소리로 외칠 수도 있었다.

"이시-레-몰리노!"

나는 이 소리가 날 때 그 마법 같은 소리굽쇠의 진동에 어떻게 귀 기울여야 하는지 그들에게 가르쳤을 것이다.

"이시-레-몰리노."

나는 그들에게 첫 비행의 푸른 들판과, 금세기의 젊은 태양빛을 받아 빛나는 어린 풀들, 인적 없는 멋진 벌판과 사람들의 무리를 바라보도록, 그리고 자신들 쪽으로 미끄러져오는 발밑의 커다란 그림자를 향해 중산모를 쓴 보통 사람들의 무리가 캐모마일 사이를 헤치고 달려가는 것을 바라보도록 가르쳤을 것이다.

잘 보시라. 한 사람은 손목시계를 차고 달려간다. 잘 보시라. 그들이 모자를 벗고 지팡이를 치켜든다. 잘 보시라. 투명한 노란 반점으로 비치며 반짝이는 어떤 것이, 마디가 지고 실크로 웅웅거리는 소리를 내면서 뾰족한 살에서 섬광을 발하는 어떤 것이 풀 위에 내려앉는다…. 그가 날았다! 듣고 있나요? 그가 날았다고요! 그가 날았어요! 하늘을 나는 사람이라니… 듣고 있나요?

아빠, 아빠는 제가 엔지니어가 되길 원하지요. 바로 이게 공학 기술이라고요!

공학 기술 중에서 가장 마법 같은 것에 대해 말씀드리고 있는데 아빠는 제 말을 듣지 않으시네요.

저는 비행사를 만들어내는 공학 기술에 대해 말씀드리는데,

아빠는 제가 화장대, 제모, 바닷소리를 내는 조개껍질을 다루는 엔지니어가 되길 원하십니다.

아빠는 제가 독서를 잘 안 한다고 하시지요.

서고에 대해서 말해보지요. 책장에 투르게네프, 도스토옙스키, 곤차로프, 다닐렙스키, 그리고로비치 책들이 가득합니다.

톨스토이는 없어요. 왜냐하면 『니바』가 톨스토이 부록을 발간하지 않았으니까요.

체호프도 없지요. 왜냐하면 체호프의 작품이 부록으로 발간되기 전에 아빠가 『니바』 구독을 중단했으니까요.

책장을 열어봅니다. 책장에서 나오는 기운이 싫지 않아요, 안 그래요….

그런 경우는 대개 퀴퀴한 냄새, 쥐 냄새, 그리고 책꽂이에서 책을 꺼냈을 때 책 위에 구름처럼 피어오르는 먼지에 대해서 묘사하기 마련이지요.

아빠의 책꽂이에서는 쥐 냄새가 나지 않아요. 그 책장은 얼마 전에 들여놓은 것으로 새것이고 나무판도 신선합니다. 특별히 살뜰하게 책장을 관리하고 있지요. 책장이 크지 않고 형태가 잘 잡혔고 장식 조각도 아직까지는 떨어져 나간 것이 하나도 없지요. 한 군데 장식 조각 밑에서 아교풀이 한 방울 흘러나와요. 아교 방울은 멈춰서 마치 호박처럼 굳어버렸어요. 아직까지는 아이들이 그걸 떼어내지 않았어요. 책장에서 나무판의 기운이 풍겨 나오는데 저는 그것이 초콜릿 냄새와 비슷한 것 같아요.

모든 책이 검은 캘리코로 장정되어 있는데 책등에는 아버지의 이니셜이 새겨진 가죽이 붙어 있어요. 나는 책을 한 권 집어서 손바닥으로 장정된 것을 쓸어봅니다. 캘리코에 오돌토돌한 것들이 많이 튀어나와 있네요. 퀴퀴하게 뜨기 시작합니다.

나는 이렇게 생각합니다. 언젠가 아빠는 책들을 장정해야겠다고 마음먹었습니다. 아빠가 "책들을 장정해야 해"라고 말한 날이 있었지요. 제본공을 불렀고 가격에 대해서 합의를 했고 모든 것이 척척 진행이 됐지요.

이건 오래전 일입니다. 저는 그때 책을 읽지 않았어요. 하지만 그때 이미 어떤 운명이 정해졌던 겁니다. 저는 오돌토돌한 것들이 솟아오른 장정본으로 고전문학을 읽을 것이다라는 운명이.

아, 고전문학이 어떤 장정이 되어 있느냐가 중요한 게 아닙니다! 아, 저한테는 전혀 상관이 없어요. 양가죽 장정이든, 마분지 제본이든! 문제는 그게 아닙니다.

문제는 아빠를 찾아온 그 제본공이 부엌 문턱에서 돌연 마루 청소부로 변할 수도 있었다는 것이고 아무도 그 변화를 알아차리시 못했을 거라는 점입니다. 그렇게 그자는 도배장이가 될 수도 있었습니다….

그런데 만일 그가 심부름꾼으로 변했더라면 들통나지 않고 넘어가지는 않았을 겁니다. 심부름꾼이 빨간 모자를 쓰고 다니는 건 다들 알고 있었으니까요. 바로 이것이 세상에 대한 저의 최초의 지식들 가운데 하나입니다. 빨간 모자를 쓴 심부름꾼.

한마디로 말해서 제본공은 서비스 기관의 범주에 속하는 사람이었습니다. 어떤 이는 나무로 된 바닥재를 문지르고, 다른 사람은 벽지를 붙이고, 또 다른 사람은 책을 제본하지요. 아는 한 부인은 제본공을 보냈고 다른 부인은 마루청소부를 보냈습니다. 그 마루청소부가 좋은 마루세제를 쓴다는 말이 있었고 그 제본공은 좋은 캘리코를 쓴다는 말이 있었지요.

제가 케케묵은 것에 관해 이야기하는 이유는 이겁니다.

그 책들은 제가 읽으라고 마련된 것이었지요. 저는 성장했고 책들은 저를 기다렸습니다. 사내아이가 책을 집어 드는 그때가, 그 장엄한 순간이 와야만 했습니다.

그때가 당도했습니다. 제가 위대한 문학을 읽기 시작한 겁니다. 그 영향이 굉장하지 않을 수가 없는 사건이 마침내 일어난 겁니다.

생전 처음으로 돈키호테에 대한 지식이 제 두뇌에 생겼습니다. 다른 사람이 만들어낸 한 인간의 이미지가 머릿속에 들어갔습니다. 지상에서 가능한 형태의 불멸이 머릿속에 자리 잡았고 저는 이 불멸의 일부가 되었습니다. 저는 사고하기 시작했습니다. 이것은 여자를 인식하는 것처럼 유일무이하고 반복되지 않는 것입니다.

여자를 인식하면서 사랑으로 보호받는 사람은 축복받은 사람입니다. 사고하기 시작하면서 스승에게 보호받는 사람은 축복받은 사람입니다.

누가 나의 스승이었고 내가 사상과 조우하도록 준비시킨 사람은 누구였는지? 아는 부인이었나요, 아니면 우연히 제본공으로 밝혀질 수 있었던 마루청소부였나요, 아니면 『니바』의 부록으로 발행되는 것만이 고전이라고 굳게 확신했던 아버지였나요?

나에게는 스승이 없었습니다.

나는 책장을 열면 아는 부인에 대한 나의 지식, 톨랴 삼촌에 대한 나의 지식, 나 자신에 대한 회의, 엔지니어가 되어야만 한다는 당위성이 내 안에서 배고픔과 비슷한 느낌, 한 바가지 가득 물을 마시고 난 후 입안에 남는 에나멜 향 비슷한 느낌이 되어 불쾌하게 스멀스멀 피어올라와요… 우울감, 권태감, 게으름이!

아버지, 아버지의 책장은 그런 퀴퀴함으로 가득 차 있어요!

그렇지만 나는 책을 읽어요. 위에서 드리워진 램프가 둥근 식탁을 밝히고 있습니다.

그 유명한 불빛의 원이 식탁 한가운데서 식탁보 위로 움직이고 있습니다. 멀어져가는가 싶은데 멀어져가지 않고, 빙글 도는가 하면 돌지 않으면서, 바로 그 유명한 식탁보 위의 불빛의 원 말입니다. 아주 쉽게 평안과 가정, 고요의 상징으로 간주되는 것이지요.

내 앞에 펼쳐진 책이 놓여 있습니다. 책을 읽으면서 나는 대체 무엇을 알고 있는 걸까요? 독서에 대해 나의 스승들은 내게 무슨 이야기를 해주었나요?

그들이 말한 모든 것은 결국 나에게 주는 어떤 경고로 귀결되었습니다. 나의 손가락, 침, 책 페이지의 아래쪽 귀퉁이가 고려 대상이었고, 책장을 뒤적거리는 걸 지적했습니다. 이것이 첫 번째입니다.

두 번째는, 자세, 자세의 유해성, 비위생성을 염두에 두었습니다…. 내가 책 읽는 것을 두고 협박이 난무했고, 나와 같은 소년이었던 비쨔 불라토비치라는 아이가 올바른 방식으로 책장을 넘기지 않아서 성홍열에 걸려 죽었다는 이야기를 늘 들어야 했습니다.

바로 이런 케케묵음에 대해서 이야기하는 것입니다.

아버지는 내가 독서를 적게 한다고 하십니다. 내가 책을 붙잡고 있는 걸 보면 아버지는 만족하시지요.

"도샤가 책을 읽고 있어!"

아버지는 책상 옆에 멈춰 서서 제 머리 위에 손을 얹으십니다.

저는 중학생답게 머리를 짧게 깎고 있었고 제 머리는 둥글둥글하지 않았어요. 어린아이의 머리가 절대 아니고 뒤통수는 납작하고 편편한 것이 대체로 어디가 아파 보이는 모양이었어요. 아마도 골상학자라면 고독을 즐긴다든가, 소심하고 쉽게 수치심을 느낀다든가, 어린 나이에 해당될 경우에는 왠지 질병으로 분류될 것을 잔뜩 진단할 만했을 겁니다.

아버지는 제 머리에 손을 얹으시지요.

"책을 보니?"

그리고 이렇게 말씀하시면서 분명 누군가에게 윙크를 하고 싶은 것처럼 미소 지으세요. '도샤가 책을 읽고 있어!'라고.

그리고 제가 책을 읽을 때 제 의식 속에서 무슨 일이 일어나고 있는지에는 전혀 관심이 없으세요.

아버지에게는 제 걸음걸이를 지켜보는 것이 제가 걸어가고 있는 길을 보는 것보다 더 중요해요. 그 광경은 아버지에게 자기 만족을 불러일으키고, 아버지가 한 번도 이루어본 적 없는 어떤 업적에 대한 생각을 불러일으키고, 긍지와, 왠지 모르게 자꾸 새어 나오는 웃음을 불러일으킵니다. 저한테는 그 웃음이 바보처럼 생각되고요. 저는 아버지가 보는 데서 책 읽는 걸 좋아하지 않아요. 저는 그걸 피합니다.

여름이다. 하늘이 파랗게 빛난다. 나는 마당의 작은 철제 계단에 앉아 있다. 나는 책을 읽고 있고 두 무릎 위에 책이 놓여 있다. 마당에는 아무도 없고 다들 다차에 가 있다. 일요일이다.

나는 어제 유리에 집게손가락을 베었다. 상처가 꽤 깊어서 약국에 갔고 상처에 콜로디온을 잔뜩 발랐다.

약국 안은 선선하고 어두웠다. 그런데 다름 아닌 바로 약국 안에서 지금이 여름이구나라는 말이 가장 많이 나왔다. 아침에 침실에서 창의 덧문들을 열기 시작했으나 아직 다 열지는 않았을 때 여름이 가장 뚜렷하게 느껴지듯 말이다.

나무로 만든 소파 위에 나를 앉히고는 어머니가 내 손을 잡았다. 손바닥 전체에 피가 흘러서 손금이 드러나 보였다. 콜로디온은 피부를 꽉 조이고 손가락을 반쯤 구부린 상태에서 고정시키면서 순식간에 말랐다. 손가락에 붕대를 감고 손에 붕대의 양끝을 한 바퀴 두른 다음 손목 있는 곳에서 작은 리본으로 매듭을 지었다.

붕대는 눈이 부실 정도로 희었고 손을 무겁게, 독립적으로 만들었으며 또 예쁘게도 만들었다. 나중에 나는 거즈 천의 올을 하나씩 잡아 뜯기 시작했다. 거즈 천의 실오라기들은 잡아 뜯어지지 않았다. 그 실오라기들은 부드럽게 분리되었는데 천의 창살 같은 조직이 드러났다. 실오라기들이 옷 위로 떨어지면 어떻게 해도 떼어낼 수 없었다. 그리고 그것들을 집으려고 몸을 구부리면 언제나 살짝 들려서 손가락을 뻗고 있는 다친 손이 방해가 되었다. 하루가 저물 무렵이 되면 부풀어 올라 겹겹으로 벌어지던 붕대에 감긴 손가락은 과실주를 담은 병의 가느다란 목과 비슷한 모양이 되었다.

   나는 철제 계단에 앉아 책을 읽고 있다. 다들 다차로 떠났지만 나는 손가락을 다쳤다. 나는 손을 다쳐서 기분이 좋다. 나는 쓸쓸하다. 아무도 나를 모욕하지 않았지만, 나는 인위적인 방법으로(심하게 다친 상처에 대한 생각과 지금쯤 다차에서 다들 즐겁게 지내고 있으리란 생각으로) 모욕감을 불러일으킨다.
   모욕감이 들자 한 무리의 길동무들이 모욕감을 따라온다. 그리고 이 즐거운 길동무들, 그들의 얼굴이 웃음을 터뜨리자 나도 웃기 시작한다. 나는 슬픔과 모욕감, 그리고 외로움이 유쾌하고 격려가 된다는 데 놀라면서 웃는다.
   나는 슬픔을 활기로 바꾸는 비법을 알고 있다. 나는 언제든 그 비법을 쓸 수 있다. 하지만 나는 쓸쓸해하는 것이 더 즐겁다. 눈을 감으면 달콤한 떨림이 나를 훑고 지나간다. 눈을 뜨면 푸른 하늘에서 무지개를 본다. 내 속눈썹에 눈물이 맺혀 있기 때문이다.

나는 얼굴을 찡그려가며 책 읽는 걸 좋아한다. 나는 나 자신의 명랑함을 아주 잘 인지하면서도 운다. 나는 자신을 주인공의 위치에 두고 주인공처럼 되고 싶어 한다.

때로는 주인공이 내가 넘볼 수 없는 인물인 것 같지만, 때로는 나에게 주어진 운명과 비교할 수 있을 만한 그런 운명은 실제로도 허구로도 이 세상에 존재하지 않았고, 내가 세상 그 누구보다 잘났으며 내 인생은 굉장할 것이라고 나 자신에게 말한다.

주인공은 프랑스에 살고 있다.

나는 눈을 든다. 내 앞에 벽돌과 잎사귀가 있다. 벽돌 위로 잎사귀 하나가 움직인다. 이것이 나의 프랑스다, 벽돌과 잎사귀의 결합! 나는 주인공과 함께 벽돌과 잎사귀 아래를 걸어간다. 어떤 프랑스에서, 내 미래의 나라에서…. 나는 바로 이렇게 읽고 있어요, 아버지!

나는 남자의 운명, 남자의 성격이 어떻게 전개되는가는 소년이 아버지에게 애착을 가지고 있었는가에 의해 상당 부분 미리 결정된다고 생각한다.

아마도 남자의 성격을 두 범주로 나눌 수 있을 것이다. 하나는 아들이라는 혈육애의 영향 아래에서 형성된 성격이고, 다른 하나는 벗어나려는 열망, 비밀스럽고 무의식적인 열망에 지배당하는 성격인데 그런 열망은 갑자기 꿈속에서 여럿이 어떤 사람의 옷을 벗기고 벌거벗은 사람을 자세히 살펴보는 수치스러운 사건의 형태를 취한다.

탈주, 길, 억눌림의 달콤함, 동정심으로 보상받는 것, 전쟁,

병사, 굼뜬 손에 대한 상념들이 그렇게 생겨난다.

'나는 버림받은 아이야'라고 소년이 생각하는 밤들이 그렇게 해서 생겨난다.

아버지, 조국, 직업, 부적 등 명예나 권력으로 보일 수 있는 것들에 대한 탐색이 그렇게 시작된다.

그렇게 고독이 형성된다. 영원히 외로운 운명, 어디서나, 모든 것들 속에서 외로우리라는 인간의 운명이. 사람들은 그를 몽상가라고 부르며 비웃는다. 그는 이것을 내버려두며 자신도 그들과 함께 웃는다. 그리고 사람들은 이를 그가 보잘것없고 남의 비위나 맞추며, 고개를 잔뜩 움츠린 채 쓸쓸히 걷기 때문이라고 설명한다. 허영심, 교만, 자기 비하, 감동으로 바뀌는 인간을 향한 경멸, 죽음에 대한 생각이 결코 잠잘 줄 모르는 폭풍을 일으키고 있는 그 머리를.

그 머리는 이 병적인 두개골의 경계 밖으로 탈출하지 않는다. 인간은 어깨 쪽으로 잔뜩 끌어당겨서 머리를 복종시킨다. 그리고 어쩌다가 그는 비웃는 자를 뒤돌아 바라본다. 그러면 비웃던 자는 그때 언제나 자기를 웃게 만들던 그 얼굴에서 개의 이빨이 날카롭게 빛나고 있는 것을 목격한다.

1929년

인간의 재료

나는 작은 중학생이다.
나는 커서 코발렙스키 씨 같은 사람이 될 것이다.
온 가족이 나에게 그렇게 되라고 요구한다.
나는 엔지니어이자 건물주가 될 것이다.
발코니 문이 활짝 열려 있다. 항구에서 떠들썩한 소리가 들려온다. 발코니에는 초록색 나무통에 심은 협죽도가 자라고 있다. 코발렙스키 씨가 점심 식사를 하러 방문했다. 그는 가느다란 다리를 쩍 벌리고 발코니 문을 배경으로 마치 그림자처럼 시커먼 형체로 서 있다.

나의 아버지는 세무서 관리인데 몰락한 귀족 출신으로 도박꾼이다. 우리는 가난하지만 귀족층에 속해 있다. 아버지는 예전처럼 여전히 귀족 나리로 지냈다. 그에게 등을 돌리는 사람은 아무도 없었다.

나는 코발렙스키 씨에게 인사를 하러 거실로 들어간다. 작고 등이 구부정하며 귀가 큰 내가 나의 두 귀 사이로 걸어간다. 뒤에서 아버지가 걸어온다. 그는 나를 전시하듯 보여준다. 나는 수재다. 손님은 얼룩덜룩한 것이 꼭 닭처럼 보이는 손을 내게 내민다.

아버지는 내가 행복해지기 위해서, 즉 부자가 되어 독립적으로 살며 사회에서 유력한 지위를 차지하려면 어떻게 살아야 하는지 아주 정확히 알고 있다. 코발렙스키 씨처럼 말이다. 아버지는 스스로를 불행한 인생이라고 생각한다. 몰락한 귀족들이 다 그렇듯, 아버지도 자신이 천대받고 모욕당했다고 생각한다. 모든 것이 지나가버렸다. 애석해 해봐야 때는 늦었다. 삶은 이미 흘러가버렸다. 그렇지만 뭐 어떤가, 다 괜찮을 것이다! 대신에 그는 뒤에 남은 지역의 지도를 가지고 있다. 그 지도에는 큰 불상사가 일어난 지점, 낭떠러지, 그리고 장애물 등이 표시되어 있다. 자기 인생의 설계도 외에 코발렙스키 씨의 인생에 대한 대략적인 설계도도 가지고 있다. 두 설계도를 비교하는 것은 어렵지 않다. 그리고 비교하기, 매끈하게 만들기, 평평하게 만들기, 한 부분을 다른 부분에 갖다 포개기 등의 작업들이 진행되었다. 일치한 부분들과 거리가 있는 부분들도 표시해두었다. 이 모든 작업의 결과, 정말로 이상적이고 성공적인 인생의 설계도가 만들어졌는데 운명이 그가 행복하게 살도록 설정했더라면 나의 아버지가 그렇게 살 수도 있었을 인생이었다. 그렇지만 인생은 두 번 반복되지 않는 법이다. 그렇다면 설계도를 어떻게 하면 좋을까? 아들에게 주자. 이렇게 해서 질투와 분노를 바탕으로 한, 아버지만의 고유한 꿈과 재능에 대한 고려를 바탕으로 아버지가 고안해낸 계획이 나를 가르치기 위해 제공된다. 이 계획안이 더할 나위 없는 최고의 계획안으로 제안되고 나는 왈가왈부할 권리가 없다.

아버지는 자신과 코발렙스키 씨의 차이점을 이해한다. 그 차이는 너무나 커서 아버지는 이미 그 간극을 줄일 도리가 없다. 그런데 내가 들어가자 아버지가 말한다.

"도샤는 첫째가는 학생입니다."

이는 아버지의 인생 지도에서 파국을 나타내는 기호로 표시된 난관들 중 하나를 내가 극복했다는 뜻이다.

나는 손꼽히는 학생이다. 나는 동급생들보다 어리지만 더 똑똑하다. 이것은 아주 중요하다. 이 점이 코발렙스키 씨를 매우 불쾌하게 만드는 게 분명하다. 나는 샌님 스타일에 비사교적인 성격이다. 내가 핏기 없이 창백하다는 점마저도 코발렙스키 씨와의 경쟁에서 아버지의 찬스를 높이는 포인트가 된다. 내가 크게 출세할 수 있는 모든 자질을 갖추고 있다는 것을 그가 알았으면. 내성적인 기질에 근면함과 창백함까지 이 모두가 전도유망한 조건들이다. 그러니까 이상적이고 성공적인 삶을 위한 계획안에 빈혈이라는 예상하지 못한 훌륭한 사항을 내가 보충한 셈이다!

우리는 서로 마주 서 있다. 나는 중학교 2학년이고 코발렙스키 씨는 엔지니어이고 건물주이며 어떤 단체의 회장이다.

나는 눈을 들고 턱수염을 쳐다본다.

덥수룩한 턱수염은 연한 갈색이고 둥글게 굽이친다. 턱수염의 그늘 속에 마치 숲속의 요정처럼 훈장이 겨우 붙어 있다.

지금 나를 돌아보니 턱수염이 보이지 않는다!

턱수염이 없다!

우리는 어린 중학생이었고 아버지와 할아버지, 삼촌, 형들이 있었다. 롤 모델들의 그림이 죽 걸린 복도가 있었다. 머리를 이쪽 저쪽으로 돌리게 하면서 우리를 그 복도로 끌고 다녔고, 할아버지들, 이종 사촌형들, 위대한 친척들과 대단한 친지들의 이름을 작은 소리로 이야기해주었다.

어린 시절의 우리 위에 롤 모델들이 군림하고 있었다. 엔지니어와 은행 지배인, 변호사, 행정위원, 건물주 그리고 박사 들이었다.

러일전쟁, 병사 랴보프의 공적, 최초의 영사기, 폴타바 전승 200주년 기념, 유럽에서의 학살, 카울바르스 장군, 드라가 왕비의 살해, 이것이 나의 어린 시절을 나타내는 것들이다. 그리고, 그 밖에도, 롤 모델들, 모범이 되는 사람들, 나의 꿈이었던 수염이 덥수룩한 신랑들, 턱수염, 턱수염, 턱수염….

어떤 턱수염들은 절반으로 갈라서 빗질하기도 했다. 이렇게 턱수염을 둘로 나누어 빗질한 사람들의 입술은 빨갛고 웃는 모양을 하고 있었다. 연어 살빛의 입술, 여자 중학생들을 농락하는 방탕아들의 향락을 맛보는 입술.

흰 터럭이 섞이고 길며 아래로 갈수록 마치 검처럼 좁아지는 형태의 턱수염들도 있었다. 그런 털보들의 눈썹은 잔뜩 찌푸려지고 찡그려져 있었는데 이들이 당대의 양심이었다.

짧고 넓게 기른 턱수염도 있었다. 그런 턱수염들은 아주 잘 관리되고 있었다. 철도 기사들과 장군들의 막강한 턱수염!

나는 코발렙스키 씨 같은 사람이 될 것이다.

나는 턱수염이 자랄 것이다.

우리는 둘 다 정복을 입는다. 중학생의 교복과 관리의 제복이다. 그는 검은 제복을, 나는 회색 점퍼를 입는다.

오, 중학생의 회색 점퍼! 너는 나에게 입혀진 것이 아니라 내 몸뚱이를 빙 둘러서 있고 내 몸통보다 더 높았다. 그리고 너의 어깨는 내 어깨와 아무런 공통점이 없었다! 너는 나를 에워쌌다. 단단하고 널찍하고 꼼짝도 하지 않고, 마치 의자의 등받이처럼!

나는 몸집이 클 것을 고려해서 넉넉하게 장만한 교복을 입은 작은 중학생이다. 나와 코발렙스키 씨, 우리는 둘 다 정복을 입는다. 우리는 커다란 사슬의 고리이다. 우리의 정복 위에는 금속번호판이 달려 있고 단춧구멍과 문장紋章이 있다. 중학생에 관리인 우리는 규제받는 사람들이다.

"안녕하세요, 코발렙스키 씨," 내가 말한다.

"아!" 코발렙스키 씨가 탄성을 발한다.

"잘 지내나, 준수하고 체격 좋은 젊은이."

그러고 나서, 잠깐 정적이 흐른 다음, 아버지가 말한다.

"도샤는 엔지니어가 될 겁니다."

이때 나는 반박했어야만 했다. 미래의 엔지니어들은 실업학교에서 공부하는데 아버지는 왜 나를 중학교에 보내셨나요?

나는 엔지니어가 되어야 하고, 그 밖에도 라틴어를 익혀야 한다. 라틴어를 모르면 어쩌겠단 말인가? 그렇다, 하지만 엔지니어에게는 라틴어가 필요하지 않아! 그래, 그러나 너는 능력이 있으니까 뭐든 다 알아야 하고 뭐든 다 할 줄 알아야 해. 토끼란 토끼는 죄다 잡고 동급생들을 앞지르고 가장 열심히 공부하는 차분한 학생이 되어야 해. 왜냐하면 네 아버지가 네가 태어나기도 전에 카드놀이로 재산을 몽땅 잃어버렸고 지금 그걸 만회하고 싶어 하니까.

나는 명명일에 제도기 세트를 선물로 받았다.

도샤에게 제도를 시키자.

그런데 나는 제도기라는 단어가 있는지도 몰랐다!

그래서 나는 창조의 고통을 맛보며 제도를 하게 되었는데 그 고통은 아무짝에도 쓸모없고 우울하며 절대로 성공으로 보상될 수 없는 고통이었다. 왜냐하면 미래의 엔지니어라면 제도를 향한 열정과 재능이 집중되어 있을 뇌의 영역이 내 경우에는 맹점이나 다름없었기 때문이다. 나는 애초에 존재하지도 않는 것을 작동하게 하는 것이 과학적으로 불가능함을 감지했다. 이런 자각은 이마의 통증으로, 이마뼈를 짓누르는 고통으로 변했다.

벨벳을 씌운 침대 위에 다리를 꽉 붙인 채 차갑게 번쩍거리는 컴퍼스가 놓여 있다.

컴퍼스의 머리가 무겁다. 나는 컴퍼스를 집어 들려고 한다. 컴퍼스가 갑자기 다리를 벌리더니 내 손을 찌른다. 나는 컴퍼스의 다리 하나를 손으로 잡는다. 컴퍼스의 가동성은 나의 모든 판단보다, 심지어 위험을 예방하려는 반사작용보다 더 강렬하다. 나는 피를 핥으려고 손을 입으로 가져간다. 그리고 '조심해야지'

라고 생각할 새도 없다…. 주먹 안에서 컴퍼스가 이미 몸을 뒤집었다. 그러고는 벌써 무시무시한 예리함으로 내 눈을 곧장 쏘아 보고 있다. 그리고 나는 무슨 일이 벌어지고 있는지 이해하지 못한다. 이게 뭐지? 이 번쩍임은 뭐야? 내가 물리적으로 이해하지 못하는, 나를 죽음으로 위협하는 이 점은 대체 뭐지?

나는 주먹을 편다. 컴퍼스는 책상 위에 서더니 뒤를 돌아보고는 걸어간다. 멈춰 서더니 다리를 벌리고 머리를 아래로 한 채 떨어진다. 나는 그 두 다리에 두 눈을 한꺼번에 찔려야 한다.

지금 주변을 돌아보니 많은 엔지니어들이 나를 에워싸고 있다!

건물주는 단 한 명도 없이 다 엔지니어들이다.

그리고 그들 가운데 나는 작가이다.

그리고 내게 엔지니어가 되라고 하는 사람은 아무도 없다.

사람들은 공정함에 대해서 나에게 많이 이야기했다. 내게 말하길, 가난은 미덕이고 덧대고 기운 옷은 아주 좋은 것이다. 공정해야 한다고들 했다. 선하게 대해야 하고 가난한 사람들을 멸시해서는 안 된다. 혁명이 일어났을 때 내 눈앞에서 가장 위대한 인류의 공정함이 제기되었다. 억압받은 계급의 대승리였다. 그때 나는 덧대고 기운 모든 옷이 좋은 것은 아니라는 것, 모든 가난이 미덕은 아니라는 걸 깨달았다. 그때 나는 억압받은 계급의 해방을 돕는 것만이 공정하다는 걸 깨달았다. 나에게 어떻게 살아야 하는지를 가르쳤던 사람들은 이 공정함에 대해서 내게 단 한마디도 하지 않았다. 나는 스스로, 이성으로 공정함을 깨달아야 한다.

그러면 그들이 내 머릿속에 집어넣은 것은 과연 무엇인가? 부를 향한 꿈, 사회가 내 앞에 고개 숙이도록 만들어야 한다는 것이었다.

나는 내 안의 나를 붙잡고 나의 목을 움켜잡는다. 갑자기 돌아서서 이미 지나간 과거를 향해 손을 뻗고 싶어지는 나를.

우리와 유럽 사이의 거리는 다만 지리적인 거리일 뿐이라고 생각하는 나를.

일어나고 있는 모든 것은 단지 나의 인생일 뿐, 유일하고 두 번 다시 되풀이되지 않으며 모든 것을 포착하는 나의 인생, 그 끝을 맞이함으로써 내 밖에 존재하는 모든 것을 중단시켜버리는 나의 인생뿐이라고 생각하는 나를.

나는 내 안에 존재하는 두 번째 '나'를, 세 번째와, 과거로부터 스멀거리며 기어 나오는 모든 '나'를 질식시키고 싶다.

내 안의 사소한 감정들을 박살내고 싶다.

만약에 내가 자연을 다루는 엔지니어가 될 수 없다면 인간의 재료를 다루는 엔지니어가 될 수 있다.

거창하게 들리는가? 그러라지. 나는 큰소리로 외친다. "인간 재료의 재건축 만세, 새로운 세계의 포괄적인 공학 만세!"

1929년

나의 지인

많은 것들이 아파트의 환경에 달려 있다. 만약에 내가 살고 있는 아파트에 욕실이 있고 샤워기가 있었다면 나는 매일 아침 샤워를 했을 것이다. 잠자리에 들기 전에도 샤워를 했을 것이다.

내게는 차분하고도 낙천적인 지인이 있다.

그는 욕실과 샤워기가 있는 아파트에서 사는 것이 얼마나 놀라운 일인지 이야기한다. 그는 특별한 가운을 가지고 있는데, 그것이 어떻게 그의 수중에 들어왔는지는 아무도 모르지만, 외국에서 만든 샤워용 가운이다.

샤워를 한 다음 낙천적인 지인은 가운을 입고 어디로 간다…. 그가 정확히 어디로 향하는지 나는 생각하지 않는다. 외국 잡지를 보러 가거나 젊은 아내를 사랑하러 가는 것일 수 있다.

나는 짚의 광택이 나는 나무 바닥재가 깔린 방으로 들어가는 그를 바라본다. 가운은 길고 예술적으로 투박하다. 마치 신부의 제복처럼 말이다. 바닥 위에서 술이 흔들거린다.

뭐 어때, 이게 맞아. 이렇게 살아야 돼, 바로 이렇게 말이지…. 자기 자신을 사랑해야 되고 생활에 대한 취향을 길러야 해, 중요한 건 서두르지 말고 괜히 소란을 피우지 말아야 한단 거지.

낙천적인 지인이 말한다.

"우리는 유럽에서 떨어져 나갔어. 유럽에서는 스포츠와 위생, 안락함을 숭상하는 문화가 확립됐지. 건강과 절도 있고 자신만만한 현대 유럽인의 의식이 이 세 가지 요소에 근거하고 있는 거야."

그는 젊다. 스물다섯이다. 그는 일하고 있고 노동조합에 가입되어 있고 군인으로도 등록되어 있다.

그에 대해 곰곰이 생각하면 나는 화가 난다. 나의 분노에 대해 생각하면 화가 더 솟구치는데 이 분노가 질투의 성격을 가지고 있음을 너무나 분명히 알기 때문이다.

'그가 옳아. 안락함과 스포츠, 위생에 맞서다니 내가 틀렸지. 그리고 그가 몸을 씻고 가운을 손에 넣고 테니스를 친다고 해서 별 볼 일 없는 자이며 어리석다고 생각하는 내가 옳지 않은 거야.' 나는 생각한다.

나는 삶을 즐길 줄 알았던 적이 한 번도 없다.

나는 서른 살이다.

문학에서는 서른 살 된 주인공에 대해 다음과 같이 말한다. "그는 젊었다. 이제 갓 서른이 되었다." 갓 서른이라니! 정말로, 「전쟁과 평화」에서 안드레이 볼콘스키는 서른한 살이 되던 해 불현듯 자신이 늙었다고 느끼고는 인생이 다 지나가버렸다고 결론을 내렸다. 그랬던 그가 불과 몇 페이지 뒤에서는 인생이 아직 다 지나가지 않았다고 탄성을 질렀다. 이것도 서른한 살의 일이다!

난 자신이 늙었다고 느낀다. 이 노화가 언제 찾아들었는지는 모르겠다. 어쩌면 전혀 찾아들지 않은 것일 수도 있다. 늙었다는 의식이 잘못된 것일 수도 있다. 어쩌면 모든 것의 원인이 아파트 환경일지 모른다. 욕실과 샤워기, 짚의 광택으로 빛나는 아침의 부재가 모든 것의 원인일 것이다!

나는 이렇게 생각한다. '우리들, 서른 살 먹은 사람들이 이른바 인텔리겐치아라고 불리는 서른 살 먹은 세대 전체가 지나치게 빨리 늙어버렸다.'

왜냐고?

우리가 중학교 졸업증서를 받던 그해 혁명이 일어났다. 우리들 대부분은 생각했다. '이제 우리가 중등학교를 졸업한다. 곧 교정에 아카시아가 꽃을 피운다. 꽃잎들이 창턱에 떨어지고 책장 위에, 팔꿈치에 흩날린다. 바로 우리 인생의 봄이야! 오, 우리는 얼마나 훌륭한 사람들이 될까!'

우리는 이렇게 생각했다.

우리에게는 아버지와 할아버지, 삼촌, 형 들이 있었다.

롤 모델들의 갤러리가 있었다.

사람들은 우리의 고개를 이쪽저쪽으로 돌리게 하면서 어렸을 때부터 이 복도로 우리를 끌고 다녔다. 이 복도에서는 속삭임으로 이야기했고 삼촌들과 사촌형들의 이름을 작은 소리로 말해주었다.

그들은 엔지니어, 은행장, 변호사, 행정부의 기관장, 건물주 그리고 박사 들이었다. 반으로 갈라서 빗은 턱수염들이었다. 반드시 턱수염이어야 했다. 거품이 끼고 칼처럼 긴 턱수염이었고 짧은 것은 커틀릿 모양이었다.

그리고 턱수염의 그늘 속에 종종 숲의 요정처럼 훈장이 간신히 붙어 있었다. 두 손은 가슴 위에서 교차하고 있었는데 임무를 완수했음을 말하는 것이었다. 그리고 고결한 이마의 광채가 보이도록 머리를 약간 뒤로 젖히고 있었다.

그리고 열일곱 살 먹은 우리들 모두는 각각 엔지니어나 변호사가 되어야 했다. 우리도 턱수염이 자라야 했다.

모든 것이 잘 알려져 있었다. 학생복을 짓는 옷감을 파는 상점도 알려져 있었고 자그마한 졸업 파티를 열기 좋은 음식점들도 알려져 있었다.

중등학교를 졸업한 아들이 어떤 선물을 받는지, 집안의 대표가 어떤 격려의 말을 보내오는지도 알려져 있었다. 그리고 처신을 잘못한 재주 많은 삼촌이 항상 있기 마련이어서 삼촌이 조카의 경사에 참석해서는 조카를 유곽으로 데려가 술잔치를 벌이고 신나게 놀고는 자신의 생생한 사례를 떠올리면서 헛되이 흘려보낸 젊은 시절을 두고 눈물 흘리는 것이다.

우리 각자에게 그런 삼촌이 있었다. 그런 삼촌은 황금 심장을 가지고 있다고들 생각했다. 여자가 그를 망친 거야… 아니야, 여자가 아니야! 카드놀인가? 아니야! 황금 심장을 가진 삼촌을 망친 게 무엇인지는 알려지지 않았다. 형제들은 그에게서 등을 돌렸다. 그는 비난받아 마땅했지만 가족들은 그를 약간 자랑하기도 했다.

그에 대해 회상할 때면 다들 이야기했다.

"모든 대장장이에게는 저마다의 행복이 있기 마련이지. 삼촌은 자신의 행복을 날카롭게 벼리지 않았어."

모든 것이 잘 알려져 있었다.

사람들은 열일곱 살에 중등학교를 졸업했고, 오 년 동안 대학교에 매달렸다. 서른 즈음에는 저마다 행복을 날카롭게 벼린 첫 결과물이 벌써 모습을 드러냈다. 서른 살에는 사회적 위상이 시작되었다.

과연 우리 중 대부분이 규칙이 변할 거라고 예상했을까?

규칙이 변했다.

우리는 자신의 행복을 벼리려고 했지만 우리가 행복을 벼려내야 했던 재료가 괴멸되었다.

그중 주된 재료는 독립을 향한 노력이었다. 독립은 부를 통해서 달성되었다.

공부해라, 그러면 부자가 될 것이다. 돈이 자유를 준다. 우리에게 이렇게 가르쳤다.

가난한 가정에서 자란 소년이나 가난한 부모를 둔 재능 있는 아들은 결핍에서 오히려 기쁨을 발견했다.

이른바 '이를 악문다'는 걸 익혔다. 이를 악문다, 이것은 유쾌하고도 존경받는 일이었다. 그리고 이것은 많은 위대한 생애의 시작이 되기도 했다.

젊은이가 이를 악물었다. 그것은 '괜찮아, 괜찮아, 기다려주지, 난 가난해, 하지만 해내고 말 거야. 내가 그렇게 만들어주마, 갚아주고 말 테다…'라는 의미였다.

그리고 그는 목표를 이루었다. 그는 공부를 했고 동급생들을 앞질렀다. 사회에 승자로 나가 부와 명성을 거머쥐었다.

혁명과 더불어 이를 악무는 것이 소용없게 되었다. 부와 인정을 얻으려는 거지의 외로운 여정은 단번에 무너지고 말았다.

부르주아들은 부자가 된 거지들을 자신들의 그룹에 받아들였고 복수심에 찬 그들의 불손함을 용서해주었다. 그리고 그들을 자랑했으며 뽐내기까지 했다.

혁명이 일어나자 툭하면 불끈하는 거지는 아무 데도 갈 곳이 없었다. 미운 오리 새끼들은 백조로 변신하기를 때려치웠다.

저마다의 행복을 찾는 대장장이들은 두 손에 여전히 망치를 들고 있었으나 재료가 없었다. 크게 휘두른 망치는 두드릴 것이 없었다.

그렇게 몇몇은 협잡꾼이 되었고 거짓말쟁이가 되었다. 대부분은 허공에 붕 떠버렸다.

우리는 사회 구성원의 독립적인 생활이 어떻게 시작되는지, 독립 생활이 어떻게 진전되며, 어떻게 정점에 이르고, 어떻게 롤모델들의 갤러리에 입성하는지 알고 있었다.

우리는 합법칙성을 깨달았고 시기가 교체된다는 걸 이해했다.

결혼과 부성父性, 가족성, 의무, 양심의 논리가 존재했다. 굳건하게 확립된 규범들이 존재했다. 피를 두려워하는 것, 관대함과 용서를 칭송하는 것, 화해를 정당화하기, 순결함의 가치.

모델이 되는 사람이 있었다. 그는 우리들 가운데 누군가의 아버지, 삼촌, 할아버지, 중등학교의 익히 아는 교장이었다.

그는 약혼녀, 약혼자, 인생, 영혼, 보상 같은 단어들을 입에 올렸다. 우리는 그 단어들을 들었을 뿐만 아니라, 보기도 했다! 단어들은 사방으로 빛을 발했고, 마치 크리스털로 만든 사탕 그릇처럼 두 손에 들고 다닐 수도 있었다. 이 단어들은 자연이나 나무들처럼 살아 있었고 풍경을 만들어냈으며, 조국과의 만남이나 이별처럼 숭고하고 슬펐다.

그리고 이 모든 것들이 거짓임이 드러났다.

그리고 모든 것들이 사라졌고 증발해버렸으며 바람에 사방으로 흩날려 가버렸다. 그리고 마지막 잎사귀들이 미처 흩날려 가기 전에 우리는 아무런 애석함도 없이 그 잎사귀들을 이미 밟고 지나갔다.

우리는 공성함에 관해 많은 이야기를 들었다. 우리는 가난은 미덕이며 덧대고 기운 옷은 훌륭한 것이라는 이야기들을 들어왔다. 그런 말들은 우리를 흥분시켰고 우리는 선한 사람이 될 것을 맹세했었다.

일 년 만에 모든 것이 엉망진창이 되어버렸다. 덧대고 기운 모든 옷이 훌륭한 것이 아니었고, 모든 가난이 미덕이 아니었다. 억압받은 계급에게 유익한 것만이 공정함이 되어버렸다.

오, 노인과 권위, 고귀한 신분을 존중했던 우리들, 열일곱 살 먹은 젊은이들이 그해에 대체 어떤 신중하고 지혜로운 어른들이 되어야만 했었던 걸까?

그리고 지금 우리들은 서른 살이다.

우리에게 과거는 없다.

우리의 현재가 사상이다. 우리는 생각한다. 고통스럽게 생각한다. 우리는 지혜로워지고 싶다.

우리는 미덕에 대한 우리의 모든 개념들이 완전히 수정되길 바란다. 혁명이 일어났던 그해에 우리에게 유일하게 중요한 것이 되었던 공정함에 대한 그 결론을 위해서 말이다.

우리는 아버지들보다 훨씬 더 지혜롭고 훌륭하다.

우리가 삶을 건설할 줄 모른다고 비난할 필요는 없다. 종종 우리는 꾀죄죄하고, 영혼도 없으며, 지나치게 신경질적이고, 목청을 높이며, 골똘히 생각에 빠져들고, 부주의하고, 뺨은 항상 깨끗이 면도되어 있지 않다.

우리의 신경쇠약이 혁명 세대의 젊은이들에게 혐오감을 주며, 그들이 우리를 비웃는다는 걸 아주 잘 알고 있다. 이것이 우리를 더욱더 늙게 만든다.

낙천적인 나의 지인은 재봉사와 좋은 관계를 유지한다. 그들은 재단 스타일에 대해 오랫동안 의논하며 약속을 만들어낸다. 재단 스타일은 가장 최신 유행이어야 하고 최첨단을 걸어야 한다. 유럽에서처럼 말이다.

그가 말한다.

"벌써 이런 건 안 입어."

세상 속에서

난 한때 헤르손 현이었던 엘리사베트그라드에서 태어났다.

유년기의 어떤 기억들이 아직 남아 있다.

잡초가 무성한 들판이라기보다는 창문도 없는 집의 뒷벽 아래에 있는 공터, 노을, 그리고 노을 아래 어떤 울타리 뒤 잡초 사이에서 남자아이들이 여러 가지 색으로 타는 성냥에 불을 붙인다.

얼마 동안은 불꽃이 여러 가지 색으로 타는 그 성냥이 스웨덴 성냥이라고 생각하고 있었다. 훗날 그런 성냥을 갖고 싶어 했다. "어릴 때, 기억나세요? 스웨덴제 성냥이 있었다네요. 불꽃이 검붉은 색인데, 초록빛도 나고…"

성냥을 가지고 놀던 아이들은 사샤와 세료자였다. 그리고 보로닌이라는 성이 기억난다. 그가 누군지는 잊었다. 구두장이였던 것 같다. 거기로 다니는 건 금지된 일이었다. 잡초들을 밟으며 다녔다.

그때 우리 집에 마차가 있었다는 걸 나중에야 알았다. 이마에 하얀 반점이 있는 잘 달리는 검은 말을 소유했었다. 그 말은 기억나지 않지만 상상 속에서 쉽게 그려지는 준마의 이미지는 기억으로 기꺼이 받아들인다.

아버지는 세무서에서 파견되어 보드카 공장에서 근무했다.

열여덟 살 무렵 나는 엘리사베트그라드에 잠깐 머물렀다. 떠나기 전에 어머니가 말했다.

"페트롭스카야 거리의 ○○번지에서 네가 태어났단다. 한번 가보렴."

나는 가보았다. 아무런 기억도 없었다. 2층짜리 벽돌 건물로 현관은 녹색이었다. 서서 바라보며 전신이 마비되어 전율에 몸을 맡길 준비를 했으나 아무렇지도 않았다.

내가 세 살 때 우리 가족은 오데사로 이주했고 설사 잘못된 생각일지 모르지만 나는 그곳을 고향으로 생각한다. 어쨌든 고향과 연관된 모든 정서는 오데사와 관련된다.

나는 아주 늙었다.

신문 제1면에 큰 활자로 보도된, 평화협정이 체결되었다는 내용을 나는 직접 읽었다. 러일전쟁 후 체결된 평화협정이었다. 그러니까 나는 이미 이십오 년째 읽을 줄 아는 셈이다.

며칠 전 트램에서 나는 한 경찰관 맞은편에 앉았다. 그는 콧수염을 기르고 있었는데 '북쪽의 용사' 같은 거대하고 밝은색의 콧수염이었다. 그는 경찰관이었다. 여러 장비를 갖추고 무장을 한 건장하고 강한 사람이었다. 그러다가 갑자기 나는 그가 나보다 젊다는 걸 알았다. 가정이 있고 가슴과 어깨가 잘 발달했고 땀이 찬 장화를 신은 성인인데 나보다 젊다니!

그런데 나는 서른한 살인데도 불구하고 내 외모와 몸에서 벌써 노화의 육체적 특징들을 발견한다. 나는 아직까지 스스로를 성인이라고 한 번도 느껴보지 못했는데 말이다.

아무것도 미리 궁리하질 못하겠다. 내가 쓴 모든 것은 아무 계획 없이 쓴 것이다. 희곡도 그렇다. 모험소설인「세 뚱보Три Толстяка」조차 그렇다.

장편소설을 구상한 지도 벌써 일 년이다.

제목은 안다.「거지」.

거지의 모습은 어릴 때부터 나를 흥분시킨다. 어쩌면 어떤 목판화에 깊은 인상을 받았는지 모르지만 기억나지 않는다. 덥고 가문 날, 태양이 쨍쨍 내리쬐는데 황무지 같은 풍경 속에서 짚신을 신은, 어떤 드미트리 돈스코이라는 인물이 무릎 꿇고 있는 거지에게 한 손을 내민다. 누더기 옷, 세금징수자라고 적혀 있는 단어가 강렬하다. 누군가 세금징수자를 불쌍히 여겼다. 치유.

이번 겨울에 어쩌다 넵스키 대로를 지나가게 되었다. 지하에 위치한 눈부시게 불 밝힌 상점으로 이어지는 계단 위쪽에 거지 한 명이 무릎을 꿇고 있었다.

나는 거지를 금방 알아보지 못했다. 내 손목이 하필 그의 입술 높이에 위치한 상태에서 지나갔기 때문에 마치 그가 내 손을 움켜쥐고 거기에 입 맞추기를 바란 꼴이 되고 말았다. 그는 무릎을 꿇고 시커먼 상체를 쭉 편 채로 석상처럼 꼼짝도 않고 있었다. 나는 걸어가면서 곁눈으로 그를 봐서 사자인 줄 알았고 '두 번째 사자는 어디 있지?'라고 생각했다. 돌아보자 거지였다.

그는 얼굴을 들고 있었는데 어둠 때문에 뭉뚱그려진 그 얼굴선은 이콘의 검은 나무판을 연상시키는 모습을 만들어내고 있었다. 나는 깜짝 놀랐다.

이미 몇 시간 동안이나, 어쩌면 아침부터, 그런 자세로 계속 있으면서도 그는 미동도 하지 않았다. 그는 수염이 덥수룩한 농민이었다.

무더운 날 도시를 벗어나 무너진 벽돌담을 따라서 혼자 정적 속에서 땀을 흘리며 셔츠 단추를 풀어 헤치고 맨발로 걸어간다.

멀리서 들려오는 철도에서 일하는 사람들의 목소리와 떨어지는 레일의 리드미컬한 소리를 듣는다.

레일이 떨어지는 장소의 주변 환경은 물이 많은 곳인 것 같다.

아무에게도 목격되지 않고 모두에게 잊힌 상태로 나는 원초적인 감각을 찾아 걷는다.

멀리 저 멀리 내 앞쪽에 거대한 문자가 공장 뒷면에 씌어져 있는 것이 보인다.

내가 걸어가는 길을 골짜기가 가로지른다. 이것이 바로 어린 시절에 여행의 천재가 훌쩍 뛰어 건넜던 구정물이 흐르는 그 도랑이다.

그렇다. 바로 이 도랑에서 어린 시절 가장 뛰어난 공상을 펼쳤던 천재가 나왔다.

아마도, 이 도랑이 도시의 경계선에서 참호처럼 입을 쩍 벌리고 있었기 때문일 것이다.

어쩌면, 금지된 이 먼 곳까지 온 아이들이 돌아가면 벌 받을 것을 알았고, 그래서 정신없이 위험한 놀이에 빠져들었기 때문일 것이다. 아이들은 둔덕에서 뛰쳐나온 광견병에 걸렸을지도 모르는 개를 놀렸고, 동전 던지기를 하며 노는 두 명의 부랑자에게 장난을 걸었다. 구리 손잡이가 달린 군인용 단검을 보여주는 누더기 차림의 소년을 놀렸고, 마지막으로 그런 지역에서 몸이 아주 착 달라붙는 것이 유일하게 가능한 급수탑에 올라섰다.

이것은 그 무엇과도 비슷한 점이 없다, 이것은 탑이다!

이 탑이 도시의 집들과 어떤 공통점이 있는가? 지붕, 발코니, 마당, 아니면 입구? 전혀 공통점이 없다!

이 탑은 도시에 속하지 않는다. 이 탑은 이미 여행 중에 솟아오르며 벌써 미래에 있다. 철제 계단이 이 탑을 휘돌아 감는다. 탑의 아랫부분에는 러시아의 것이 아닌 식물이 꽃을 피우며, 창이 없고 위로 쭉 뻗어 올라간 몸통에 러시아적이지 않은 둥글고 아주 작은 창문이 검게 보인다.

도시의 어느 중심도로 한 모퉁이에 약국이 있었다.
약국이 위치한 건물은 그 구역의 기의 절반을 차지하고 있었는데, 한 면이 골목으로 나 있으면서 그 골목 위로 거대한 잿빛 구조물을 드리우는 모습이었다. 그쪽은 윗부분만 환했고, 또 지붕 바로 아래에 있는 창들이 갑자기 밝게 빛나는 일몰 때에만 환했다. 그 건물은 지난 세기말에 지어졌고 상인의 소유였다.

약국으로 들어가는 문은 참나무로 만든, 조각이 새겨진 구식 문이었다. 문에는 유리가 끼워져 있었고 손잡이 역시 유리로 된 것이었다. 꼬인 형태의 그 손잡이는 해가 나는 날이면 스펙트럼을 보여주었다.

문은 간신히 움직였다. 그래서 문을 열려면 마치 술이 가득 든 맥주잔을 들 듯 손잡이를 꽉 잡고 온 힘을 다해 자기 쪽으로 잡아당겨야 했다.

그 문 뒤에는 두 번째 문으로 이어지는 계단이 있었는데 두 번째 문은 항상 열려 있었다.

그렇게 해서 두 개의 문 사이는 개폐기가 달린 일종의 통로가 되었는데, 계절에 따라서 먼지, 아니면 습기가 가득했고 맞바람이 심하게 불기도 했다. 혹은 외부의 오래된 유리를 통과하면서 마치 객차의 긴 나무의자를 비추는 해처럼 노랗게 된 햇빛이 가득 차기도 했다.

그럴 때면 문의 유리에 붙여 놓은 십자가의 검은 그림자가 계단 하나하나에 꺾이면서 계단 위에 누워 있었다.

어느 궂은 날씨의 가을날 저녁 어떤 사람이 약국 문을 연 다음에, 다들 하듯이 서둘러 계단을 달려 올라가기 위해 자기 뒤로 문이 닫히도록 내버려두지 않고, 문틀의 닳아 빠진 홈 속에서 가

녑게 움직이는 유리가 깨질까 겁이 난 듯 바로 뒤돌아서서 문을 제자리로 조심스레 닫았다.

그러고 나서 그는 계단을 중간까지 올라가더니 멈춰 섰다. 그리고 옆으로 돌아선 다음 발바닥으로 미끄러지듯 해서 좁은 벽 아래로 가더니 등을 벽에 기대고 서서 꼼짝도 하지 않았다. 그때 그의 표정이 너무도 편안해서 그가 오래전부터 이 장소를 특별히 선택해놓았다가 여기로 와서 오래전부터 생각해온 포즈를 취한 거라고 가정할 수 있을 정도였다.

입구 위쪽 외부에 전기 램프가 켜져 있었다. 그 램프 불빛이 좁은 벽 아래 서 있는 사람의 모습을 어렴풋이 비추면서 좁은 공간으로 새어 들어왔다.

거리에서 사각형의 유리 안을 들여다보면 녹색이 감도는 불빛을 받은 사람의 몸통만 볼 수 있었다.

맨 처음 눈에 들어오는 것은 귓불 아래서 위로 접힌 두 귀를 중간까지 가린 모자였다. 이렇게 모자를 쓰는 방식은 그에게 애처롭고도 부끄러워하는 듯한 모습을 부여했다.

여름용으로 제작되어 밝은색 삼베로 지어진 그 모자는 그러나 사계절 내내 착용하다 보니 시커멓게 변했고, 얼룩으로 뒤덮여 요리사들이 쓰는 모자 비슷한 원뿔형의 거품 모양같이 되면서 형체가 볼품없이 변해버렸다.

그 사람은 뚱뚱했지만 키는 크지 않은 듯했다. 모든 육중함이 몸통으로 집중되어 있었고 배 위쪽에 붙어 있는 두 팔로 자신의 몸통을 받치고 있는 것 같았다.

머리는 어깨 속으로 푹 꺼진 형태였는데 그런 형태를 취할 수밖에 없는 것이 육중한 어깨가 목덜미를 마구 내리누르고 있어서 머리가 구부러졌고 마치 목이 없는 것만 같았다. 그러니 그의 두 눈은 영원히 치켜떠서 볼 운명이었다.

그는 솜이 든 재킷을 입고 있었는데 재킷은 그의 거대한 몸을 둘러싸고 있기가 너무나 힘겨워서 옷섶이 배 위와 목 아래서 겨우 만나도록 하기 위해서는 아슬아슬할 정도로 팽팽하게 묶은 탄탄한 면직물로 만든 옷고름의 도움을 받아야만 했다.

재킷의 양 겨드랑이 밑은 터져서 솜이 빠져나왔는데 등 양쪽에서 솜이 꼬불꼬불하게 뻗어 나온 것이 꼭 작은 날개를 연상시켰다.

보건대 그 사람은 어두운 좁은 공간 아래쪽 한구석의 어느 지점을 바라보는 것 같았다.

그는 한 번씩 얼굴을 일그러뜨렸는데 분명히 습기 때문이었을 것이다.

그리고 짧은 팔을 재빨리 쳐들었다가 턱을 잠깐 긁곤 했는데, 불쾌한 생각이 쭉 이어지다가 갑자기 위안이 되는 생각이 떠올랐을 때 사람이 하는 동작이었다.

때로는 그가 잠이 드는 것처럼 보이기도 했다. 갑자기 좁은 벽의 얇은 합판을 솜옷의 등 부분으로 문지르면서 내려앉기 시작했으니까. 그는 긴장이 풀려서 배를 받치고 있던 양손이 풀어질 때까지 몸이 내려앉곤 했다. 그러면 그는 대번에 정신을 차리고 이전의 자세를 다시 취하는 것이었다.

문이 열리고 사람들이 약국으로 들어오면 그는 굉장히 부산을 떨면서 그들을 향해 달려가 사람들 등 뒤로 문을 닫았다.

이 사람은 거지였다.

밤이 왔다. 갈수록 문 열리는 횟수가 줄어들었다. 약국에서는 불필요한 전등을 껐다.

거지가 안절부절못하기 시작했다. 분명히 그는 약국에서 일하는 사람들이 이제 곧 계단에 있는 자신을 발견해서 쉴 곳을 잃게 될 거라고 예상하는 모양이었다.

이제 그는 더 이상 졸지 않았다.

그는 계속해서 윗문 쪽으로 고개를 돌렸고, 발끝으로 자꾸만 서는 모습이 귀 기울여 듣는 것 같았다.

갑자기 그가 손잡이를 움켜쥐었는데 도망갈 준비를 한 게 분명했다.

사람들이 그를 쫓아냈다. 그는 거리에 나앉았다.

비가 오고 있었다. 거리가 텅 비었다. 거지는 발걸음을 빨리하다가 날개를 흔들면서 달리기 시작했다.

그는 갈림길에서 걸음을 멈추었다. 빗방울이 모자에서 얼굴로 흘러내렸다.

길섶에서 물이 졸졸거렸다. 그는 물이 돌 밑에서 마치 물고기처럼 떠가는 것을 바라보았다. 그는 몸을 데우려고 춤추듯 종종거리기 시작했다.

이제 한바탕 웃고 싶은 마음이 있다면 이 사람을 늙은 큐피드로 상상할 수 있다. 왜냐하면 형체가 둥글둥글하고 삭은 날개

세상 속에서

도 있는데다가 맨발이고 (위에서 언급했듯이) 더군다나 살짝 춤까지 추고 있으니 말이다.

나는 바로 이렇게 차분하게, 사실주의적인 스타일로, 또한 구식으로 장편소설 「거지」를 시작하고 싶었다.

다른 사람들은 어떻게 장편소설을 쓰는지 나는 모른다.

졸라É. Zola는 아주 정확하기 짝이 없는 계획을 세웠고 마지막 마침표를 찍을 날짜와 시간을 아주 정확한 방식으로 결정했다. 그리고 실수하지 않았다.

그는 소설의 각 장들이 몇 월 며칠에 끝을 맺을 것인지 미리 알고 있었다. 나는 그런 마법의 달력을 작성할 생각조차 하지 않는다.

내 서류철에는 숫자 '1'이라고 적힌 종이가 최소한 삼백 장은 있다. 이 삼백 장이 「질투Зависть」를 시작했다. 그리고 삼백 장 중 단 한 장도 최종적인 시작이 되지 못했다.

작가의 테크닉은 매일매일의 체계적인 (마치 근무처럼) 글쓰기로 연마된다. 그런데 슬프게도 우리는 일할 줄을 모른다.

나는 오데사에 쉬러 왔다.
다차는 바다 쪽에서 뚝 끊어지는 고원 위에 있다.
나는 절벽에서 두 걸음 떨어진 곳에 놓인 벤치에 앉는다.
내 눈앞에 바다가 펼쳐져 있다.
나는 고개를 들거나 아래를 내려다보지 않고 곧장 앞을 바라본다. 그렇게 해서 나는 파노라마만을 보고 파노라마의 배경인

수평선과 바다만을 본다.

그런데 전경이 보인다.

첫 번째 위치를 잡고 있는 것은 산줄기로부터 떨어져 나간 지층들의 꼭대기이다.

이 지층들의 꼭대기가 약간 앞으로 기울어져 있어서 새의 날갯짓 한 번에 금방이라도 그 화살 모양의 구조물이 먼지로 변해 버릴지도 모른다는 불안감을 관찰자에게 불러일으킨다. 황량한 지형과 쨍쨍한 태양 때문에 화강암으로 보이는 단순한 점토인 그 지층은 그만큼 건조하고 바람이 스며들어 있다. 이 두 가지 상황은 공중의 성채들이 달의 크레이터 같은 강력한 그림자를 던질 수 있도록 하고 있다.

그다음에 이어지는 것은 돌출된 지형인데 양은과 비슷해 보일 정도로 먼지를 뒤집어쓴 푸른 식물로 뒤덮여 있다.

이 식물상은 대체 뭐람? 나는 풀이라고 부르는 것을 남쪽의 바닷가에서 보질 못했다.

불에 탄 땅의 둔덕들 사이에서 갈고리와 괴물들, 난쟁이들이 삐죽 나와 있다.

그렇다, 관찰은 8월 초에 이루어졌고 나는 화재가 일어났던 도시를 다니듯 자연 속을 기어 다녔다.

그러더니 정말로, 갑자기 한 발이 기다란 줄기에 걸리고 말았는데 이 줄기는 칭칭 감기는 놈이었고 마치 절연 피복이 된 전선처럼 건조하고 거칠거칠했다. 나는 발을 확 움직이기가 겁이 났는데 줄기의 시작 부분이 보이지 않았고 또한 갑자기 움직이면 전선과 연결된 저 서까래가 무너질지 모른다는 가정을 할 수 있었기 때문이었다. 서까래란 위에 툭 튀어나와 있는 걸 말하는 것이고, 메타포 쓰기를 멈춘다면 그냥 잿빛으로 먼지를 뒤집어쓴 나무줄기이다.

나는 벤치에 앉아 있다.

크기란 상대적인 것이다.

골짜기 끝에, 제일 끝이라서 저쪽이라고 할 수 있는 곳에, 어떤 우산 모양의 것이 자라고 있다. 그것은 하늘을 배경으로 뚜렷하게 서 있다.

이 극히 작은 식물이 하늘과 내 눈 사이에 있는 유일한 것이다.

나는 더욱 집중해서 들여다보고, 갑자기 나의 두뇌 속에서 어떤 진전이 이루어진다. 가상의 쌍안경 조절 노브를 돌리고 초점을 맞춘다.

초점이 맞춰졌다. 식물은 현미경 앞에 놓인 표본처럼 선명한 모습으로 내 앞에 서 있다. 식물이 아주 커졌다.

나의 시력이 현미경 같은 능력을 획득했다. 나는 거인국에 도착한 걸리버가 된다.

가냘픈 (풀잎 한 가닥의 가치) 꽃 한 송이가 자신의 모습으로 나를 뒤흔든다. 무시무시한 모습이다. 풀잎은 미지의 장엄한 기술로 지어진 축조물처럼 우뚝 솟아 있다.

나는 강력한 구체와 관, 접합부, 마디, 지렛대를 보고 있다. 그리고 사라져버린 꽃의 줄기 위에 비친 태양의 흐릿한 반영이 내게는 지금 눈부신 금속성 섬광으로 보인다.

시각현상이란 이런 것이다.

이런 시각현상을 야기하는 것은 어렵지 않다. 어떤 관찰자도 할 수 있다. 문제는 눈의 특수성에 있는 것이 아니라 공간과 사물, 시각의 결합이라는 객관적인 조건에 있다.

에드거 포Edgar A. Poe는 이와 비슷한 현상에 관한 테마를 다룬 단편소설을 썼다. 열린 창문 옆에 앉아 있던 사람이 멀리 위치한 언덕을 따라 움직이는 괴물의 환상 같은 형상을 보았다. 신비로운 공포가 관찰자를 사로잡았다.

그 지역은 콜레라가 기승을 부리고 있었다. 그는 자신이 콜레라의 본질을 보고 있다고, 콜레라의 무시무시한 체현을 보고 있다고 생각했다.

그러나 잠시 뒤, 미증유의 크기를 가진 그 괴물이 다름 아닌 아주 흔해 빠진 벌레 한 마리에 지나지 않으며 관찰자가 착시현상의 희생물이 되었음이 밝혀졌다. 멀리 위치한 언덕을 배경으로 투사하면서 벌레가 관찰자의 눈에서 아주 가까운 거리에 있는 거미줄을 기어가고 있었기 때문에 발생한 착시현상이었다.

새롭게 세상을 바라볼 필요가 있다.

작가에게는 그런 마법 같은 사진을 연구하는 것이 대단히 유익하다. 덧붙이자면 이것은 기벽이 아니며 전혀 표현주의가 아니다! 반대로 가장 순수하고 가장 건강한 사실주의이다.

바다를 바라보는 것에 싫증났다.

다차 뒤쪽으로 걸어간다.

쪽문으로 걸어 나간다. 스텝*이 펼쳐진다. 저 멀리 류스트도르프로 가는 길 위에 트램역이 있다.

스텝에 급수탑이 서 있다. (탑에 대한 묘사는 네 번째 단락을 보라.** 부연하자면 거기에는 다른 탑이 묘사되어 있다. '러시아의 것이 아닌 식물, 러시아적이지 않은 작은 창문'…. 여기에는 식물이라곤 없다. 헐벗은 스텝에 불쑥 칠십 미터짜리 급수탑이 뻗어 올라 있다.)

이 일대는 비소쯔키라는 인물의 소유이다. 그래서 아직까지도 이곳은 트램 노선도에서 '비소쯔키 다차'라고 불리고 있다.

언젠가 비소쯔키는 이 지역의 물 공급을 자신이 장악하겠다는 결정을 내렸고 그래서 급수탑을 건설했다. 누군가 그와 소송을 벌였고 누군가는 그에게서 뭔가를 사들였다. 자세한 것은 잊혔다.

이 탑은 오래전에 운영을 멈추어 방치되었고 오직 탑이 지닌 낭만적인 성격만 남았다. 우뚝 솟아 있기, 일몰을 배경으로 검게 서 있기, 기다란 그림자를 던지기, 칼새의 비행으로 휘감기기.

탑 내부에는 터널이 이어지는데 배설물에 모여드는 파리들이 거기서 웅웅거린다.

어느 날 귀부인 같은 노파 한 명이 사라판***을 입은 소녀 두 명을 데리고 이곳 다차에 왔다. 세 명 모두 쪽문 옆에 있는 돌 위

* 온대 초원 지대.
** 세 번째 단락인데, 작가의 착각으로 보임.
*** 러시아 민속의상으로 점퍼스커트형 옷.

에 앉았다. 노파가 무릎에 책 한 권을 올려두었다.

'졸랴, 루르드.' 내가 읽었다.

안경다리가 책에서 삐죽 튀어나와 있었다.

여자아이들은 단정하게 앉아 있었다. 나는 예의를 차리느라 물러섰다. 다차로 가는 길에 속삭이는 소리가 들려왔다.

노파는 죽은 비소쯔키의 부인이었고 두 소녀는 손녀였다.

십 분 뒤에 나는 돌아왔다.

"여기는 우리 것이었단다." 손가락으로 허공을 가리키며 노파가 말했다.

"뭐가요?" 왼쪽에 있는 손녀가 물었다.

"공원 말이야." 노파가 말했다.

"어떤 공원이요?" 오른쪽에 있는 손녀가 물었다.

"바로 이 공원." 노파가 대답했다.

공원이라고는 없었다. 누런 공간이 있을 뿐이었다. 지평선 위에서 옥수수수염들이 휘날렸다.

손녀들은 공손하게 입을 다물고 있었다. 그들은 볼 수 있는 것, 즉 스텝만을 보고 있었다.

할머니는 공원을 보고 있었다.

공원은 기근이 들었던 해에 주변 주민들이 땔감으로 벌써 다 베어내고 없었다. 아무것도 남지 않았다. 참나무 한 그루도, 보리수 한 그루도. 뿌리조차 남지 않았다. 그 자리에 호밀을 심은 지 이미 오래였다. 호밀은 모두 수확되었다.

8월이다. 가시들. 어딘가에는 잡초.

노파는 공원을 바라본다. 그리고 정말로… 나는 회상한다. 나는 중학생일 때 작가 표도로프가 살던 다차에 왔었는데 지금도 그 다차에 사람이 살고 있다. 정말로 탑 아래에 무성한 푸른 관목들이 우거져 있었고 정자들이 하얗게 보였었다. 기억난다. 공원이 있었다. 유명한 비소쯔키 공원이.

"이것도 우리 거였어." 노파가 입을 연다.

"뭐가 말이에요?" 왼쪽에 있는 손녀가 묻는다.

소녀는 작은 말뚝들과 가시철조망, 텃밭을 본다.

"호박 말이에요?" 오른쪽에 있는 손녀가 묻는다.

"둥근 기둥들이 있는 집 말이야."

노파는 볼 수 없는 것을 본다. 고생물학과 비슷하다.

노파는 고생물학자이다. 그녀는 과거의 땅을 본다.

손녀들은 약간 어리벙벙해진다.

"저것도 우리 거였어요?" 턱짓으로 트램역을 가리키며 손녀가 묻는다.

"그럼, 장미 화원이야." 할머니가 대답한다.

"뭐라고요?" 오른쪽에 있는 손녀가 묻는다.

"장미 화원, 저것도 우리 거였단다." 할머니가 확인해준다.

그녀 앞에 태곳적의 장미들이 만발한다.

저녁이 되자 세 명 모두 절벽 위의 벤치에 앉아 있다.

내가 다가간다. 노파의 머리 실루엣이 작은 심장 모양이다.

달이 떠오른다. 바다가 조용히 철썩거린다.

대화에 귀를 기울여본다.

이번에는 할머니가 아주 대놓고 고생물학자로 나선다.

"바다는 그 후에 생겼어. 예전에 여기는 육지였거든." 그녀가 말한다.

"그 육지도 우리 거였어요?" 손녀들이 묻는다.

"그래." 내가 말한다.

"전부 다 너희들 거였단다! 몇몇 학자들은 달이 언젠가 혜성에 의해 지구에서 떨어져 나간 지구의 일부라고 주장해. 떨어져 나간 그 자리에 태평양이 생겼지. 지금 보듯이 달은 독자적으로 존재해. 하지만 그건 아무 의미도 없어. 달도 너희들 것이었단다!"

1930년

알데바란

벤치에 일행이 앉아 있었다. 젊은 여자 한 명과 젊은 남자 한 명, 그리고 어떤 학자라는 노인이었다. 여름 아침이었다. 그들의 머리 위로 벌레 먹은 구멍이 난 억센 나무가 서 있었다. 썩은 구멍으로부터 퀴퀴한 냄새가 가볍게 풍겨왔다. 노인은 어린 시절 움 속에 몰래 들어가던 일을 떠올렸다.

젊은 남자가 말했다.

"나는 오늘 하루 종일 시간이 돼."

"나도야." 학자인 노인이 말했다.

젊은 남자는 버펄로라는 땅 다지는 기계의 운전사로 일하고 있었다. 그는 아스팔트 포장도로를 다지는 일을 했다. 그는 라트비아 사람으로 성은 쯔비볼이었다. 사샤 쯔비볼.

키가 빗자루만 한 집시 소녀가 다가왔다.

소녀가 나리꽃을 내밀었다.

"저리 가." 학자 노인이 말했다.

사샤 쯔비볼이 화를 냈다.

"이런." 노인이 놀랐다.

"이런 일이 자네를 흥분시키다니. 공산주의 청년동맹원의 입에서 유랑민을 옹호하는 말을 듣다니 의외인걸."

"그 아이는 어려요!" 젊은 여자가 말했다.

"어리다고? 말해봐요. 사회주의가, 그러니까, 어린아이들과 거지들을 위한 기독교의 천국인가요?"

노인은 높은 소리로 쩌렁쩌렁하게 말했다. 덧붙이자면 그는 잘생기고 상당히 건장한 노인이었다. 담배를 피우고 술을 마시고 식이요법에는 관심이 없으며 왼쪽 옆으로 누워 자면서 "아이고!" 소리를 내는 노인들 중 한 명이었다.

그의 성은 보헴스키였다. 그는 소비에트 대백과사전 편찬 작업에 참여하고 있었다.

그는 그 젊은 여성을 사랑하고 있었다. 그녀는 옆에 앉아 있었는데 젊은이의 무릎 위에 한 손을 올려놓고 있었다. 그때 노인이 질문을 던졌다.

"아마도 내가 쓸데없이 여기 있는 거지요?"

젊은이가 한숨을 내쉬며 케피*를 벗었다. 붉은 군대 병사다운 둥근 그의 머리는 짧게 깎여 있었다. 그는 금발이었다. 그의 머리가 마치 육수처럼 반짝였다. 그가 정수리를 긁적였다.

노인이 일어서서 꽁초를 썩은 나무 구멍 속으로 던졌다.

• 챙이 달린 모자.

"나는 사샤와 같이 강에 갈 거예요." 젊은 여자가 말했다.

그들은 더 이상 아무 말도 하지 않음으로써 노인을 강에 초대하지 않았다.

"우리를 버스 있는 곳까지 배웅해주세요." 젊은 여자가 말했다.

그들은 걸어갔다. 여자가 한 걸음 앞서 걸었다.

보헴스키는 그녀의 등을 쳐다보며 생각했다.

'아니야, 이건 사랑이 아니라 성욕이야. 소심한 노인네의 욕정이지. 나는 너를 먹고 싶다. 듣고 있나? 등에서부터, 어깨뼈 있는 데부터 시작해서 너를 먹어버렸으면.'

"얼마나 아름다워!" 쯔비볼이 말했다.

그가 이 감탄사를 말할 때 악센트가 있었다. 그리고 남자답게 들렸다. 남자다움을 고려한 감탄에서 쑥스러워하는 열정이 느껴졌다. 그래서 노인은 질투심을 느꼈다.

"카쨔, 당신의 연인은 로마 사람 같군요!" 노인이 젊은 여자에게 외쳤다.

"저는 리가 출신입니다." 쯔비볼이 말했다.

"그래서요? 똑같은 스타일입니다. 군인들 말입니다. 성전기사단 같은."

"지금은 하모브니키가 없어요."* 어깨 너머로 카쨔가 말했다.

"지금은 프룬젠스키 구라고 불린다고요."

• 하모브니키란 모스크바의 역사적 지역으로, 성전기사단의 러시아어인 '흐라모브니코프'를 잘못 듣고 한 말.

그들은 정거장에 다가갔다.

"그런데 갑자기 비가 내리면?" 보헴스키가 말했다.

"안 올 겁니다." 쯔비볼이 말했다.

그들이 고개를 들었다. 하늘이 맑았다. 푸른 하늘이었다.

"비는 연인들의 적이지요." 노인이 말했다.

"비는 연인들을 정원에서 쫓아버립니다. 도덕을 지키는 악한 파수꾼이지요."

버스가 도착했다.

그들은 학자인 노인에게 잘 가라는 말을 할 새가 없었다.

노인은 버스 발판에 재빨리 올라서는 카쨔를 바라보았다. 그녀가 작은 문으로 들어갔다. 움직임이 일으키는 바람을 밑에서부터 받는 그녀의 모습은 히아신스 같았다.

보헴스키는 정처 없이 걸었다.

그는 키가 크고 체격이 좋았다. 그는 젊은이처럼 뚜벅뚜벅 걸었다. 검은 망토 자락이 펄럭거렸다. 희끗희끗한 곱슬머리 위에 검은 중절모가 얹혀 있었다. 그는 수캐들이 두려워하는 보행자였다. 그가 걸어가면 그를 향해 달려오던 수캐가 갑자기 멈춰서서 잠깐 동안 그를 쳐다보고는 다른 쪽으로 건너 달려간다. 수캐는 거기서 담 밑을 따라 달려가다가 그가 이미 저 멀리 앞서가면 멈춰 서서 그의 뒷모습을 쳐다본다.

보헴스키는 걸어가면서 젊은 여성에 대해 곰곰이 생각했다.

'톱클래스야. 그녀는 톱클래슨데 자신의 가치를 몰라. 객관적 조건들이 달랐다면 그녀는 역사를 쥐락펴락했을 거야.' 그는 계몽절대주의 시대에 대해 생각하기 시작했다. 뒤 바리 백작부인, 살롱들. 그리고 또 많은 다른 것들. 총재정부. 바라스. 보나파르트의 등장. 레카미에 부인. 여자들이 라틴어로 말하는 것. 지적 유희. 작은 손 안에 든 정치의 실. 조르주 상드. 쇼팽. 이다 루빈시테인.

사샤 쯔비볼.

'군인이라.' 보헴스키는 생각했다.

'돈 호세. 슬픈 이야기지. 젊은 공산주의자가 카르멘을 사랑하게 됐어. 사샤 쯔비볼이라는 순박한 목동이 낚시에 걸려들었어. 재미있군. 그녀가 그를 온통 뒤흔들어버렸어. 그렇고말고! 그녀의 매력이 무엇인지 그도 의심치 않아. 그는 시장 광장에서 하릴없이 빈둥거리며 구경이나 하다가 전깃줄을 붙잡고는 경련을 일으키면서 대체 왜 경련하고 있는지 알지도 못하는 놈이야. 공산주의자라. 웃기는군. 여자 공산주의 청년동맹원이란 말이지. 웃기시네. 난 이 세상에 아주 오래 살고 있다고. 난 파리에서 캉캉을 추던 것을 기억해. 난 죄다 알고 죄다 보았어. 모든 것에 대해 잘 생각해보았지. 난 아주 늙었어, 카젠카. 내가 드레퓌스 사건이고, 내가 빅토리아 여왕이고, 내가 수에즈운하 개통이야. 당신이 사랑하는 쯔비볼은 건설이니 사회주의니 과학이니 사람을 개조하는 기술이니 따위에 대해서 당신에게 멋진 이야기들을 많이 늘어놓지. 아하, 카쮸샤, 당신의 젊은 연인은 계급투쟁에 대해 떠들지… 웃기는 일이야. 당신이 그에게 미소를 지어줄 때면 그

자도 아무거나 떠들어대는 게 아주 쉽겠지. 하지만 예술극장보다 나이가 두 배는 더 들었고 당신이 미소를 지어주지 않는 나는 시인의 시구를 고쳐서 당신에게 지혜로운 이야기를 하지. 모든 계급의 사랑은 순종적이다….

한편 이 시간에 둘은 말뚝들 위에 있는 몸을 덥히는 곳에서 옷을 벗고 있어. 말뚝들 밑으로는 현무암의 물이 흐르지 않고 멈춰 있고. 사람들이 시끌벅적하지. 소음들, 고함 소리, 나무로 만든 방 안에서 젊은이들이 옷을 벗을 때 벗은 몸이 철썩대는 소리. 작은 창문들 밖으로 강, 난간, 작은 깃발들, 보트들이 보여. 강에서는 노들이 반짝거리고. 둘은 나무로 만든 방에서 걸어 나가 뜨겁게 달아오른 나무판 위로 걸어가. 어딘가에서 관현악단이 연주하고 있지. 악단의 연주가 대기를 진동시키고 진동으로 인해 목재 건조물이 흔들리지. 나무판에서 먼지들이 날아올라. 아, 사람들이 살아가는 모습이야말로 가장 멋진 게 아닐까. 저 멀리서 군악대가 연주할 때 푸르른 여름 하늘 속에서 깃발이 움직이고!'

그는 집에 도착해서 드러누웠다.

그는 상상의 유희에 빠져들었다.

그런 여자들은 살해당해.

파리! 파리! 그는 무시무시한 장면을 상상했다. 있지도 않은 일을. 드라마를. 드라마의 결말을. 그의 관점에서 봤을 때 카쨔의 아름다움이 필연적으로 맞이할 사건의 종말을.

살인.

그녀가 방 안에서 우왕좌왕하고 있다. 의자들이 넘어진다.

거울 달린 옷장이 거칠게 번쩍 하며 활짝 열린다. 그녀를 뒤쫓는 자는 바로 노인, 그의 이성은 열정 때문에 흐려져 있다. 그가 거울을 향해 총을 발사하자 거울이 관통된다. 여섯 발이 발사된다. 파편들이 날아오른다. 정적. 그는 이마에 손을 대고 방 한가운데 서 있다. 분홍 벽지. 햇빛 줄기 속에서 먼지들이 빙빙 돌고 있다. 이웃들이 들어온다. 그들은 백발이 성성한 노인을 본다. 투르게네프의 노인과 비슷한 고상한 이마를 가진, 빛나는 노인.

몇 세기지? 몇 연도야? 어디야? 아무 상관없잖아! 사랑과 죽음. 성의 영원한 법칙.

옷장이 열린다. 몸뚱이가 옆으로 쓰러지더니 머리가 마룻바닥을 때린다.

"날 놔줘!" 노인이 외치며 몸뚱이를 향해 몸을 던진다. 그는 울부짖으며 만족시킬 수 없는 욕정에 '이르는' 깊숙한 울음을 토해낸다. 그는 활짝 드러난 젊은 여자의 가슴 사이에 머릴 묻고 있다. 그는 자신을 에워싸고 있는 사람들을 향해 눈을 들고 말한다.

"이 여자가 있는 이곳은 얼마나 깨끗하고 이 더운 날에도 얼마나 시원한가."

늦은 저녁 시간에 그는 그녀와 통화한다.

"카쨔, 당신을 사랑합니다. 우스운가요? 내 말을 듣고 있나요? 내가 물어볼게요. 노인의 사랑이 당신에게는 우스운가요? 나는 많은 것을 원하는 게 아닙니다. 만일 당신이 폭풍우라면 나는 단 한 방울의 비만 꿈꿀 뿐입니다…. 전화로 묘사하기가 아주 어렵군요. 듣고 있나요? 당신은 매일 쯔비볼과 함께 시간을 보냅니다. 밤이면 별들이 반짝입니다. 당신은 별빛 아래 쯔비볼과 함께 앉아 있어요. 그래요, 그래. 내가 봤습니다. 사랑, 별…. 나는 이해해요. 쯔비볼이 별들의 멋진 이름을 아나요? 베가성, 베텔게우스, 아르크투루스, 안타레스, 알데바란. 당신은 뭐가 우스운가요? 알데바란이 우습나요? 나는 벌써 한 달 동안이나 당신과 극장에 가는 걸 꿈꾸고 있어요. 그런데 날씨가 도와주질 않네요. 당신은 여름밤에는 별 보는 걸 더 좋아하니까요. 뭐라고요? 하지만 날씨가 나빠질 수 있으니까요. 기술도 아직은 날씨를 조종할 수 없어요. 쯔비볼에게는 푸른 하늘과 강, 별을 주시고 비는 내게 남겨둬요. 좋지요? 카쨔, 나는 공중전화로 말하고 있어요. 그만 끊으라고 하네요. 유리를 두들기면서 지저분하게 인상을 쓰네요. 그러니까, 내가 당신에게 부탁하는 것은 바로… 듣고 있나요? 만일 내일 날씨가 나빠져서 비가 오면 나와 같이 극장에 가는 겁니다? 별이 안 뜬다면요?"

"좋아요. 만일 별이 뜨지 않는다면요."

아침이 되자 하늘은 구름 한 점 없이 맑았다.

보헴스키는 버펄로 세 대가 일하는 통로에 서 있었다. 쯔비볼이 시커멓게 된 푸른 티셔츠를 입고 그중 한 대에 타고 있었다.

"덥네!" 보헴스키가 소리쳤다.

"덥군요!" 쯔비볼이 대답했다.

그는 핸들을 놓지 않은 채, 벗은 어깨로 관자놀이의 땀을 닦았다. 아주 더운 날이었다. 거의 지옥 같았다. 새 타르의 열기와 구리 부품들의 번쩍임, 라디오 소리까지.

보도에는 한가한 구경꾼들이 서 있었다.

"덥네!" 보헴스키가 한 번 더 외쳤다.

"더워요." 쯔비볼이 다시 대답했다.

쉬는 시간에 쯔비볼은 담배를 피우러 보헴스키에게 다가갔다.

"어제저녁에 무얼 했나?" 보헴스키가 물었다.

"그냥 걸었어요."

"카쨔랑?"

"네."

"어디서?"

"여기저기요."

"괜찮았나?"

"네."

"별도 보이고?"

"네."

"오늘은?"

"오늘도 그냥 놀 거예요."

라디오가 방해를 한다.

라디오. 중앙 흑토 지역에 강한 비가 지나갔습니다.

보헴스키. 들었나?

쯔비볼. 많이 왔다니 잘됐군요.

라디오. 기상 자료에 의하면 가까운 시일 내에 모스크바 지역에 강우를 예상한다고 합니다.

보헴스키. 들리나?

쯔비볼. 가까운 시일이라니 잘됐어요.

침묵.

보헴스키. 어쩌면 오늘 당장 비가 올지 몰라.

쯔비볼. 오면 좋지요.

보헴스키. 그러면 별이 안 보일걸.

쯔비볼. 그러면 당신은 카쨔와 함께 극장에 가겠지요.

보헴스키. 그리고 자네는 자네가 사랑하는 아가씨와 내가 함께 저녁 시간을 보내도 좋단 말이지? 비가 오길 원하기 때문에?

쯔비볼. 그렇습니다.

침묵.

보헴스키. 이 나라에는 필요하지만 자네들의 사랑에는 불필요한 비야.

쯔비볼. 맞아요. 이 나라에는 필요한 비지요.

보헴스키. 브라보! 손을 주게. 나는 이제 현실에 대한 계급적 접근이 무엇인지 이해하기 시작했네.

그리고 정말로 먹구름이 나타났다.

처음에는 먹구름의 이마가 나타났다. 넓은 이마가.

넓고 툭 튀어나온 먹구름이었다. 먹구름은 어딘가 아래에서

부터 간신히 올라왔다. 눈을 치켜뜨고 쳐다보는 게으름뱅이였다. 게으름뱅이는 거대한 앞발들을 꺼내서 한 발을 알렉산드롭스키 역 위로 뻗고는 우물쭈물했다. 그러더니 도시 위로 절반쯤 몸을 일으키고는 등을 보이며 돌아섰다. 어깨 너머로 흘깃 쳐다보고는 등 쪽으로 넘어지기 시작했다.

폭우가 두 시간 동안 이어졌다.

그 후 어설픈 섬광이 터졌다.

그다음에는 적당한 비가 내렸다.

저녁이 되었다.

별은 보이지 않았다.

비는 내렸다, 그쳤다 했다.

보헴스키는 약속한 대로 마지막 상영보다 한 회 앞선 극장표를 두 장 사서 고골 동상 앞에서 카쨔를 기다리기 시작했다.

그녀는 오지 않았다. 그는 한 시간하고도 십오 분을 더 기다렸다. 그런 다음 또 십오 분을 기다렸다. 물웅덩이들이 반짝거렸다. 채소 냄새가 풍겼다. 닫힌 창문 안쪽에서 기타를 연주하는 소리가 들렸다. 멀리서 섬광이 번쩍거렸다.

그는 골목길에 도착해 남몰래 마음에 품어둔 집으로 다가갔다. 여기에 카쨔가 살고 있다. 그는 신발 바닥으로 쪽문을 한 번 밀었다. 그는 진창에 덧신 같은 깊은 발자국을 남기면서 마당을 지나갔다. 곁채를 돌아가면서 그는 어두운 창문을 보았다. 그녀는 집에 없었다.

그는 골목으로 나와 앞으로 뒤로 왔다 갔다 하기 시작했다.

그는 멈췄고 검은 망토를 피라미드 모양으로 둘러쓴 채 마치 삽화에서처럼 창문의 불빛을 받으며 서 있었다.

그들이 모퉁이 쪽에서 나타났다. 카쨔와 쯔비볼이었다. 그들은 두 명의 수류탄 투척병처럼 꼭 껴안은 채로 걸어왔다.

그가 그들 앞에 불쑥 나타났다. 그들이 서로 떨어졌다.

"당신은 나를 속였습니다, 카쨔." 보헴스키가 말했다.

"그렇지 않아요." 카쨔가 대답했다.

"비가," 보헴스키가 말했다.

"비가." 그들이 동의했다.

"별이 보이지 않았어요." 그가 말했다.

"별이 보였어요."

"사실이 아니에요. 별은 하나도 보이지 않았어요."

"우리는 별을 보았는데요."

"어떤 별을?"

"다 보았어요."

"아르크투루스." 쯔비볼이 말했다.

"베텔게우스." 카쨔가 말했다.

"안타레스도." 쯔비볼이 말했다.

"알데바란도요." 카쨔가 말하고 웃기 시작했다.

"그 밖에도 많아요." 쯔비볼이 말했다. "우리는 남쪽 하늘의 별들을 보았어요. 그건 알데바란이 아닙니다. 우리는 남십자성을 보았어요…"

"그리고 마젤란은하도." 카쨔가 뒷받침해주었다.

"비가 왔는데도요." 쯔비볼이 말했다.

"나는 이해합니다." 보헴스키가 웅얼거렸다.

"우리는 천문대에 갔었어요." 쯔비볼이 말했다.

"기술이지요." 카쨔가 한숨을 내쉬었다.

"이 나라에 필요한 비가 왔잖아요." 쯔비볼이 말했다.

"우리에게도 필요한 비지요." 카쨔가 이야기를 맺었다.

"그리고 우리에게 필요한 별들이 반짝였어요." 쯔비볼이 말했다.

"이 나라에도 필요한 별들이요." 카쨔가 말했다.

1931년

길동무 잔드의
비밀 기록에서

나는 얼마나 열정적으로 힘을 꿈꾸었는가

나는 거울을 아주 자주 들여다본다. 나는 일하면서 매분마다 뛰쳐 일어나 거울로 달려간다. 나는 거울을 뚫어지게 쳐다보며 나 자신을 바라본다. 내가 거울 속에서 보고자 하는 것은 무엇인가? 어떤 버릇이겠지, 어떻게 만들어졌는지도 모르는. 그런 거지…. 모든 작가들이 창작에 열중할 때면 드러나는 자신만의 독특한 버릇을 가지고 있었다는 사실이 내게 위안이 되지 않을까. 실러F. Schiller의 썩은 사과, 그리고 비슷한 종류로, 어느 위대한 분의 냉수 족욕 따위. 실러에게는 썩은 사과가 있었고 길동무 잔드에게는 거울이 있다는 사실로 위안을 삼다니. 역겹다.

거울을 들여다본다는 생각이 평생 단 한 번도 떠오르지 않는 남자들이 있다. 그런 남자들은 갑자기 그 생각을 한다. 하지만 나는 플랫폼으로 운반 중인 옷장 거울도 들여다보려고 기를 쓴다. 발끝으로 서서 들여다보지만 거울이 높이 날아간다. 건물과 가로등이 재빨리 높이 올라간다. 나는 푸른 하늘로 날아 올라가는 내 얼굴을 순간 포착하는 데 성공한다.

가구 만드는 사람이 거리로 꺼내오는 거울보다 깨끗한 거울은 없다.

당신이 새로운 계급이 부상하고 있는 시대에 살고 있는 작가라는 생각을 하면, 그리고 자기 자신을 검증하고 들여다보고 여태까지 이룬 것을 저울질하기 시작하면, 다른 때라면 상당히 유의미한 것으로 스스로에게 여겨질 당신의 활동이, 이 시대의 역사를 만들어내고 있는 그 모든 것들이 얼마나 장엄한가와 비교할 때 사실은 엄청나게 하찮은 것임이 분명해진다.

서점 진열창에 어떤 판화가 진열되었다. 그 판화가 나를 흥분시킨다.

판화는 크게 혼잡한 상황을 그리고 있다.

그 상황은 극장 앞에서 발생한 것이다.

위로 쳐든 손들, 찌그러진 모자들, 전면에는 뛰고 있는 남자아이들. 군중 위로는…

군중 위로 레이스 달린 옷을 입은 사람이 우뚝 솟아 있었는데 마르고, 망토를 두르고 있었다. 군중들이 사방에서 그에게 다가가려고 애를 쓰고 있었다. 어딘가에서 채찍을 든 마부들과 등불, 마차 뒤 하인석이 번쩍거렸다. 이게 도대체 무엇인지 당신은 혹시 아는가?

바로 떠오르고 있는 계급이 자신들의 시인을 환영하는 것이다.

그는 실러이다. 민중이 그의 「간계와 사랑 Коварство и любовь」 초연이 끝난 후 그에게 환호를 보내고 있다. 한 어머니가 어린아이를 높이 치켜들고 시인을 가리키며 보여준다. 영광스럽다. 그가 「간계와 사랑」을 썼다. 그는 소시민적인 드라마를 집필했다. 그는 부상하는 계급의 시인이다….

그리고 나 역시 작가이다….

어떻게 내가 나의 「간계와 사랑」을 꿈꾸지 않을 수 있겠는가. 언젠가 실러의 드라마가 독일의 시민들을 뒤흔들어놓았던 것처럼 프롤레타리아를 뒤흔들어놓을 나의 새 드라마에 대한 꿈을? 내가 어떻게 강한 힘을 꿈꾸지 않을 수 있겠는가? 새로운 계급이 떠오르고 있는 이 시대에 작가가 가져야 할 힘을 열정적으로, 울부짖고, 눈물을 흘릴 정도로 갈망하지 않을 수가 있단 말인가?

벤베누토 첼리니는 다음과 같이 썼다.

"거장 루카니올로의 작품들을 '따라잡을', 나아가서 그를 능가할 어떤 작품이든 만들어내길 희망하면서, 설사 '고결한 질투심'이 동력이 됐어도, 나는 어쨌든 나의 뛰어난 금세공술을 결코 멀리한 적이 없다. 그렇게 해서 두 가지 모두 나에게 큰 이익을 가져왔고 또 더 큰 명예도 가져다주었다. 그리고 두 분야에서 나는 다른 사람과는 다른 물건들을 항상 만들어왔다. 그 시기 로

마에 라우티치오라는 이름을 가진, 아주 솜씨가 뛰어난 페루 사람이 살았는데 그는 한 분야의 예술에만 전념했고 그 분야에서는 '세계에서 독보적인 인물'이었다. 문제는 로마의 모든 추기경들이 각자의 도장을 가지고 있었으며 도장에 자신의 칭호를 새겼다는 것이다. 도장은 열두 살 난 아이의 손만 한 크기로 만들어지는데, 내가 위에서 언급한 것처럼, 추기경의 타이틀이 온갖 형태의 도형들과 결합되어 도장에 새겨진다. 잘 제작된 이런 도장에 100스쿠도 정도를 '지불한다'. 역시 나는 이 장인에게도 '고결한 질투심'을 품었다. 이 라우티치오라는 사람이 도장 기술을 연마하면서 다른 것은 아무것도 할 줄 몰랐기 때문에 이 기술이 금세공술과 연관된 기타 기술들과는 상당히 동떨어진 것이었지만 말이다. 나는 이 기술이 굉장히 난해하다는 것을 알게 됐지만 역시 '익히기로' 마음먹었다. 이 기술이 내게 부과하는 작업들로 인해 절대 지쳐 나가떨어지지 않으면서 나는 쉬지 않고 '성과를 거두고 배우려고' 애를 썼다. 로마에는 또 다른 대단히 훌륭한 장인이 있었는데 잘생긴 사람으로 메세르 카라도소라고 불렸다. 이 사람은 특별히 금속판을 이용해 돋을새김이 있는 작은 메달과 다른 많은 것들을 만들었다. 그는 반부조로 작업한 몇 개의 성상패聖像牌를 만들었고 한 뼘 크기의 예수 몇 개를 만들었다. 이 예수상은 아주 얇은 금판지로 만들었는데 정말이지 너무도 훌륭해서 내가 여태까지 본 그런 부류의 장인들 중에서 그가 '가장 위대한 장인'이라고 생각했고 다른 그 누구보다 그를 제일 질투했다."

벤베누토 첼리니는 이렇게 적고 있다.(『벤베누토 첼리니의

생애』, 아카데미, 1931, 114-115쪽, 내가 발췌함)

　잭 런던이라는 이름의 미국인이 있었는데 그는 유랑을 즐기는 자였다. 그는 스쿠너를 타고 항해하기도 했고 사냥도 했다. 시비 거는 자들과 많이 싸워 이기기도 했다. 그리고 그는 일거리를 찾아 많이 떠도는 생활을 했고 다양한 사람들을 가능한 많이 만난다는 목표가 있어서 열대 지방 섬들에 머무는 경우도 있었고 그런 곳에서 갖가지 모험을 하기도 했다. 이 잭 런던이라는 인물이 단편소설들을 썼는데 그 누구도 출판하려 들지 않았다. 나중에 출판이 되었고 그는 더욱더 많은 글을 쓰기 시작했다. 그는 자신이 본 것들과 생각해낸 것들 모두를 단편소설에 써냈다. 그 자신이 용감했고 많은 위험과 멸시를 겪으면서도 항상 승자로 헤쳐나왔기 때문에 그의 작품을 읽은 사람들 역시 용감하고 활동적인 사람이 되고 싶게 만들었다. 그는 대단히 뛰어난 단편과 장편을 꽤 많이 집필했고 진정으로 훌륭한 작품들이라서 나는 내가 본 비슷한 부류의 작가들 중에서 그를 가장 위대한 거장이라고 생각한다. 그리고 나는 그에게 고결한 질투심을 갖는다.

　더구나 내가 살고 있는 나라가, 새로운 도시들과 발전소를 건설하고 철도를 부설하고, 강줄기를 옮기기 위해 사람들이 거칠고 미개한 땅으로 찾아가는 나라라면 더욱 그렇다. 한때 미국에서 유사한 일이 일어났듯이 이 사람들은 진정 놀랍기 짝이 없는 담대함과 행보를 보여주고 있는 것이다. 그런 생각을 하면 나의 질투심은 한층 더 강해지는데 왜냐하면 만일 삶 자체가 그러한 환경들을 조성하면서 나의 작업을 촉진한다면 내가 그런 뛰어난 작품들을 쓸 수 있을 것이기 때문이다.

또한 발자크라는 거장도 있었는데 그는 하루 온종일, 또 밤새 글을 썼다. 그리고 글을 쓸 때면 셔츠의 가슴 부분을 찢으며 울부짖었다. 그리고 완전히 힘이 빠져서 바닥에 쓰러질 때까지 글을 썼다. 발자크는 어찌나 정육업자와 비슷했던지 뚱뚱하고 땀이 번들거리고 더러웠고 황소 같은 목을 가졌다. 나폴레옹이 국가와 군사 업적에서 가장 위대한 명예를 얻은 사람이라면, 자신, 즉 발자크는 문학에서 나폴레옹이 될 거라고 했다는 그의 말이 잘 알려져 있다. 그는 귀금속상, 고리대금업자, 은행가, 이발사, 장군, 상점 주인, 성직자, 여점원, 배우, 모험가, 예술가 등 파리에 자리 잡은 사람들이 가진 다양한 직업에 따라 파리를 여러 구역으로 분류했다. 그는 그 분류를 교차시키기도 했는데 왜냐하면 그들 모두가 하나의 부르주아 사회를 구성했고 가능한 많은 돈을 번다는 하나의 목표를 가지고 있었기 때문이었다. 그는 인간적인 희극을 창조해내면서 이들을 다룬 많은 장편소설을 썼다. 발자크가 이들 모두를 너무도 잘 그려냈기 때문에 그의 작품을 읽으면 그 삶의 완전한 그림을 그려볼 수 있다. 마치 그가 마법사라 모두들 어떻게 살아가는지, 누가 그의 주변에 있는지, 누가 무엇을 원하는지, 그리고 무슨 생각을 하는지 모조리 보고 있는 것만 같다. 나는 이런 점 때문에 발자크도 질투한다.

또한 푸시킨이라는 인물도 있는데 그는 서사시와 유흥을 위한 시, 헌시를 쓴 비극적인 시인이었다. 그 밖에도 중편소설과 비평, 노래를 썼으며 편집자이기도 했다. 다른 누구보다도 그를 더 질투하는 것이 가능한데 스물네 살에 비극「보리스 고두노프」를 썼기 때문이다. 그는 도박꾼이었고 유쾌한 사람이었는데 스물네 살이라는 젊은 나이에 비극이라고 언급한 이 작품을 집필한 것이다. 이 작품이 도달한 완성도는 그 이전에도 이후에도 찾아볼 수 없을 정도다. '시대와 나란히 배우고 익히라'는 격언은 모든 종류의 시의 거장인 이 인물의 말이다. 그는 이 격언을 스스로 증명해 보였는데, 그가 젊은 나이에 사망했을 때 소장하고 있던 오천 권의 서적을 남겼고, 그가 이 책들을 한 권 한 권 모두 굉장히 주의 깊게 통독했다는 것이 밝혀졌다. 왜냐하면 오천 권의 책들 각 페이지마다 그의 손으로 메모가 되어 있었기 때문이다. 귀족이었던 그는 다른 모든 귀족들처럼 유흥을 즐기고 카드놀이를 하며 허송세월로 살 수 있었기 때문에 이것은 더욱 놀라운 일이다.

또한 레프 톨스토이라는 이름의 백작, 작가가 있다. 이 사람은 너무도 위대하고 자신의 우월함을 너무도 철저하게 인식하고 있었으므로, 자신이 힘을 겨뤄볼 수 없거나 눌러 이길 수 없는 다른 위대한 사람들이나 사상이 세상에 존재할 수 있다는 것을 용납할 수 없었다. 그는 자신의 가장 강력한 적수들을 꼽았는데 하나같이 전 인류가 그 앞에 납작 엎드려 있는 대상들로 나폴레옹, 죽음, 기독교, 예술 그리고 삶 자체였다. 그는「크로이체르 소나타」라는 작품에서 사람들에게 번식을 거부할 것, 즉 삶 자체를 거부할 것을 호소했다. 이 사람은 나이 일흔다섯에 자전거 타는 법을 배웠다. 이 사람을 질투하는 것은 불가능하다. 왜냐하면 그는 자연현상(별이나 폭포) 같은 사람이었고, 폭포나 별, 혹은 무지개가 되거나, 아니면 항상 북극을 가리키는 자석 바늘의 힘을 가지려고 노력하는 건 불가능하기 때문이다.

　나는 모든 사람을 질투하며 이 사실을 인정한다. 겸손한 예술가는 없다고 생각하기 때문이다. 그리고 만약 예술가들이 겸손하다고 여겨진다면 그것은 그런 척하거나 거짓말하는 것이다. 마치 악문 이빨 뒤로 질투심이 숨어 있지 않은 듯 말이다. 하지만 식식대는 소리가 결국은 터져 나오게 된다. 나는 이 신념을 아주 확고히 가지고 있는데 이 신념이 나를 짓누르는 경우는 절대로 없다. 반대로 나의 생각을 침착한 판단으로 이끌어가는데 바로 질투와 야망은 창작을 가능케 하는 힘의 본질이며 부끄럽게 여길 필요가 전혀 없다는 판단이다. 그것은 문 너머에 남아 있는 검은 그림자가 아니다. 오히려 천재와 함께 테이블 앞에 앉아 있는 활기차고 강력한 누이인 것이다.

　그리고 그처럼 위대한 사업들이 완수되고, 주변 모든 것이 웅대함의 표시를 달고 있는 지금은 더욱 그렇다. 예를 들어 '거대'라는 단어가 일상적인 것이 되지 않았는가. 그리고 더군다나 지금 내가 예술가라면 거대한 예술가들과 어깨를 나란히 하길 원한다는 데 우스운 점이라고는 전혀 없다. 새로운 인류의 탄생을 그려낸다는 내 앞에 제기된 과제가 거대한 과제이기 때문이다.

　나는 강인한 사람을 보았다. 그가 정원으로 나왔다. 풀어진 멜빵이 덜렁거렸다. 그는 약간 통통했다. 그는 덜렁거리는 멜빵을 보고 손으로 잡았지만 잠시 후 잊어버리고는 다시 놓아버렸다. 그는 비치는 파란 줄무늬가 있는 좋은 셔츠를 입고 있었다. 그는 봄에 드레스덴에서 열릴 국제회의에 참석할 때 입을 옷을 장만했다(콜로틸로프는 화학자다).

나는 테라스에서 지켜보았다. 왜 그가 옷도 제대로 입지 않고 정원으로 나온 거지? 정원에 무슨 볼일이 있나? 그는 커피를 다 마시지 않았다. 저 뚱뚱이! 괴짜야, 저 사람은 괴짜야! 그는 정원에 아무런 볼일이 없었다. 그냥 돌아다니는 것이다. 갑자기 껑충거리며 뛰어가더니 멈춰 서서 작은 발로 자갈을 파고 있다.

관목이 갑자기 흔들렸다. 새다. 그가 귀 기울여 듣는다. 두 손으로 관목을 헤치며 기어들어 간다. 새가 없다. 이런 제기랄! 쳐다본다. 파란 멜빵이 덜렁거린다. 바지가 자유롭게 쭉 흘러내린다. 또다시 관목이 흔들렸다. 그가 웅크리고 앉았다. 도마뱀인가? 통통한 것이. 도마뱀이 없네? 멜빵이 땅에 질질 끌린다. 멜빵이 살랑거리는 소리를 냈다. 그가 깜짝 놀랐다. 주위를 돌아보았다. 벌떡 일어섰다. '도마뱀이야!'라고 생각했다. 재미있군, 새와 도마뱀이라! 그가 걸어가 테라스를 향했다. 나를 보지 않는다. 무질서한 얼굴이다. 붉은 콧수염에다 주근깨가 있다. 이쪽은 대머리인가 하면 저쪽은 머리털이 무성하다. 좋은 셔츠다. 커프스단추는 채웠는데 옷깃이 없다. 금으로 만든 멋진 커프스단추이다. 볼록 나온 배, 포동포동한 손, 빨간 머리. 갑자기, 마침내! 찾았다! 찾았다! 새가 아니야, 아니라고, 도마뱀도 아니야, 다른 거야, 그런데 이것도 재미있어! 도마뱀은 아닌데 비슷해, 몸을 숙였다. 이것 좀 봐요, 얼마나 귀여워! 애벌레야!

그는 나뭇잎을 뜯어서 그걸 삽으로 만들었다. 애벌레가 땅 위로 기어간다. 그는 애벌레가 삽 위로 올라오도록 해서 집어 올렸다. 그리고 달려갔다.

테이블에는 눈처럼 하얀 식탁보가 덮여 있고 햇빛의 다리가 테이블과 창문을 연결하고 있다. 커피 주전자와 둥근 받침 접시가 빛난다.

그가 나뭇잎을 식탁보 위에 놓는다.

나뭇잎의 한쪽 면은 잔털이 보송하고 다른 쪽은 매끈하고 반짝거린다. 그리고 녹색 광택 위에 노랗고 빨간, 통통한 손가락 모양의 애벌레가 누워 있다. 무게가 엄청 나가고 잘 들러붙는 놈이다. 콜로틸로프가 손가락으로 애벌레의 옆구리를 찔러본다. 그다음에는 성냥개비로 애벌레를 들어 올리며 소리친다.

"작은 발이야! 오, 작은 발들 좀 봐! 보세요, 발들이 어떻게 생겼는지! 잘 살펴봅시다! 잘 관찰해봐요! 다 같이 관찰해보자고요!"

강인한 사람은 모든 것을 포착한다. 그 힘은 생명에 대한 사랑 속에 있다.

콜로틸로프는 세계적인 학자다. 그런 그가 자신의 학문과는 아무 상관도 없는 애벌레를 정원에서 발견했다. 그리고 그는 애벌레에게 자신의 뛰어난 관심을 전력을 다해 기울였다. 그리고 그는 내게 굉장히 고조된 열광을 보여주었는데 그런 정도의 열광은 서커스에 처음 가본 아이들만이 보여주는 것이었다.

콜로틸로프는 삶을 사랑한다.

예를 들어, 나는 인생에서 중요한 것은 예술이라고 생각한다. 예술은 마치 하늘처럼 나의 삶을 에워싸고 있다. 하지만 콜로틸로프는 삶은 거대한 것이고, 예술은 삶의 일부일 뿐이라고 단언한다. 바로 그의 학문처럼 말이다.

나는 그의 집에서 밤을 보낸 적이 있는데 자명종에 의지한 무섭지 않은 정적이 집 안에 감돌고 있었다. 자명종은 모든 소리를 듣고 있었고 잠을 자지 않았고 한껏 부풀린 두 뺨 속에 소리 줄기를 잔뜩 머금고 있었다. 마치 소년이 뿜어낼 준비가 된 물을 한가득 머금은 듯 말이다. 사람이 잠들 때의 포즈 그대로 밤새 단잠을 잘 때의 무섭지 않은 정적, 창턱이 깨끗하고 무엇으로도 창틀을 메우지 않은 널찍한 삼면 창에 내려앉은 정적, 가로등이 보이고 멀리 철도 위에 기술의 세계가 보이는, 밤새 꺼지지 않는 세상이 보이는 널찍한 삼면 창에 서려 있는 정적.

그다음에 해가 떠올랐고 새들이 노래를 했다. 새는 전속력으로 날다가 마치 누가 그렇게 세워놓은 것처럼 창턱 위로 와 그대로 두 발로 섰다.

호스에서 흘러나온 물이 졸졸거렸다.

나는 고개를 내밀고 밖을 보았다. 세차하는 소리였다. 그리고 나는 집 안을 쭉 돌다가 콜로틸로프가 유리로 된 방에 있는 것을 보았다.

나는 문턱에 멈춰 섰다. 그곳은 그의 가정 실험실이었다.

그 순간 나는 모든 것을 이해했다. 태양을 향해 치켜든, 장밋빛을 띤 머리털이 듬성듬성한 붉은 머리, 사격수처럼 질끈 감은 한쪽 눈, 크게 뜨고서 햇빛을 자신에게 통과시키고 있는 다른 눈, 관찰자의 눈으로 들어가기 전에 유리관을 통과하고 있는 이 햇빛, 관찰자가 자신과 태양 사이에 잡고 있는 이 유리관, 관심을 기록하는 기기인 학자의 눈과 생명 자체인 태양 사이에 있는 유리관, 관 속에 있는 아직 기체도 이미 액체도 아닌 장밋빛의 무언가, 이 모든 것들이 나의 의식 속에서 함께 번뜩이는 결론을 만들어냈다.

'관심이 외부 세계를 향해 있는 사람은 강하다.'

그에게는, 연구자에게는, 화학자에게는 시약이 있는 유리관, 실험, 물질이 외부 세계이다. 그러나 나에게는, 작가에게는 이 외부 세계는 서사문학이다.

그렇다, 그렇다. 서사문학이다!

사건과 캐릭터, 열정을 묘사하는 것은 외부에 있는 것이다.

열정?

동일한 열정의 박테리아를 나 자신에게 배양하지 않고 내가 어떻게 타인의 열정을 묘사할 수 있단 말인가?

만약 내가 탐욕이나 다른 것, 혹은 명랑함을, 혹은 동정심을 묘사하고자 한다면 나는 내 안에서 그 열정의 싹을 흔들어 깨우고 쭉 뻗고 바로 펴야만 한다. 싹, 열정이 먼저 내 안에서 피어나지 않는다면! 그리고 싹을 일깨우면서 나는 모든 너절한, 모든 마음의 얽히고설킨 것들이 움직이도록 만들 것이다. 그러면, 또 다시 관심이 자기 자신에게로, 내부의 세계로 회귀하는 것이 된다. 바로 이것이 문제인 것이다! 나의 직업 자체가, 작가라는 직업이 그런 것이다. 관심이 외부 세계에만 속할 수 없다.

"콜로틸로프, 나를 당신 곁에 두고 어떤 사람으로든 만들어주세요! 나는 작가가 되고 싶지 않아요! 내가 유리관을 닦겠습니다! 그런 다음에 정원에서 애벌레를 찾을게요, 커피도 마시고 달게 잠도 잘게요! 예술계의 인물이 되고 예술가가 되는 것은 커다란 불행입니다. 성공도, 돈도, 사람들이 말하는 만족감도 영원한 불안과, 일상의 행복으로부터의 단절을, 정원과 애벌레, 새들로부터의 단절을, 세차하는 사람으로부터의 단절을 보상하지 못합니다. 그런 것들은 언제나 자기 자신을 향하고 있는 자의 끔찍함을 보상하지 못합니다. 그런 내적 지향성은 결국 죽음에 대한 생각으로 이끌고 죽음의 공포와 한시라도 빨리 그 공포로부터 벗어나고자 하는 열망으로, 즉 이마에 박히는 총알에 대한 열망으로 이끌어갑니다."〔덧붙이자면 잭 런던도 (위의 내용을 보시오) 자살했다고 한다.〕

"당신은 죽음이 두려운가요?" 콜로틸로프가 묻는다.

"괴짜로군요. 알다시피 죽음 역시 삶의 일부입니다. 살아 있는 자가 죽지 않습니까?"

어머니가 내게 넥타이를 선물했다. 어머니는 위탁 판매점으로 가셨다. 오랫동안 고르다가 멋진 넥타이를 찾으셨다.

나와 어머니는 거울 앞을 빙빙 돈다. 어머니가 넥타이 매는 것을 도와주신다.

"아, 어머니, 보세요. 내가 엄마를 닮았어요. 길동무 잔드가 자기 엄마, 예카테리나 니콜라예브나 잔드를, 음악가의 아내를 닮았네요."

거울! 거울!

과연 어머니를 닮은 사람이 강인할 수 있을까?

피아노가 반짝거린다.

어머니가 피아노 앞에 앉아 쇼팽을 연주한다.

나의 호소에 대한 일종의 반박이다.

"절대로 거울을 보지 마! 절대로! 아기처럼 시시하게 거울이나 들여다보는 습관을 버리란 말이야! 그건 약해빠진 사람들이나 하는 짓이야. 어린애들이나 목욕탕에서 자기 손과 발, 몸을 살펴보는 거야…"

나약함에 대한 모든 말들을 내 의식에서 지워내버리고 싶다. 나는 완전히 개조되고 싶다. 그리고 장엄하게 당신에게 맹세하노니 나는 스스로를 개조할 것이다.

어머니가 내게 쇼팽의 유약함을 제안한다.

이게 뭐지, 왈츠인가? 아니면 담쟁이덩굴인가? 아니면 망토?

어머니가 쇼팽의 초상화를 벽에서 내려 내게 보여준다.

손길을 부르는 이마이다. 그리고 어떤 손바닥이 벌써 그 이마 가까이 다가가고 있다. 그런데 마지막 순간 이마가 공포심 때문에 뒤로 젖혀진다. 그에게 손을 내미는 자가 누구인가? 그는 자신에게 다가오는, 보이지 않는 손길을 확인하길 원하며 그래서 시선이 살짝 올라가 있고 옆으로 돌려져 있다. 그것은 감기이고 찜질이다. '또 기침'이고 '습한 날씨에 밖에 나가면 안 된다'이다. 그는 재봉사들에게 화가 났고 친구에게 편지를 쓰는데, 폴란드 무장봉기에 참가했던, 로마식의 티트라는 이름을 가진 친구에게 다정한 호칭을 퍼붓는 것이, 마치 자신이 여자이고 여자인 친구에게 편지를 쓰는 것 같았다. 이것은 뜻밖의 만남에 볼인사를 하는 남자들의 부드러움이 아니었다. 그는 발육이 완전치 않았고 상처받기 쉬운 사람이었다. 그리고 그가 하는 말의 상냥함은 스스로에 대한 어린아이 같은 애정과 자기가 어찌 될까 하는 공포에서 비롯된 것이었다.

"나는 바보가 되고 싶어요, 어머니." 내가 말한다.

"바보가 되면 얼마나 행복하고 얼마나 삶의 큰 성공일까요! 어머니, 이리 오세요. 보세요, 넥타이예요. 이건 좋아요, 아주 멋진 넥타이고 잘 매어졌어요. 그리고 수염을 기르는 것도 좋아요…. 바로 여기 작은 벨벳 같은 수염이 났고 거무스름하잖아요. 그리고 키가 크고 어깨가 떡 벌어지는 거지요. 그리고 보통 수준의 뭐든 비열한 짓을 저지르는 겁니다. 위임장을 위조한다든지 말입니다. 그리고 분별이라고는 전혀 갖지 않는 거지요."

바질레비치에 대해서. 바질레비치는 볼셰비키이고 편집자이다. 그는 마흔다섯 살이다. 그는 평범한 외모를 가진 사람이고 새끼 양가죽으로 만든 깃이 달린 코트를 입고 다닌다. 흔히 보는 검은 모직 코트에 따뜻한 목도리, 귀를 덮을 수 있는 털모자에 덧신 차림이다. 그에게는 아내가 있고 그녀는 선량하고 인사성이 좋지만 뛰어난 점이라고는 하나도 없다.

나는 저녁에 그를 방문했다. 그는 집에 없었다. 그는 늦게, 8시에야 귀가했다.

"굉장한 한파군요." 그가 말했다.

혹한을 뚫고 온 그가 엄청 커 보였다. 일 초 뒤 문이 닫히자마자 그는 벌써 정상적인 크기로 작아졌다.

"꼴이 그게 뭐람." 아내가 말했다.

"생각해보세요, 저 사람은 아침에 나가서 하루 종일 식사도 않고 다니는 거예요. 좀 봐요, 안색이 잿빛이에요. 하루 종일 아무것도 안 먹는다니까요. 그만해요. 이제 아침마다 샌드위치를 주겠어요. 종이에 샌드위치 두 개를 싸서 아주 잘 가지고 갈 수 있어요. 아니면 위염이라도 걸리길 바라는 거예요?"

바질레비치는 손을 씻으러 세면대로 간다. 아내가 멀리서 그의 어깨에 수건을 걸쳐준다. 그는 손을 씻고, 다 씻었다는 표시로 작은 사발 위에서 손을 흔든다. 그리고 어깨에서 수건을 내리지도 않은 그대로 손을 닦는다. 작은 사발에서 양동이로 요란한 소리를 내며 물이 흐른다. 그가 돌아본다. '수도꼭지 잠그는 걸 잊은 건가?'

그가 이렇게 왔다 갔다 하는 동안 나는 작가가 되는 것이 얼마나 힘든 일인지 그에게 이야기한다. 드높은 열망과 고통스러운 당혹감에 대해서. 그리고 그는 근시 때문에 못을 찾느라 수건을 벽 이곳저곳에 대보면서 말한다.

"당신은 대중들의 생활에 참여해야 합니다."

틀에 박힌 말이다. 물론 이것은 틀에 박힌 말이다. 신문마다,

잡지마다 다 나오는 말이다.

대중과 하나가 된다.

그러나 그는 지혜로운 사람이고 평범한 삶을 살아가는 사람이다. 그에게는 자신의 일이 있고, 편집 업무가 있고, 초고, 교정, 일상, 사랑하는 아내, 혹한, 그리고 덧신이 있다. 그는 오늘 날씨가 굉장히 춥다라는 문장을 말할 때와 똑같은 생생한 확신을 가지고 그 말을 한다.

그러니까 문장이 틀에 박힌 것이라 해서, 삶을 표현하지 않는 것은 아니라는 의미다.

나는 새로운 「간계와 사랑」을 쓰고 싶다고 환성을 지른다. 이것은 우렁찬 문장이다. 그러나 나는 이 말을 생생한 확신을 담아 말한다. 그리고 이 문장은 내 인생의 일부이며, 나의 생활을 구성하는 모든 나머지 부분들이 내 인생에 있다. 그러니까 우렁찬 문장도 역시 삶의 표현이다. 그리고 두 문장이 서로 마주친다. 그리고 평범한 여성인 아내가 두 문장이 마주치는 현장에 있으며 이 사건에 대해 아무런 특별한 태도를 표현하지 않는다. 그러니까, 우리가 평범한 이야기를 하고 있는 것이다.

그는 단 일 초도 생각에 빠져들지 않는다. 그가 순간적으로 내게 대답한다.

"대중의 생활에 녹아들어야 해요."

그는 벽에서 못을 더듬다가 찾아냈다. 그가 확언을 하는 바로 그 순간 올바른 일이 일어났다. 못을 찾은 것이다. 그는 정확한 자리를 찾아냄으로써 뇌 속에 발생한 만족감을, 벽과 못에 아무런 관련이 없지만 마찬가지로 단순하고 또 필수 불가결한 다른 정당성을 말로 지칭하는 것으로 바꿔치기한다.
"당신은 대중과 하나가 되어야 해요!"

1932년

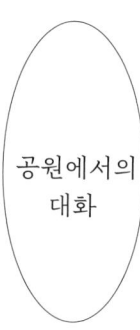

공원에서의
대화

    우리, 컬럼비아대학 교수와 통역사, 그리고 나는 문화휴식공원 벤치에 앉아 있다.
    공원이 투명하다. 나무가 우거진 부분은 초록으로 물들어 있다. 높은 탑이 솟아 있다. 탑의 높이는 조건적이다. 이곳에서는 건축물들의 높이가 커다란 규모를 자랑하는 광장으로 나누어진다. 공원은 부드럽게 사실적이다. 공원의 몇몇 디테일은 나뭇가지들 사이로 보인다. 나와 저 멀리 있는 네스쿠츠니 정원의 무성한 숲 사이로 나비 두 마리가 날아다니는 것이 보인다.
    컬럼비아대학 교수는 미국으로 돌아가면 컬럼비아대학에서 소련에 대한 일련의 강의를 할 예정이다. 그는 모든 것에 관심을 갖는다. 특히 그는 작가와 대화를 나누어보겠다는 결심을 했다. 우리는 사회주의 체제 속에서 개인의 위치에 대해 이야기를 나눈

다. 교수는 사회주의 체제에서 인간이 고유의 '나'를 상실하지 않느냐고 묻는다.

나는 사회주의 체제 안에서 인간이 처음으로 자기 자신이 된다는 점에서 사회주의 체제가 경이롭다고 말했다.

현실적인 세계.

이것이 무슨 뜻인가? 말해보시라. 나는 교수에게 그와 같은 나라 사람인 한 여성에 대해 이야기했다. 내가 오늘 아침 여행 중이던 미국 여성을 본 이야기를. 그녀는 역에서 차를 타고 왔다. 그녀는 나이 든 여성으로 전투모 같은 모자를 쓰고 있었다. 나는 이 노파의 사례를 통해, 다소 즉흥적이지만, 인간이 고유한 '나'를 상실하는 것은 다름 아닌 자본주의 체제에서임을 증명할 수 있다고 말했다.

"부탁드리지요." 교수가 말했다.

독자들은 내가 어떻게 증명을 전개해나갔는지 추측할 것이다. 이 노파는 여러 나라를 다녔다.

그녀는 대양을 항해하기도 했다.

그녀의 아래에는 만여 미터의 깊이에 달하는 심해가 있었다. 심해의 바닥에 17세기의 배들이 누워 있었다. 그녀는 말했다.

"보세요, 물고기가 날고 있어요!"

그녀는 세상의 아름다움을 보았다.

그녀는 갑판 위에서 기다란 쌍안경을 무릎 위에 세워놓고 밀짚으로 만든 의자에 앉아 있었다. 섬을 항해해서 지나갈 때면 노파는 쌍안경으로 바라보았다. 그녀는 수행원들에게 얼마나 멋지냐고 말했다. 사람들이 그녀에게 그 섬에 토끼가 살고 있다고 말해주었다. "토끼가?" 노파가 물었다. 그리고 토끼들이 사는 섬을 지나가고 있는 자신이 특별히 멋지다고 느끼는 것이었다.

나는 그녀를 호텔 입구 옆에서 보았다. 나는 그녀에게서 받은 감성적인 인상을 교수에게 전했다. 그녀는 젊음을 모욕하는 여자였다. 그런 노파들이 있는 법이다. 보다 정확히 말하자면, 있었다. 우리나라에는 그런 여자가 없다. 왜냐하면 우리나라에는 유산에 대한 기대 같은 건 존재할 수 없기 때문이다. 그리고 젊음을 모욕하는 이 여자는 젊음의 포상, 세상의 아름다움을 받았다. 그녀는 꿈을 꾼 적이 없다. 그런데 그녀는 여행이라는 공상가의 상을 받았다.

노파는 그렇게 고유한 '나'를 잃어버리기 시작했다. 그녀는 낯선, 새로운 '나'를 얻었다. 그녀는 자신이 젊다고 생각했다. 그녀는 자신이 공상가라고 생각했다.

어느 곳에서 사람들이 그녀에게 그곳의 공기가 지구상에서 가장 맑은 공기라고 말했다. 그러자 그녀는 수명을 연장해야 하는 주인공답게 지구상에서 가장 깨끗한 공기를 한껏 들이마셨다. 그녀는 자신을 온 세상이 돌봐주는 주인공이라고 생각했다. 다른 곳에서는 그녀에게 세상에서 가장 작은 새를 보여주었다. 그러자 그녀는 아주 심한 모욕을 당하고 그에 대해 보상을 받는 어린아이처럼, 세상에서 가장 작은 새가 뛰어 옮겨 다니는 그 나무를 흔들어댔다. 노파는 자신이 어린아이라고 생각했다. 세 번째 장소에서는 사람들이 그곳에 아직도 코끼리가 산다고 말해주었다. 그러자 그녀는 내면에서 연구자의 기쁨을 맛보았다. 그녀는 과학의 위대함에 참여하고 있다고 생각했다. 그녀는 자신이 아무런 권리도 갖고 있지 않은 것을 받았다는 생각이 단 한 번도 머리에 떠오른 적이 없었다. 그 반대였다. 그녀는 이 모든 게 정당하다는 걸 단 일 초도 의심하지 않았다. 그런 식으로, 이 모든 것 외에도, 그녀는 자신이 공정한 재판관이라고 생각했다.

바로 이것이 '나'의 상실이다.

돈. 노파의 부. 돈이 노파를 정반대의 대립물로 변화시켰다. 소비에트 사회에는 사람들 사이에 금전적 의존성이 존재하지 않는다. 그렇기 때문에 우리의 세계가 현실적이다. 그리고 인간적인 '나'가 처음으로 진정한 평가를 받게 된다. 인간적인 '나'에 대한 관념이 처음으로 생겨난다.

그런데 교수가 아주 좋은 인상을 남겼다. 젊은 그는 안색이 창백했고 반짝이는 검고 짧은 콧수염을 기르고 있었다. 그는 대화 상대방의 기분을 상하게 할까 염려하면서 상대방의 손을 자주 살짝 건드리는 습관을 가진 유쾌한 사람 중 한 명이었다.

우리는 벤치에서 일어나 강변길로 향했다. 강의 모습이 눈앞에 펼쳐졌다. 디나모라는 선착장의 굉장히 넓은 계단이 보였다. 알록달록한 깃발들이 반원형으로 세워져 있었고 바람이 깃발들을 나부꼈다.

교수가 통계 수치에 관심을 보인다. 나는 보통 하루에 평균 십만 명이 이 공원을 방문한다고 알려준다. 이곳에서 그들은 자신의 '나'를 발현한다.

사람들은 이곳에서 산책을 하고, 운동하며, 샤워를 한다. 합창을 하고, 춤추고, 책을 읽고, 보트를 타기도 하고, 수영을 배우며, 회의에 참석하고, 음악을 듣고, 웨하스를 먹고, 낙하산을 타고, 전시회 진열품을 살펴보며, 보고를 듣기도 한다.

이전에는 어떻게 기분 전환을 하며 놀았는가? 민속놀이를 했다. 그때 나는 어린아이였다. 민속놀이를 하는 곳 정중앙에 기둥이 서 있었다. 병사가 기둥 위로 기어올라 갔다. 그는 기둥 꼭대기에 있는 상품을 노리고 올라간 것이다. 기둥에는 비계 기름을 칠해놓는다. 병사는 군중의 야유를 받으며 내려갔다.

모터보트가 강을 질주한다. 보트에서 날개가 돋아난다. 하천용 두꺼운 날개이다.

스포츠!

나는 스포츠가 어떻게 시작되는지를 보았다. 내가 어린아이였을 때 최초의 자동차가 등장했다. 최초의 자동차들은 승용 마차와 비슷하게 만들었다. 지금은 자동차를 봐도 말이 떠오르지 않는다. 그러나 당시에는 '말이 없는 승용 마차구나'라는 생각이 즉시 떠올랐다.

사람들은 웃음을 터뜨리며 그런 차에 올라탔다. 속도와 이동에 관계된 최초의 발명품들에 대해 인류가 대단히 웃음을 보이던 시절이 있었다. 자전거 타는 사람들에게는 휘파람이 따라붙었다.

나는 전혀 나이 들지 않았다. 이 회상기의 내용이 이토록 구식인 것은, 금세기의 첫 십 년 동안 기술이 얼마나 급속하게 발전했는가를 말해줄 뿐이다.

예를 들면, 소시민적인 마차 자동차와 나란히 경주용 자동차가 등장했다. 경주용 자동차는 이미 오늘날의 자동차처럼 길게 쭉 빠진 모습으로 차별되었다.

그 자동차들은 모퉁이에서 재빨리 차체를 옆으로 젖히며 모습을 감췄다. 관목들 위로 연기의 푸른 콧수염이 걸렸다. 여름이 힘차게 푸르렀다. 그것이 스포츠의 시작이었다.

나는 한 젊은이가 한 아가씨를 사랑한 이야기를 쓸 것이다. 그리고 그 아가씨가 그를 왜 사랑하지 않았는가도. 이것은 현실의 삶에 대한 소설이 될 것이다. 그녀는 사랑하지 않았다, 물론이다. 그냥 그렇게 된 것이다. 그녀는 사랑하지 않았다. 그러면 청년은 고통스러워했는가? 고통스러워했다. 그리고 아무것도 할 수 없었다. 그리고 삶은 현실이었다. 여름, 탑, 탑 위에 있는 시계, 새들이 시계의 궤도를 따라 왔다 갔다 하는 것, 낙하산에 대한 대화, 문화휴식공원. 모스크바, 다른 수도들, 건축물, 들판의 가축 떼, 전쟁에 대한 생각.

"그래요, 맞습니다." 교수가 말했다.

"그런데 우리 쪽에서도 그럴 수 있어요. 세상 어디든지요. 젊은이와 아가씨는."

"당신들 쪽에서는 다를 겁니다. 그런 것 같지만 사실은 다릅니다. 남녀 사이에 무슨 일이 벌어지는지에 대해 각자 다른 태도를 보입니다. 사람들이 사랑하지 않는 우리의 청년은, 사람들이 자신을 사랑하지 않는 이유가 오직 자신에게 있다고 이해합니다. 하지만 당신들에게는 또 다른 원인이 있을 수 있지요. 당신들에게는 할머니들이 있을 수 있어요. 할머니의 재산 상속이라든가. 당신들의 아가씨들은 고유한 '나'를 잃어버립니다. 당신들의 젊은이들은 낯선 '나'를 훔칩니다. 이 소설에는 비문碑文이 붙을 겁니다."

나는 교수에게 비문을 읽어주었다.

"네가 서로 공감되는 사랑을 하고 있지 않다면, 즉 너의 사랑이 사랑으로서 화답하는 사랑을 탄생시키지 못한다면, 그리고 네가 사랑에 빠진 사람으로서 스스로의 삶을 발현하는 수단으로 사랑받는 사람이 될 수 없다면, 너의 사랑은 무기력하고 불행한 사랑이다."

"아주 좋아요." 교수가 말했다.

"어디서 가져온 겁니까? 함순K. Hamsun한테 가져왔나요?"

"아닙니다. 마르크스가 한 말입니다." 내가 말했다.

음악 동아리가 〈아이다〉의 행진곡을 암기해서 연주했다. 이때 교수가 궁색한 입장에서 빠져나왔다.

"〈아이다〉인가요?" 그가 물었다.

내가 말했다.

"〈아이다〉입니다."

그는 〈아이다〉가 수에즈운하 개통 기념으로 작곡된 것임을 내게 상기시켰다. 우리의 새로운 오페라는 어떤 것이 있나? 예를 들어, 백해와 발트해 운하 완공 기념으로 작곡된?

여기서 교수가 이겼다.

음악가들은 우리의 대화를 듣지 못했다. 그들이 얼마나 열중해 있었는지! 그들 중 한 명은 상반신을 벗은 채 터키인들이 쓰는 반짝거리는 작고 둥근 모자를 쓰고 있었다. 우리는 그가 격정적으로 웅크린 자세를 취한 것을 보았다. 그는 마치 온통 볕에 그을린 몸뚱이로 만돌린을 붙잡은 것만 같았다. 만돌린의 빨간 배! 이 젊은이는 수에즈운하와 오페라〈아이다〉가 있다는 것을 어제 알았다. 그는 이제야 인지하기 시작했다. 어쩌면 그는 백 년 된 목동 가문의 자손인지도 모른다. 그리고 그가 가문에서 최초로 글을 배운 대표자일 것이다. 그리고 낙하산들의 여름이라고 부르고 싶은 모스크바의 여름날 중 하루인 오늘 문화휴식공원의 음악 동아리에서 그는 처음으로 고유한 '나'를 찾았다.

우리는 공원을 떠났다.

크림 다리이다. 다리 위를 걷는 것보다 더 마음을 사로잡는 일이 과연 있을까? 다리가 걸려 있고 우리는 허공을 내딛는다. 우리 밑에는 강의 푸른 거리가 있다. 여기서 '물은 하얀데!'라고 생각할 것이다. 푸른빛은 하늘의 반영일 뿐이다. 강에서 물을 한 컵 떠내서 푸른 물을 집으로 가져갈 수 없어 유감이다.

1933년

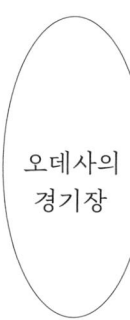

오데사의
경기장

    데리바숍스카야 거리는 이제 라살 거리로 불리고 있다. 이 거리는 도시의 훌륭한 상점들이 모여 있는 곳이다. 이 거리에는 아카시아가 많이 심어져 있다. 오데사 시민들은 아카시아에 대해 많이들 이야기한다. "잠깐만요, 아카시아꽃이 활짝 피었네요…."
    지금 아카시아꽃이 만발하고 향기가 진동한다. 줄기의 색이 아주 진한, 투명한 나무이다. 꽃은 달착지근한 느낌이다. 아이들이 맛보곤 한다.
    우리는 라살 거리에서 아주 근사한 푸시킨 거리로 꺾어 든다.
    포석.
    푸시킨 거리의 일부는 소리가 나는 장밋빛 타일로 포장되어 있다.

보도를 아스팔트로 뒤덮고 있다. 펄펄 끓는 가마 같다. 열기가 얼굴을 덮친다.

오데사는 아주 부유한 사람들의 도시였다. 세상을 구경하고 온 이 부자들은 서구 도시들의 정신에 따라서 오데사를 건설했다. 오데사가 파리와 비슷하다는 의견이 있다. 어떤 이들은 빈과 비슷하다고 한다. 또 다른 사람들은 마르세유와 비슷하다고 한다.

오데사에는 바다를 따라 몇 킬로미터의 길이로 길게 이어진 거리가 있다. 그 거리는 '프랑스 가로수 길'이라고 불린다. 그 거리 양쪽에 은행가들의 호화 저택들이 쭉 들어서 있다. 담벽들.

아스팔트 위로 나뭇잎들의 그림자가 움직인다.

왕관을 쓴 사자의 얼굴들.

회양목 울타리.

이곳에 도시의 주인들이 거주했다. 마브로코르다토의 별장. 레노의 저택. 아슈케나지의 저택. 마라즐리의 별장. 이들 모두가 협잡꾼에 대단한 사기꾼들이었고 살아 있는 상품[•]을 거래했다.

혁명 이후 얼마 동안 이 도시는 변하지 않고 그대로 남았다. 이 도시의 아름다움은 죽은 것으로 여겨지기 시작했다. 그러나 최근 몇 년 동안 이 도시의 외관이 소비에트의 손길에서 비롯된 새로운 것들을 받아들이기 시작했다.

오데사 같은 도시에서 각각의 새로운 면모는 각별한 관심을 불러일으킨다. 매 새로운 모습은 기존의 전체와 비교되기 마련이

• 노예를 뜻한다.

다.

얼마 전까지만 해도 오데사는 소련 도시들의 주요 특징인 건축 현장이 없다고 여겨졌다. 지금은 건축 현장들이 도처에서 우리 앞에 펼쳐진다. 특히 지방의 리조트들이 변화를 겪고 있다.

란줴론은 오데사 해변의 일부이다. 그곳은 황량하고 황폐한 지역이었다. 자신들의 도시를 걱정한 부르주아들은 오로지 자신들의 취향과 요구만 고려했다.

지금은 란줴론으로 내려가는 경사면의 꼭대기에, 텅 빈 곳에, 하늘에, 아치를 통해서 보이는 검을 든 하얀 소녀상이 서 있다.

이것은 예전에는 오데사에 없었던 것을 향해 가는 나아가는 접근로이다. 이것은 새로운 것이다. 이미 충분히 아름답다고 생각된 것을 장식하는 새롭게 등장한 면모이다. 잘 정비되고 화단과 간이매점과 험한 바위들, 활발히 움직이는 대중들의 생생한 색채가 어우러진 새로운 란줴론이 아치 너머로 펼쳐진다.

볼샤야 아르나우츠카야라고 불리는 거리에는 새로운 학교 건물이 들어섰다. 100번 베게르 중학교이다. 소련의 어느 수도라도 이 건물을 질투할 만하다. 이 건물은 예전에 대량 학살이 일어났던 거리와 시장에 지어졌다.

그런데 우리는 푸시킨 거리를 걸어간다. 이 거리는 플라타너스 밑으로 뻗어 있다.

플라타너스.

강인한 나무로 매끈하고 녹색 빛이 도는 줄기를 가지고 있다. 강인한 가지들의 벗은 모습이 잎사귀들 사이로 보이기까지 한다. 강인함과 벌거숭이 모습. 이것은 식물계의 산양이다.

푸시킨이 살았던 집.

이제 우리의 여정은 그리스 거리로 이어지는데 멜리사라토라는 빵 가게가 있었던 거리이고 스트로가놉스키 다리 쪽으로 그리스 카페들이 있던 거리이다. 이 다리에서 카울바르스 장군의 군인들이 니콜라예프에서 오데사로 온 실직자들을 총살했다. 그들은 불타는 항구에서 걸어왔다. 1905년이었다. 이 다리는 〈전함 포템킨〉이라는 영화 속에서 후세에 오래 전해지게 되었다.

다리를 지나면서 우리는 리조구브 거리로 접어든다. 오데사에는 리조구브 거리, 티보르 사무엘 거리, 기르슈 레케르트 거리가 있다. 레프 톨스토이가 자신의 단편 소설에 스베틀로구프라는 이름으로 묘사한 교수형 당한 젊은이가 바로 이 리조구브이다. 푸시킨이 사망했을 때 10살이었던 레프 톨스토이가 러시아의 혁명가들과 노동자들, 1905년의 혁명에 대해 썼다는 걸 생각하면 이상하다.

그리고 여기에 란줴론으로 가는 길이 있다. 이제 이 길은 아직도 한창 건설 중인 쉐브첸코 문화휴식공원 대지의 일부로 포함된다.

여기는 대기의 색채가 완연히 다르다. 바다. 저기는 곧 바다다. 방 안으로 가지고 들어온 한 컵의 물로 인해 선선하고 신선해진다. 그런데 바다에는 얼마나 많은 물이 있는지.

해병 두 명이 벤치에 앉아 있다. 해병들은 비둘기처럼 항상 두 명이 다닌다. 오른쪽으로, 오른쪽으로 움직이자.

검은 현무암으로 만든 원주圓柱. 현무암으로 만든 계단을 언덕 속에 박아 넣었다. 풀과 현무암.

원주 위에 카를 마르크스가 돋을새김되어 있다. 이것은 인터내셔널의 원주이다.

계단을 올라간다. 멈추세요. 돌아서세요. 여기 경기장이 있습니다….

바다 위에 경기장이 있다.

이것은 없던 것이다. 오데사에 생긴 새로운 경기장이다. 바다를 배경으로.

이보다 더 멋진 경치를 상상하는 것은 불가능하다.

그 솜씨가 가히 비교 불가할 정도이다. 무엇과 비슷하다 할까? 모르겠다. 나는 이런 것을 한 번도 본 적이 없다. 이것은 미래의 모습이다.

아니다, 그렇지 않다. 이것은 경계이자 전환이며 현재에서 미래로의 이행이 실현된 순간이다.

녹색의 축구장이다. 우리는 멀리서 위쪽을 쳐다본다. 이 녹색은 얼마나 순수하고 진한지. 시각적 효과가 어디서 비롯되는지 규명하고 싶다. 이 투명함과 선명함은 어디서 온 걸까? 우리들 손에 망원경이라고는 없고 눈앞에 아무런 렌즈도 없다.

단지 대기, 하늘, 바다뿐이다.

이 경기장은 갑자기 등장한다. 타원 형태, 계단들, 석조단 위에 있는 돌로 만든 단지들. 이 광경을 보자마자 당신에게 떠오르는 첫 번째 생각은 꿈이 이루어졌다는 것이다.

이 경기장은 정말로 꿈만 같다. 동시에 아주 현실적이다.

35,000명을 수용하는 규모이다. 오데사의 근로자들이 잡초와 미나리아재비가 무성했던 구덩이가 있던 곳에 이 경기장을 건설했다.

몇 시간이나 이 경기장의 구석구석을 들여다보며 호기심을 채울 수 있다. 서사적인 감정이 솟아오른다. 자기 자신에게 말한다. '이건 이미 있는 거야, 존재하고 있어, 계속돼. 국가가 존재해, 사회주의 국가, 우리의 조국. 이 나라의 스타일, 이 나라의 아름다움, 이 나라의 일상, 이 나라의 위대한 현실이.'

1936년

5월 1일

1936년 4월 29일

나는 극장 거리에 위치한, 언젠가 살았던 집 앞에 서 있었다.
'우리의' 발코니는 3층에 있었다. 그때도 난간은 녹색이었던 것 같다. 이 발코니에서 난간 너머로 몸을 내밀어 우리는 식물들이 휘감겨 자란 아래쪽 2층 발코니를 쳐다보았다. 이탈리아 여자가 거기 앉아 있었다. 내 기억에 그녀의 성은 만쪼니였다.
오데사는 발코니의 도시이다. 식물과 꽃들, 줄무늬 커튼들이 발코니를 장식하고 있다.
극장 거리에 살았던 건 글을 읽을 줄 아는 소년일 때였다.
나는 하우프의 동화를 읽었다. 그때 이후로는 하우프의 동화를 접한 적이 없었다. 그 동화들로부터 받은 감명이 잊을 수 없이 남아 있다. 변신에 대한 동화들이었는데 「난쟁이 코」에서 난쟁이가 어떤 금지된 버찌를 먹자 코가 엄청나게 커졌다. 황새로 변한 술탄의 이야기도 있다. 어떤 영국 젊은이가 원숭이로 변하는 이야기도 있다.

이 동화들은 여름의 색채를 갖고 있다.

여름이다. 옷들이 화려하다. 이야기는 바그다드에서 전개된다. 한 동화에는 이런 노래가 나온다.

작은 무크,
작은 무크가
거리를 걸어 다닌다.
슬리퍼로 두들기면서!

나는 페로의 동화를 읽은 적이 없다. 아나톨 프랑스가 어느 기사에서 그의 동화에 대해 아주 열렬하게 반응했다. 그는 여러 나라 왕들이 축일을 기념하러 모여드는 장면의 묘사를 인용한다. 그런데 그 묘사에 따르면 몇몇 왕들은 독수리를 타고 날아왔다.

동화를 쓴 작가들은 아주 소수이다! 이런 부류의 시인은 정말로 드물고 놀랄 만한 현상이라 할 만하다. 이 분야에는 위조품이 있을 수 없고, 이 분야의 시와 픽션은 일류이며, 작가들의 개성 역시 매우 독특하다.

위대한 시인만이 「미운 오리 새끼」를 쓸 수 있었다. 레프 톨스토이가 안데르센에 대해 말하길, 그의 견해에 따르면, 그가 아주 외로운 사람이었다는 것이다.

동화 이후에 「돈키호테」와 「로빈슨 크루소」, 「걸리버 여행기」가 나왔다.

많은 세월이 흐른 뒤 우리가 이미 어른이 되었을 때 그 책들이 재차 출판되었다. 두 번째로 발간되었을 때 우리가 어렸을 때는 짐작하지 못했던 특별한 의미가 책 속에 담겨 있다는 것을 알게 되었다.

삽화들만 똑같았다. 양말과 장화를 신은 발을 떡 벌리고 난쟁이 군대 위에 우뚝 선 바로 그 걸리버. 돈키호테에 있는 귀스타브 도레의 바로 그 돌이 많고 건조한 날씨의 삽화들. 삼각모를 쓰고 목도리를 두르고 야자수 아래 서 있는 바로 그 로빈슨 대위.

아마 이 이미지들과 처음 만난 순간이 더욱 강렬했을 것이다!

위대한 작가 중 한 명은 「로빈슨 크루소」를 언급하면서, 로빈슨이 모래밭에서 인간의 발자국을 갑자기 발견하는 장면에 이르면 언제나 전율이 일어난다고 말했다.

어렸을 때 우리는 「걸리버 여행기」가 풍자문학이라는 것을 몰랐다. 또한 대니얼 디포가 「로빈슨 크루소」에서 식민주의자들의 담대함과 진취성을 일반화한 이미지를 보여주었다는 것도 알지 못했다.

시대 전체의 철학을 반영한 위대한 책들은 어린이들에게 모험과 기적을 다룬 책으로 받아들여진다. 바로 이 점에 이 책들의 감동적이고 다중적인 생명이 스며 있다.

마야콥스키는 자서전에서 「돈키호테」를 읽은 후 자신이 '주변 사람들을 격파하는' 목검이 되었다고 쓰고 있다.

실제로 「돈키호테」에는 습격과 싸움만 있을 뿐이다.

「돈키호테」에 대한 희곡은 없다.

오페라와 발레가 있다. 예술극장에서 내게 「돈키호테」를 무대용으로 각색할 것을 제안한 적이 있다. 나는 곰곰이 생각했고 난해한 판단 앞에서 멈췄다. 무대 위에서 표현하게 될 것은 오직 전투뿐일 거라는 판단이었다. 돈키호테가 사고하는 것은 오직 그가 누워서 부상을 치료할 때뿐이다.

1936년 4월 30일

매일 아침 극장 거리를 걸어 지나간다. 이 거리는 극장 뒤에 있다. 극장이 골목 위로 솟아 있다. 이 골목은 언제나 그늘지다.

골목길에 작은 공원으로 올라가는 무쇠 계단이 있다. 계단 위에 울창한 플라타너스가 서 있다.

플라타너스는 아주 늦게 꽃을 피운다. 지금 모든 나무들이 푸른 잎사귀에 덮여 있지만 플라타너스만은 아직 꿈쩍도 하지 않는다. 하지만 플라타너스는 낙엽도 가장 늦게 진다.

오페라.

언젠가 여기에서 유명한 이탈리아 여가수들이 노래를 불렀다. 음식점에서 차를 마시는 부인들과 지인들의 입에서 티타 루포, 안셀미, 바티스티니라는 이름이 끊임없이 흘러나왔다.

당시에는 극장이 특별한 의미를 가지고 있었다. 극장은 사치의 일종이었다. 금과 벨벳. 사람들은 극장에서 초콜릿 캔디가 든 상자를 무릎 위에 올려놓고 앉아 있었다. 금과 자개 장식이 달린 쌍안경과 부채가 있었다.

전함 '포템킨'이 오데사에 발포했을 때 극장을 조준했었다.

두 발이 발포되었다. 나는 버찌를 사오라는 심부름을 하느라 버찌를 가지고 집에 돌아오고 있었다. 첫 번째 발포의 굉음에 놀라 발을 헛디딘 나는 뒷문으로 이어지는 계단에서 넘어지고 말았다. 나는 계단의 넓은 나무판에 내리쬐던 노란 햇살과 계단 위로 튀어 오르던 버찌들을 기억한다.

밤에는 항구가 불탔다.

어둠 속 바로 그 계단 위에 사람들이 서서 유리창을 바라보았다. 창 너머로 화염이 여러 색의 층을 이루어 빙빙 회오리치고 이리저리 구르고 있었다.

아무도 말하지 않는다. 주변에 무서운 침묵이 감돌고, 계속해서 이리저리 움직이며 회전하고 있는 화염도 무서운 침묵을 지키고 있다.

같은 날

오데사에는 푸시킨 기념비가 있고 푸시킨 거리도 있고 푸시킨이 살았던 집도 있다.

정말로 그렇다. 푸시킨이라는 이름은 어린 시절 최초의 인상들과 함께 우리의 의식 속으로 들어온다!

우리는 아직 글을 읽을 줄 모른다. 우리 손에 책이 들려 있다. 책에는 아주 많은 그림들이 있다. 한 쪽당 네 개의 그림이 있다. 턱수염을 길게 기른 난쟁이가 땅 위로 빙빙 돌며 올라가고 한 용사가 그의 턱수염을 단단히 움켜쥔 채 공중에 매달려 있다.

이게 뭐지?

이렇게 이상한 난쟁이가 왜 나왔을까?

이 작은 그림들을 들여다보면 어렸던 시절에 놀라운 체험을 하게 된다. 전체 내용은 알려지지 않았다. 우리는 각각의 장면만을 보았다. 난쟁이가 공중을 날아가고 용사가 그를 붙잡는다.

이게 다 무슨 뜻일까?

우리가 태어나기 전에 세상에 시인들이 존재했다는 걸 우리는 몰랐다. 그렇지만 이 작은 그림들을 들여다보면서 우리는 세상에 예술이 존재한다는 걸 처음으로 느끼게 되었다. 우리가 보았던 그림들은 우리를 놀라게 했고 감탄하게 했으며 중요한 점은 우리에게 이해하려는 열망을, 즉 흥미를 갖게 만들었다. 이게 뭐지? 무슨 일이 일어나는 거야? 왜 그런 걸까? 왜 이 작은 사람이 돌로 된 사자 등에 올라타고 있을까? 우리는 평범하지 않은 것이 그려져 있음을 분명히 이해했다. 격랑을 일으키는 물 위에서 돌로 만든 사자에 앉아 있는 사람은 두려운 상황에 처해 있는 것이다. 그리고 이 그림을 보고 이해하면서 우리는 처음으로 드라마의 감각을 접했다. 당시 그 감각은 몹시 강렬한 것이었다. 드라마의 내용은 결국 우리에게 미지의 것으로 남았다. 우리는 원인도 결과도 몰랐다. 전체 사건의 논리도 몰랐고 결론을 낼 수도 없었다. 그래서 그림에서 수수께끼가 생겨났다. 그리고 이 신비로움은 무엇과도 비교할 수 없는 힘을 그림에 부여했다.

푸시킨.
그의 얼굴.
그때는 그 얼굴이 이상하게 여겨졌다. 시간이 흐르면 이 이상함이 보이지 않게 된다.
아마도 그 이상한 느낌은, 푸시킨을 처음으로 접할 때 어린 우리의 감각이 이해하기 힘들고, 성인의 상상력조차 불안감을 맛보게 하는, 데스마스크라는 물건과 맞닥뜨렸기 때문에 생겨났을 것이다.
같은 책에 그 데스마스크가 묘사되어 있었다. 그 그림은 이해하기 힘들었다.
푸시킨의 마스크.
푸시킨이 결투를 했고 결투에서 부상을 당해 사망했다는 것은 우리에게 알려진 사실이었다. 그러나 결투가 도대체 무엇인지 역시 이해할 수 없었다.
그림 속에서 털외투를 입은 사람들이 양쪽에서 그를 잡고 있었다. 걷는 자세를 취하던 그가 뒤로 몸을 젖혔다. 마치 양쪽에서 그에게 붙어 설득하는 것 같고, 그의 앞에 서 있는 사람의 모습이 그를 놀라게 한 것 같다. 그 두 사람이 놀란 것 같고 그는 발걸음을 뗄 수 없어 괴로워하는 듯하다. 흰 눈 위에 움직이지 않고 서 있는 사람 때문에 그는 잔뜩 화가 나 있는데, 첫 번째 그룹 전체를 경악과 무력함에 빠뜨린 반면, 혼자 떨어져 서 있는 사람은 함부로 건드릴 수 없는 무시무시한 위협적 모습으로 보이게 만든 어떤 일이 벌어졌다.

정말이지 발꿈치까지 내려오는 외투를 입고 머리 위에 새가 앉아 있는 인물은 위협적이고 난공불락으로 보였다.

단테스.

까마득한 어린 시절에 이미 푸시킨이 당한 모욕이 우리를 사로잡았다. 이제, 푸시킨의 결투를 생각할 때면 우리는 어쨌든 그가 총을 발사했다는 사실을 상기하면서 특별한 감정, 매우 생생한 만족감을 매번 맛본다. 치명상을 입고도 그는 발사했고 빗나가지 않았으니까. 푸시킨과의 첫 만남은 그러했다. 그러나 훨씬 더 전에, 세상에 막 첫발을 들여놓을 때 우리는 푸시킨이라는 이름을 들었다. 이 이름이 아직은 책과 연관되지 않았다. 골목골목에서 그의 이름이 들려왔다. 이곳저곳의 공원과 커다란 건물의 석조 벽감 속에 푸시킨이 서 있었다. 검고 빛나는, 포도처럼 선명하게 도드라진 쇠 구레나룻을 두른 그가.

1936년 5월 1일

아침에 발코니로 나갔다. 거리가 햇빛으로 가득 차 있다. 바다. 기선들 위로 알록달록한 깃발들이 펄럭인다.

봄이면 이제 막 꽃을 피운 나무들과 풀로 뒤덮인 대지가 자연의 모습 전체에 수공예품의 성격을 부여하는 며칠의 기간이 있다. 구름까지도 만들어진 느낌을 준다. 자연이 불가항력이라는 점을 상기시키는 것이라곤 아무것도 없다. 반대로, 만물에서 예술의 드높은 기교가 감지되는 것만 같다. 만일 갑자기 비가 한줄기 퍼붓고 지나간다면 그것은 한순간 모든 수공예품을 은빛으로 빛나게 하려고 미리 계산한 것이라고 생각할 수 있다.

오늘 오데사에서는 노동절을 기념한다.

아침부터 사위가 고요하다.

퍼레이드 직전의 고요함이다. 마치 도시가 텅 빈 듯한 느낌이다. 하지만 나는 어딘가에 꼼짝도 하지 않고 잔뜩 긴장한 어마어마한 군중이 서 있음을 알고 있다. 너무나 조용해서 누군가의 한마디 말이나, 아니면 말이 머리를 흔드는 바람에 마구가 갑자기 빚어내는 금속성의 소리가 온 거리를 날아가 꽤 먼 거리에서도 들을 수 있을 정도다.

도시에 메아리가 울린다.

행진이 네 시간 동안 이어진다. 작년부터 노동절 시위가 새로운 성격, 즉 야외 가장무도회 성격을 띠기 시작했다. 극장에서 보는 복장들, 마스크, 가발, 종이 코, 형형색색의 깃털, 리본 들이 아주 많다. 사탕이 흩뿌려지고 사람들은 행진 속에서 춤을 춘다. 직선으로 나아가는 행렬 속에서 둥글게 추는 춤사위가 빙글빙글 돌아간다. 젊은이들은 처음으로 가면무도회 복장을 했다. 그들이 낯설어 하며 스스로도 몹시 우스워하는 것이 눈에 보인다. 그들은 자신들의 진지함이 의심받을 수 있다고 생각한다. 그래서 로페 데 베가Lope de Vega의 작품 속에 등장하는 대주교들과 부인들의 복장을 하고 나자 그들이 진지함을 잃어버렸다고 아무도 생각하지 못하게 망토 자락을 펄럭이고 모자챙을 능숙하게 구부리면서 자신들의 복장이 대수로운 게 아니라는 태도를 보여준다.

올해에는 새로운 점이 하나 더 있다. 행렬이 어린 시절이라는 테마를 취하고 있다는 점이다. 사람들이 아이들의 그림을 들고 있다. 단순한 아이들의 얼굴 그림이다. 웃는 얼굴, 장밋빛으로 빛나는 얼굴들.

체조 선수들이 행렬을 장식한다. 아주 체격이 좋고 건강하며 실력 있는 남녀 청년들이다. 이들 위로 움직이는 플래카드는 이 선수들이 학업에도 열심이라는 것을 우리에게 알려준다. 이들은 물리학부 학생들이다.

저녁에는 불꽃놀이를 한다.

바로 그 항구 위로, 바로 그 도시 위로, 거리 위로, 바로 그 아름다운 건물들 위로, 협잡꾼들과 살아 있는 상품을 판매하던 상인들에게 속했던 바로 그 오데사 위로, 노동자들, 학생들, 근로자들의 축일인 노동절의 불꽃이 흩뿌려진다.

1936년

나타샤

자그마한 노인이 아침 식사가 차려진 식탁 앞에 앉았다. 준비된 식사는 1인분이었다. 커피 주전자와 우유병, 받침 접시 위에 놓인 찻잔과 햇빛 아래 눈부시게 빛나는 찻숟가락, 그리고 달걀 두 개가 놓인 작은 접시가 있었다.

식탁에 앉은 자그마한 노인은 아침상을 마주할 때면 늘 빠져들던 생각을 하기 시작했다. 그 생각이란 딸 나타샤가 자신을 함부로 대한다는 것이었다. 어떻게 그걸 알 수 있는가? 어떤 이유인지는 모르지만 그녀는 그가 혼자서 아침 식사를 해야 한다고 생각한다는 점에서라도 드러난다. 그녀는 정말로 그를 굉장히 존경하는데 바로 그렇기 때문에 그가 고립적으로 생활해야 한다는 것이다.

"아버지는 유명한 교수잖아요. 그러니까 안락한 생활을 하셔야 돼요."

'바보 같으니, 정말이지 이 아이는 바보야! 나는 아침을 혼자 먹어야 돼. 그리고 아침을 들면서 신문을 읽어야 해. 그런 생각이 그 애 머리에 떠오른 거야. 얘는 어디서 그런 걸 봤을까? 극장에서? 정말 바보라니까.' 교수는 생각한다.

교수는 계란 하나를 집어 들고 작은 은잔 속으로 집어넣은 다음 거칠거칠한 끝부분을 작은 숟가락으로 툭 쳤다. 모든 게 그를 화나게 만들었다. 물론 그는 계란에 비슷한 행동을 했던 콜럼버스를 떠올렸다. 이 또한 그를 자극했다.

"나타샤!" 그가 불렀다.

물론 나타샤는 집에 없었다. 그는 그녀와 이야기를 하겠다고 결심했다. '그 아이와 얘기를 해야겠어.' 그는 딸을 몹시 사랑했다. 여자아이의 옷 중에서 하얀 무명 원피스보다 더 예쁜 것이 있을까. 동물 뼈로 만든 단추들이 얼마나 멋지게 반짝거리는지! 그녀는 어제 원피스를 다림질했다. 다림질한 무명 원피스는 비단향 꽃무 냄새를 풍겼다.

아침 식사를 마친 자그마한 노인은 파나마모자를 쓰고 외투를 한쪽 팔에 걸친 다음 지팡이를 들고 집을 나섰다.

현관 앞에서 자동차가 그를 기다리고 있었다.

"드미트리 야코블레비치… 어디로 모실까요?" 운전사가 물었다.

"그리 갈까요?"

"그리 가지." 교수가 말했다.

"나탈리야 드미트리예브나가 전해달라고 하셨습니다…"

운전사가 교수에게 작은 봉투를 내밀었다. 그들은 차를 타고 달렸다. 교수는 쿠션에서 통통 튀어 오르며 편지를 읽었다.

"화내지 마세요, 화내지 마세요, 화내지 마세요. 저는 데이트 약속이 있어서 가요. 화내지 마세요, 아셨지요? 슈테인은 아주 훌륭한 청년이에요. 아버지는 그가 마음에 드실 거예요. 그 사람을 보여드릴게요. 화 안 내실 거죠? 그렇죠? 아침 식사는 하셨어요? 입맞춤을 보냅니다. 저녁에 돌아올게요. 오늘은 휴일이니까 아버지는 샤투놉스키 댁에서 점심을 드시잖아요. 그러니 오늘 저는 자유예요."

"무슨 일이지, 콜랴?" 갑자기 교수가 운전사에게 물었다.

그가 돌아보았다.

"자네, 웃고 있는 거 같은데?"

그는 운전사가 웃는 것 같았다. 그러나 운전사의 얼굴은 진지했다. 그렇지만 운전사가 속으로 웃고 있었다는 의심이 없어지지는 않았다. 교수는 운전사가 나타샤와 음모를 꾸미고 있디고 생각했다. 멋쟁이다. 아주 놀라운 꿀벌 색 스웨터를 입고 있다. 그는 나를 '나의 노인'이라 부른다. 그가 지금 '내 노인이 기분이 좋지 않아'라고 생각하는 걸 난 알고 있어.

자동차가 시외 도로를 달렸다. 꽃 피는 나무들, 울타리들, 행인들이 마주 달려왔다.

'그 아이가 나한테 슈테인을 보여준단 말이지.' 교수가 생각했다. '슈테인이 좋은 청년이라고. 좋아, 한번 보지. 오늘 말해야겠어. 나한테 슈테인을 보여달라고.'

그다음에 자그마한 노인은 지팡이를 휘두르며 무릎까지 자란 풀밭을 걸어갔다.

'외투는? 외투가 어디 있지?' 그가 문득 떠올렸다.

'외투가 어디 있나? 아차… 차에 둔 걸 잊었군.'

그는 산을 올라갔다. 약간 숨이 찼고 모자를 벗어 땀을 닦았다. 젖은 손바닥을 잠시 쳐다보고는 지팡이로 풀숲을 때리면서 다시 걸어갔다. 풀이 번쩍거리면서 드러누웠다.

하늘에 벌써 낙하산들이 나타났다.

'지난번에 내가 여기 서 있었나? 여기.'

그는 멈춰 서서 하늘에 낙하산들이 나타나는 걸 지켜보았다. '하나, 둘, 셋, 넷… 아… 저기도 하나 있구나, 또 있네…. 저게 뭐지? 조개껍질인가? 햇빛을 잔뜩 받고 있어! 높구나. 하지만 고소공포증이 없어진다잖아…. 아아, 저기 있다, 저기! 줄무늬가 있어! 우습군. 줄무늬 낙하산이라니.'

교수는 뒤돌아보았다. 저 아래에 파랗고 작고 길쭉한, 캡슐 같은 자동차가 서 있었다. 꽃을 피운 나무들이 흔들거리고 있었다. 하늘, 봄, 날아다니는 낙하산들, 모든 게 아주 이상했고 꿈같았다. 교수는 슬픔과 상냥함을 맛보았다. 그리고 파나마모자 챙에 난 아주 작은 틈새로 햇빛이 자신에게 비추는 것을 보았다.

그는 그렇게 꽤 오랫동안 서 있었다. 그가 집으로 돌아왔을 때 나타샤는 집에 없었다. 그는 금방 일어나려는 사람의 자세로 소파에 앉았고 그렇게 한 시간을 앉아 있었다. 그러고 나서 자리에서 일어나다가 재떨이를 떨어뜨렸고 전화기 쪽으로 다가갔다.

그러자 정말로 바로 그 순간에 전화벨이 울렸다. 교수는 사람들이 자기에게 무슨 얘기를 할지 정확히 알고 있었다. 다만 자신에게 어떤 주소를 얘기해줄 것인지를 몰랐을 뿐이었다. 그에게 주소를 말해주었다. 그가 대답했다.

"나는 흥분하고 있지 않습니다. 내가 흥분하고 있다고 누가 그러던가요?"

이 거리, 저 거리로 십 분간 무시무시한 질주를 벌인 끝에 자그마한 노인은 툭툭 소리를 내는 하얀 가운을 입고 나무 바닥재가 깔린 긴 복도를 걸어갔다.

유리문을 열자 그는 웃고 있는 나타샤의 얼굴을 보았다. 그녀의 얼굴은 베개 위 한가운데 있었다. 그리고 그는 "하나도 안 무서워"라고 말하는 소리를 들었다. 말을 한 사람은 침대 머리맡에 서 있던 젊은 남자였다. 그도 노인과 똑같은 가운을 입고 있었다.

"잘못 착륙했어."

그녀는 한쪽 다리를 다쳤다. 모든 것이 이상했다. 어째서인지 사고에 대해서 이야기하지 않고 교수가 고리키와 비슷하다는 것, 다만 고리키는 키가 큰데 교수는 키가 작다는 이야기들을 하기 시작했다. 세 사람 모두와 가운을 입은 여자 하나가 웃어댔다.

"정말 아버지가 알고 계셨단 말이에요?" 나타샤가 물었다.

"물론 알고 있었지. 나는 매번 찾아가서 바보처럼 풀밭 위에 서서 쳐다보고 있었지!"

이때 그만 자그마한 노인은 울음을 터뜨렸다. 나타샤도 울음을 터뜨렸다.

"아버지는 왜 날 북받치게 하는 거예요!" 그녀가 말했다.

"난 흥분하면 안 되는데!"

그러더니 아버지의 손을 뺨에 갖다 대고 더 크게 울어댔다.

"난 아버지가 낙하산 점프를 반대할 거라고 생각했어요."

"아아, 얘야." 교수가 말했다.

"번번이 나를 속였구나. 데이트하러 간다고 하지 않았니. 얼마나 바보 같은 짓이냐. 난 바보처럼 풀밭에 서 있었는데… 서서 기다렸지…. 줄무늬 진 것은 언제 펼쳐지나 하면서…."

"나는 줄무늬 낙하산이 아니었는데요! 줄무늬 낙하산은 슈테인이에요!"

"슈테인이라고?" 자그마한 노인이 다시 화를 내면서 물었다.

"무슨 슈테인 말이냐?"

"제가 바로 슈테인입니다." 젊은 남자가 말했다.

1936년

콤소르그

    6월 2일 새벽 오데사 항구에서 '트란스발트'라는 기선에서 화재가 발생했다.

    거대한 기선의 선창 속에서 해외에서 들여온 황마黃麻가 불탔다.

    기선의 승무원들은 헌신적으로 화마와 싸움을 벌였고 이 과정에서 승무원 중 한 명인 콤소르그* 표트르 리킨이 사망했다.

    그 이전에 총사령관 관저라고 불렸던 펠드만 거리에 있는 건물에 흑해 선원의 집이 자리 잡는다.

    이 시설은 오데사에 사는 젊은이들 사이에서 대단한 인기몰이를 하고 있다. 그곳에서는 강연, 연극 공연, 영화 상영, 댄스파티가 진행되고 있다. 한마디로 그곳은 클럽이다. 그러나 이곳이 해양 클럽이므로 기선의 출항이라든가 원양 항해로부터의 귀환

• 공산주의 청년동맹 책임자.

등의 일과 연관되어 있다. 그래서 이 클럽은 오데사 젊은이들의 시선으로 볼 때 문화 이외에도 특별한 의미를 갖게 된다. 이 클럽에는 작별과 이별, 만남의 시학이 담겨 있다.

  6월 4일 아침에 쇼팽의 장송곡을 연주하는 취주악단의 연주음이 거리에 울려 퍼졌다. 이 소리는 선원의 집의 열린 창문들로부터 흘러나왔다. 처음에 나는 '저기서 음악 동아리 수업이 진행되고 있구나'라고 생각했으나, 건물 가까이 다가가자 비극적으로 사망한 기선 '트란스발트'의 콤소르그 표트르 리킨의 시신이 당 자료실에 안치되어 있으며 원하는 사람은 조문할 수 있다고 쓰인 커다란 종이 판지를 보았다.

  윗부분에 깃발들을 꽂은 관이 널찍한 방의 한가운데 있는 단위에 누워 있었다. '페스텔', '프란츠 메링', '돌격대원', '플레하노프', '우크라이나' 등 기선들과 내연기관선들의 이름이 적힌 리본이 달린 화환이 사방에서 관을 둘러싸고 있었다.

  한눈에 봐도 선원임이 분명한 4명의 청년들이 그곳을 지키고 있었다.

  죽은 자의 얼굴은 손수건으로 덮여 있었다.

  나는 다른 사람들과 함께 관을 빙 돌았다. 그 방에서 나올 때 한 무리의 사람들이 계단을 올라오고 있었는데 나는 그중에서 고인의 부친이라고 생각되는 사람을 알아볼 수 있었다. 장례식에서는 늘 모두들 고인의 부모를 거의 즉각적으로 알아보는 법이다.

  그는 키가 크고 전혀 늙지 않은, 흰머리도 없는, 안경을 쓴 사람이었다. 직업은 모르지만 그는 단단하고 말랐으며, 기계공들이 대체로 그렇듯 광대뼈와 짧은 콧수염이 움직이는 얼굴을 하고 있었다.

나는 거리로 나왔다.

쌀쌀하고 바람 부는 날씨가 며칠 동안 오데사에 이어지고 있다. 이는 최근에 흑해의 노보로시스크 지역에 몰아친 강한 폭풍의 여파이다.

선원의 집을 장식하려고 준비된 거리에 쭉 늘어선 깃발들을 바람이 할퀴고 지나간다. 이 깃발들은 대부분 우리가 멀리에서 보기 때문에 알록달록한 작은 반점으로 보여서 크기가 작다고 익히 생각해온 바로 그 항해 신호기들이다. 이곳에서 그 깃발들은 지붕 높이로 걸려 있다. 돌풍이 그쳐서 깃발들이 축 처지면 그 천의 크기가 창문 크기와 맞먹는다는 걸 알 수 있다.

항구의 대표단, 공장 대표단, 선박 대표단들이 거리로 모여든다. 수운水運 근로자들과 짐꾼들. 짐꾼들은 따로 떨어져 서 있다. 항구와 사랑에 빠진 이 사람들은 도시에 들어오면 언제나 기만을 떤다. 그러나 건강한 사람들이 다 그렇듯, 그들은 특유의 선량함과 유머를 가지고 있으며 따라서 그들의 거만함이 전통에 지나지 않으며, 짐짓 꾸며낸 것에 지나지 않음이 쉽게 드러난다.

항구에서 일하는 여성들 무리가 서 있다. 오데사에서 일하는 여성 노동자들의 타입에 대해 말하자면 페레시프 출신 여성들이 바로 그 타입이라고 하겠다.

여기 그중 한 명이 있다. 그녀는 푸른색이지만 너무 많이 빨아서 하얗게 된 재킷을 입었고 하얀 머릿수건을 쓰고 있다. 페레

시프 지역의 모드가 바로 이렇다. 여성의 얼굴이 특별히 아름답다. 그 아름다움은 생김새에서 비롯되는 것이 아니라 그 표정에서 비롯된다. 아마도 그녀가 마르고 햇볕에 타 피부가 검은 탓인지 표정이 비극적으로 보인다. 그러나 도전적인 표정이다. 많은 아이들을 둔 어머니 특유의 표정이다. 걱정과 염려 사이로 그 표정 속에서 힘과 자신에 대한 확신을 읽을 수 있다.

오늘 표트르 리킨의 시신이 적기赤旗를 단 내연기관선 우크라이나호에 실려 세바스토폴로 운반될 것이다.

그의 얼굴에서 손수건을 벗겼다. 젊고 진지한 얼굴이 드러났다. 화재가 그의 모습을 망쳐놓지 않았다. 붉게 번들거리는 화상 자국만 보였다.

최근 우리 나라의 역사는 경제와 문화 부문에서 미증유의 성공들을 기록하고 있다. 젊은층의 활동이 대단히 두드러지고 있다. 이 역사의 한 단계 전체가 젊은 광부 알렉세이 스타하노프*의 이름과 연관되어 있다.

당과 정부가 젊은이들에게 기울이는 관심이 굉장한 반향을 불러일으키고 있다.

육체노동 분야의 경쟁이 젊은이들의 취향에 알맞다는 점이 놀랄 만하다. 들어보지 못한 일이 벌어지고 있는데 육체노동이 감각과 감정을 자극했다는 것이다. 더구나 이 감각과 감정이 젊

---

* 알렉세이 그리고리예비치 스타하노프(1906-1977)는 소련의 광부, 사회주의 노력 영웅이고 소련 공산당원이다. 노동 생산성을 높이고 계획경제 시스템의 우수성을 홍보하고자 추진된 운동을 상징하는 인물로서 일약 유명한 인사가 되었다.

은이들에 의해 발휘되는데 이는 그 색채가 아주 신선함을 뜻한다.

이제는 육체노동에서 발휘되는 인간적 자질이 인내성, 체력, 정확성으로 제한되지 않는다. 이런 기계적 특성 이외에 개인의 특성과 성격 등 인간의 개성을 구성하는 특질들이 발휘된다.

이제 우리는 들판에서 일하는 집단농장의 젊은 아가씨가 실패에 상심해서 우는 모습을 쉽게 상상할 수 있다. 반대로 성공을 거두면 그녀는 긍지로 가득 찰 것이다.

육체노동을 대하는 태도에 처음으로 열정이 등장하고 있다.

예를 들어 타인이 거두는 성공에 대한 질투 어린 관심과 같은 감정을 남녀 노동자들이 알아가고 있는 것이다. 이런 감정은 예전에는 예술가들이나 예술 분야에서 일하는 사람들만이 맛보던 것이다.

젊은이들이 신선한 감각을 가지고 등장하고 있다는 것은, 지금은 노동의 업적을 마치 서프라이즈를 외치며 내놓을 수 있는 무언가처럼 바라본다는 점에도 드러난다. 이것은 직장에 낭만주의를 도입한다.

또한 역시 청년의 특성인 자신을 보여주고자 하는 열망, 주변 사람들로부터 분리되고자 하는 열망이 처음으로 노동 기록의 형태를 취할 수 있게 되었다. 이 열망은 심장의 비밀스러운 활동 및 첫사랑과 연관되어 있고, 세계문학에서 많은 책이 다루고 있는 내용이기도 하다.

우리 나라의 역사에서 최근에 벌어지고 있는 가장 경이로운 사건 중 하나가 바로 육체노동을 고무하고 있다는 것이다.

이 사건이 완수되는 데에 커다란 역할을 한 것이 청년들로서 소비에트 시대의 첫 세대라고 부를 수 있는 바로 그 세대이다.

공산주의청년동맹원인 표트르 릐킨이 이 세대에 속했다. 그는 사회주의 자산을 지키려다 죽음을 맞이했다. 그는 청년들이 공통으로 가지고 있는 열정과 조국의 전통에 대한 헌신을 보여주었다. 그는 불이 확산되는 근원지를 찾아 가장 위험한 곳으로 몸을 던졌고 자신의 모범으로 다른 사람들을 이끌었다. 그는 몇 번이나 의식을 잃었으나 정신을 되찾자 다시 뛰어들었다.

마치 번개처럼 짧지만 밝게 빛나는 생애의 대열이 이 세대 영웅주의의 특성을 보여준다. 코텔니코프, 우싀스킨, 베를린, 바부슈키나.

이 대열에 콤소르그인 릐킨의 이름이 합류한다.

철제 관이 트럭 위에 안치된다. 행렬이 움직인다. 화환을 든 아가씨들이 선두에 간다. 종이꽃으로 만든 화환은 빨간색, 초록색, 파란색이다.

행렬은 우크라이나호가 서 있는 부두를 향해 푸시킨 거리와 폴스키 경사로를 지나간다.

지금 그들은 내연기관선을 거리에서 바라보고 있다. 선박이 출항 준비가 되어 있으면 살아 있는 것처럼 여겨진다.

굴뚝들이 뒤로 젖혀진 듯이 보이고 선박이 곧게 선 듯 보인다.

3천 명의 사람들이 사망한 콤소르그의 관을 배웅한다.

다양한 사람들이 각양각색의 얼굴을 하고, 몸짓을 하고, 각종 옷을 입고 걸어간다. 그러나 단일한 인상을 시각적으로 포착할 수 있다. 젊은 군중이 걸어가고 있는 것이다.

1936년

세 이야기

외젠 다비

소비에트작가동맹에서 연락이 왔는데, 다비라는 프랑스 작가의 시신이 세바스토폴에서 도착하니 시신 인수식에 참석해달라는 요청이었다.

다비는 다른 프랑스 작가들과 함께 소련으로 출장을 가는 앙드레 지드와 동행했다. 그는 크림에서 성홍열에 걸려 며칠간 앓다 사망했다.

나는 쿠르스크역 플랫폼으로 나섰다. 아침 8시였다. 나는 작가들을 한 명도 보지 못했다. 내가 첫 번째로 도착한 것이다. 그 다음에 프랑스인 한 무리가 도착했다. 내가 아는 젊은 여성이 그들과 함께 있었다. 나는 그녀가 화학기술자라는 걸 알고 있었으므로 그녀가 왜 작가들과 같이 있는지 의아했다. 나는 그녀가 지금 통역사로 일하고 있나 보다 생각했으나 나중에 그녀의 얼굴과 눈에서 울음의 흔적을 보았다. 다비의 죽음이 그녀에게 가까운 사람의 죽음인 것이 분명했다.

그녀는 나를 프랑스인들에게 소개해주었다.

나는 들었다.

"마세릴 F. Masereel입니다."

내 앞에 있는 인물은 키가 크고 유쾌하며 자유분방해 보이는 사람이었다. 그의 모습에는 우리 예술가들과 공통된 뭔가가 있었다.

그는 러시아어를 할 줄 알았다.

나는 죽어서 관 속에 누워 있는 사람을 한 번도 본 적이 없었다. 나는 살아 있는 그도, 죽은 그도 본 적이 없다.

기차가 연착되었다. 우리는 레스토랑으로 갔고 거기에서 별도로 마련된 테이블에 앉아 커피를 마셨다. 우리 일행이 사람들의 관심을 끌었다. 사람들이 자꾸 쳐다보았다.

잠시 후 기차가 도착했다. 우리는 기차 뒤쪽으로 가서 문에 표시가 걸려 있는 화물칸 앞에서 기다렸다. 마세릴은 손에 라이카를 들고 있었다. 젊은 여성은 눈물을 흘렸고 프랑스인 그룹 가운데서 나이 든 부인이 그녀를 안아주었다. 그녀는 부끄러워하지 않고 눈물을 흘렸고 사람들이 쳐다보았다.

차량 문이 열렸다. 어두운 차량 안 바닥 위에 닫힌 아연 관이 놓여 있었다. 내 앞에 있던 기다란 아연 관은 폭이 좁은 쪽을 아래에서 기다리고 있던 사람들에게 향하면서 차량 문을 통과해 내려졌다.

우리는 관을 어깨로 받아 운반했다.

우리는 플랫폼을 따라 걸으며 관을 운반했다. 사람들은 무리지어 멈춰 서서 우리를 옆으로 지나가게 해주었다. 우리는 철길을 가로질렀고 특별한 방을 통해 관을 광장으로 날랐다. 광장에는 커다란 붉은 천과 검은 천을 두른 트럭이 대기하고 있었다. 관이 트럭에 실렸다. 커다란 화환 두 개가 같이 실려 관 옆에 놓였다.

트럭이 움직였다. 우리는 차 두 대에 나눠 타고 뒤에서 달렸다.

'작가의 집'에 있는 사무실에 관을 안치했고 스탑스키, 라후티, 아플레틴과 내가 빈소를 지켰다. 나중에 마세릴과 프랑스인 세 명이 우리와 교대했다. 나는 프랑스대사관에서 화환을 가져왔다는 얘기를 들었다. 그 뒤 나는 자리를 떠났기 때문에 이 사건은 내게 끝난 것이었다.

다비는 우리의 편으로 선회하고 있던 서구 인텔리겐치아의 대표자 중 한 명이었다.

화환 리본에 다비는 소련의 친구라고 씌어져 있었다.

서구에서는 한때 우리를 미개인이라든가 문화의 파괴자라고 생각했었다. 지금 우리는 서구에서 가장 똑똑하고 민감한 사람들을 우리에게 끌어모으고 있다. 그들은 세계의 미래가 우리나라에서 건설되고 있음을 이해한 것이다.

나는 우리 조국의 이 위대한 의미를 인정한 사람의 빈소를 지켰다. 이 사람 자신은 이미 존재하지 않는다. 나는 아연으로 만든 관의 여러 면들, 나뭇잎과 꽃들의 실루엣만을 보았다. 나는 앞에서 눈물을 흘리는 젊은 여성의 얼굴을 보았다. 그녀는 내가 보지 못하는 것을 보았다. 그녀는 그를 기억했고, 그녀의 기억 속에는 살아 있는 사람이 있었다. 그녀는 그를 내게 보여줄 수 없었을 것이고, 나는 그녀의 기억의 눈으로 그 살아 있는 사람을 보는 것이 불가능했을 것이다. 그녀의 눈물이 내게는 그의 삶을 알려주는 유일한 묘사였다.

나는 관을 보고 처음에는 그 크기에 대해 생각했다. 젊은 여성의 친구는 키가 큰 남자였다. 나는 그가 지금 파시스트들과 싸우고 있는 스페인 사람 한 명과 비슷한 사람이라고 상상했다. 어깨가 넓고 베레모를 쓰고 두 손에 총을 들고 있는 사람 말이다.

비행

공항에 도착했다. 나는 오데사에서 모스크바로 비행기를 타고 가야 했다.

나는 벌판에 비행기 두 대가 서 있는 것을 보았다. 비행기들 뒤로 밝은 허공이 펼쳐져 있었고 비행기들이 실루엣처럼 보였지만 나는 날개의 푸른 색깔을 보았다. 비행기들은 머리를 내 쪽으로 향하고 있었다. 주변에 사람들이 부산하게 움직이고 있었다.

나는 식당 의자에 앉아 있었다. 그 음식점은 판매대와 작은 테이블 몇 개가 있는 아주 작은 곳이었다. 판매대 너머에는 초록색이 레이스 무늬를 이루고 있는 수박이 산처럼 쌓여 있었다.

나는 차 한 잔을 주문했다.

잠시 후 더블 재킷을 입고 제모를 쓴 사람이 들어와 테이블 앞에 앉았다. 비행사였다. 그는 제모를 벗어 테이블 위에 올려놓았다. 나는 이 사람이 내가 탈 비행기를 조종할 비행사라고 잠깐 생각했다. 나는 그를 찬찬히 살펴보면서 그의 행동을 주시하기 시작했다. 그에게 삶은 계란 두 개와 빵, 차 한 잔이 서빙되었다. 그는 빵을 주문할 때 "백 그램을 주세요"라고 말했다.

나는 밖으로 나와 비행기들을 잠깐 쳐다보았다. 사람들이 "누가 모스크바로 가느냐?"고 물었다. 나는 공항 담당자에게 갔다. 그는 한 손에 작은 깃발을 들고 있었다. 또 한 명의 승객이 나와 함께 갔는데 그는 캡을 쓰고 서류 가방을 든 젊은 사람이었다. 그는 로스토프로 가는 길이었는데 나와 같이 드네프로페트롭스크까지 가야 했다. 나는 시외로 나올 때 그와 같이 버스를 탔었다. 그리고 그때 이미 그의 태도에는 자신이 비행기를 타는 것이 처음이 아니며 비행하는 것이 자기에게는 익숙한 일이라는 걸 보여주고자 하는 열망이 아주 뚜렷이 드러났다.

우리가 여러 대의 비행기들이 있는 곳으로 다가갔을 때 비행기 한 대의 모터가 이미 돌아가고 있었다. 프로펠러가 빨리 돌아가고 있었지만 사람의 눈에 그 회전하는 모습이 여전히 보이고 있었다. 회전하는 형태가 회색 디스크를 만들어냈다. 프로펠러의 형체가 그림자처럼 디스크 안에 나타났다가 사라지곤 했다.

나는 모터가 돌아가고 있는 장소에서 꽤 먼 곳을 지나갔는데도 그 회전이 내 온몸에 느껴졌다. 발밑에서 땅이 흔들렸다. 나는 몸을 숙이고, 마치 무대 장치를 위해 잘라낸 것처럼 보이는 작은 문으로 기어들어 갔다.

나는 뒷좌석에 앉았다.

비행기 안에 여섯 개의 좌석이 있었는데 나는 이걸 나중에야 확실히 알았다. 오데사에서 날아올 때는 객실 내부가 우편낭과 꾸러미 들로 꽉 차 있었다.

젊은 사람은 내 앞에 앉았다. 그런데 앞쪽 창문에 등이 보이던 항공기관사가 갑자기 돌아보더니 뒤에 앉아야 한다고 말했다. 젊은이가 항의했다. 그러자 항공기관사가 명령조로 말했다.

"그렇게 해야 합니다."

그 승객은 내 옆에 앉았다. 나는 앞자리에 앉으면 어떤 점에서 분명히 더 낫다는 걸 알았다.

"우편물을 너무 많이 실었어요." 나의 동행이 말했다. 그는 다시 한 번 자신의 노련함을 과시했다.

비행기의 객실이 살짝 상승했다. 나는 안쪽 깊숙이 앉아 있었고 우편물이 내 위로 솟아올라 있어서 내게 무너져 내릴 것만 같았다. 우편물 더미 위로 더 높게 항공기관사의 등이 보였다. 항공기관사 옆에 앉은 다른 사람, 조종사는 커튼 비슷한 것에 가려져 있었다.

갑자기 문이 닫히더니 우리를 세상으로부터 단절시켰다. 내가 들여다보고 있던 둥근 창 속에 모든 것이 다 집중되었다. 작은 깃발을 든 사람이 회색 땅 위에 서 있었다. 잠시 후 뛰어서 뒤로 물러나더니 다시 멈춘 다음 깃발을 한 번 휘둘렀다. 그때 몇 초 동안 그가 '관찰하는' 얼굴 표정을 짓는 것을 나는 알아차릴 수 있었다.

모터 소음이 헤아릴 수 없을 정도로 커졌고 웅웅거리는 울림도 나타났다.

창밖이 캄캄해졌다. 날씨가 급변하는 것과 비슷했다. 우리는 서 있던 곳에서 앞으로 움직여 나아갔다. 땅 위로 굴러가는 그 이동은 (비행기가 날아가는 것이 아니라 굴러갈 때) 생각보다 더 오래 계속되었다. 이륙하는 순간은 감지되지 않는다. 나는 우리가 이미 날고 있다는 것을 느낀 것이 아니라 보았다. 그리고 우리는 금방 강 위를 날아가고 있었다.

나는 만족감과 기쁨, 장엄함을 맛보았다.

나는 우리가 그 위로 날아가고 있는 지형이 이동하는 것을 창을 통해 보았다. 그 움직임은 선회하는 형태인 것 같다. 거대한 공간들이 어떤 회전을 시작하지만 끝마치지는 않는 것 같다. 그 느낌이란 비행기가 공중에 움직이지 않고 매달려 있는 듯하다. 햇빛을 받아 선명히 빛나고 있는 노란 들판의 표면 위로 비행기 그림자가 달려가고 있다.

나의 길동무는 잠이 들었다. 나는 혼자서 비행을 감상했다. 창에 몸을 바싹 붙이고 비행기의 바퀴를 보았는데 이 지상의 물건이 공중에 매달려 있는 걸 보는 게 이상했다.

갑자기 모터 소음이 사라졌다. 높고 긴장된 소리 대신에 탁흐-타흐-타흐 하는 먹먹하고 리드미컬한 타격음이 들려왔다. 나는 비행기의 무게를 느꼈고 비행기가 정말로 앞으로 나아가고 있음을 느꼈다.

착륙이었다.

나는 아래를 향해 날아가는 것을 느끼고 비행기가 기울어진 것을 느낀다, 거의 본다. 객실 안에 그림자가 날아다니기 시작하는 것 같다.

땅이 가까워진다. 비행기 착륙 전에 이루어진 여러 움직임들은 이해되지 못하고 명확히 포착되지 못한 채로 남았다. 비행기가 모터를 끈 상태에서 그렇게 오랫동안 날아간다는 사실이 나를 놀라게 만들었을 뿐이다.

그다음에 우리를 향해 들판이 아주 빨리 달려오는 것이 창을 통해 보인다. 다음에는 몇 번의 충격이 전해지고 굉음을 내며 몇 번 튀어 오르면서 우리는 지표면을 달려간다.

비행기 밖으로 나서면서 나는 물었다.

"여기가 어딥니까?"

"니콜라예프입니다." 사람들이 대답했다.

내 앞에 들판이 펼쳐져 있었고 우리가 오데사에서 비행기를 타고 떠나온 들판과 전혀 다를 게 없는 들판이었다. 들판은 덥혀져서 냄새를 풍기고 있었다. 나는 담배를 피우러 갔다. 나는 기분이 아주 좋았다. 실무적이고도 고양된 기분이었다. 방금 타고 내려온 비행기를 옆에서 바라보는 것은 기분 좋은 일이었다. 가능한 빨리 비행을 계속하고 싶었다.

그리고 우리는 계속 비행했다.

크리보이 로크와 드네프로페트롭스크, 하리코프와 오룔에서 비행기가 착륙했다.

우리는 하리코프에서 같은 Steel-3 기종의 다른 비행기로 갈아탔다.

마지막 오룔-모스크바 구간에서 나는 잠이 들었다. 한창 발전하고 있는 지역을 비행기가 날아가고 있을 때 잠에서 깨어났다. 나는 여러 운하와 철도, 공장 굴뚝들, 건물들, 눈부시게 빛나는 사각형의 수영장들을 보았다. 모스크바였다.

나는 이 비행의 모든 면면을 절대 잊지 않을 것이다. 전부 다 굉장했다. 엄격하고 사무적이며 남성적인 세계였다. 다시 비행으로 돌아가고 싶다. 오랜 비행을 완수한 사람은 자신을 존중하기 시작한다. 그는 승리감을 맛본다. 집에 돌아온 나는 숙면을 취했는데 언젠가 어린 시절에 시험이나 축구 시합이 끝난 뒤에나 취했던 그런 단잠이었다.

비행하는 동안 나는 우리의 저명한 비행사들에 대해 생각했다. 츠칼로프, 레바넵스키, 몰로코프와 같은 사람들에 대한 나의 생각은 새롭고도 생생한 뉘앙스를 갖게 되었다. 이미 오래전에 확립되어 항로를 위협하는 어떤 위험물도 없는 경로를 (더구나 나는 그저 승객의 입장에서 비행했을 뿐인데) 비행한 내가 승리감을 맛보았다면, 미지의 세계를 통과하는 새로운 항로를 개척하는 사람들이 맛보는 승리감의 강도는 과연 어떨까?

나는 비행을 했고 이 비행에 대해 친구들에게 어떻게 이야기를 풀어나갈 것인지 예감했다. 두세 사람이 나의 귀환을 기다리고 있었다. 역사적인 횡단 비행을 마치고 귀환하면서 전 모스크바가 자신을 기다리고 있다는 사실을 알고 있는 비행사는 과연 어떤 압도하는 감정에 충만해 있을까?

나는 이 영웅들의 삶이 얼마나 가치 있는지 실감했다. 그리고 수천 명의 젊은이들이 이들의 선례를 따라가려고 애쓴다는 것을 생각한 다음, 또한 일단 노력한다면 그것은 자신의 능력에 확신을 갖게 됨을 의미하므로, 우리나라의 모든 인생이 얼마나 큰 가치가 있는지 아주 분명히 이해했다.

여름

첫눈에 그는 내 마음에 들지 않았다. 그는 절벽 끄트머리에 서서 쌍안경으로 하늘을 보고 있었다. 그는 삶의 여유를 지나칠 정도로 표가 나게 열중해서 즐기는 사람들 중 히니로 보였다. 나는 그런 사람들을 좋아하지 않았다.

그는 목성을 보고 있었다.

그도 나처럼 작가였다. 그 순간 나는 내가 우월하다고 생각했다. 그는 나를 자극했다. 그리고 나는 '목성을 하늘의 등불이라고 말해야지' 하고 내 머리에 떠오른 생각이 그의 머리에는 떠오르지 않는다고 생각하고 있었다.

사람들이 우리를 소개시켜주었다. 알고 보니 그는 굉장히 예의 바른 사람이었다. 그는 자신이 철도 창고의 수리공이었을 때부터 나를 알고 있었다고 말했다.

"저는 당신의 비판 기사를 『경적Гудок』에서 읽었습니다."

내 앞에 선 사람은 작가로 변신한 젊은 노동자였다. 나중에 그가 천문학을 공부한다는 것을 알았다. 모든 것이 바뀌었다. 나는 나를 자극한 쌍안경을 다르게 대하기 시작했다. 휴양을 즐기는 자의 괴벽이 아니라 뭔가 좀 더 진지한 것이었다.

그가 내게 보여준 첫 번째 별은 알타이르성이었다. 이 별은 독수리자리에 있다. 이 별자리는 세 개의 별로 이루어져 있는데 직선상으로 자리하고 있다. 마치 누군가 당신을 활로 곧장 정조준하고 있는 것만 같다. 가운데 있는 별이 알타이르성인데 당신을 향해 날아오는 화살의 최고점 같다. 이 별은 선명한 푸른색 광채를 발하며 아주 밝게 빛난다.

그런 다음에 젊은이가 말했다.

"저것은 베가성입니다."

그는 손을 높게 뻗은 채 서 있었다. 나는 고개를 들어 내 머리 바로 위 하늘 한가운데에서 멋지게 빛나는 푸른 별을 보았다.

저게 바로 베가성이구나!

나는 이 단어의 아름다움에 대해 몇 번이나 생각해보았는지 모른다. 별의 이름이라는 건 알고 있었지만 어떤 별인지는 몰랐다. 나는 "베가"라고 반복해보았다. 그 소리에 이상한 느낌이 있었다.

멀고 차가운 별.

바로 이 별의 모습이 사람들의 마음에 '베가'라는 단어를 떠올리게 만들었다는 것이 얼마나 시적으로 알맞은가!

"여름 하늘에서 가장 밝게 빛나는 별이지요." 젊은이가 말했다.

"베가, 카펠라, 아르크투루스."

"시 같군요." 내가 말했다.

그는 이해하지 못했다. 표정에서 이해하고자 하는 바람이 아주 깍듯이 드러났다.

"베가, 카펠라, 아르크투루스. 운이 맞아요."

"정말 그렇군요!" 그는 커다란 기쁨을 드러내며 탄성을 질렀다.

"정말 그래요! 저는 알아차리지 못했습니다만… 베가, 카펠라, 아르크투루스!"

그러고 나서 우리는 아르크투루스성을 쳐다보았다. 별은 나무들의 검은 윤곽 위에 낮게 떠 있었다. 불안정하게 재빨리 깜박거리는 별이었다. 그리고 그곳의 밤은 특히 더 짙게 응축된 것만 같았다.

"카펠라성은요?" 내가 물었다.

젊은이가 살펴보았다. 멀리 있는 나무 한 그루가 그를 방해했다. 그는 찬찬히 들여다보는 동작을 취했다.

"아직 안 떴어요. 아직 일러요!" 그가 말했다.

사람들은 별이 뜬 밤하늘에 아주 큰 관심은 보이지 않는 법이다. 별들이 별자리에 속해 있다는 것은 모두 알지만 하늘에서 별자리를 구분할 줄 아는 사람은 결코 많지 않다. 문학작품에서

조차 별의 이름이 등장하는 경우는 드물다. 그저 '별들이' 하고 언급될 뿐 그걸로 끝이다. 밤하늘의 별자리가 사계절의 변화와 더불어 바뀐다는 걸 아는 사람도 많지 않다. 더구나 적도 아래 위치한 나라들 상공에 우리가 전혀 알지 못하는 남쪽 하늘이 있다는 사실에까지 관심을 갖는 사람이 과연 누가 있을까.

여름밤에 별들을 쳐다볼 때는 별들이 어떻게 펼쳐져 있는지 그 순서를 파악하는 데 주의를 가두지 말라. 흩어져 있는 별들이 그저 무질서하게 뿌려져 있다고 받아들이라. 불꽃이 무질서하듯 말이다. 그러면 매일 밤하늘이 다르게 보인다고 쉽게 상상할 수 있다.

그런데 이제 설명을 듣게 된다. 아시겠어요, 저건 사수자리입니다. 저건 카시오페이아자리이고 저건 용자리이고 저건 페르세우스자리, 저건 플레이아데스, 저건 안드로메다. 하늘은 더 이상 불꽃놀이가 아니다. 마치 하늘이 당신 앞에 멈춰 선 것만 같다. 당신은 그 무엇과도 비교할 수 없는 감동을 맛본다. 당신은 성장한 이후 처음으로 말만큼이나 매우 오래되고 매우 자연스러운 지식을 얻는다.

"그런데 저것은… 보이나요? 더 높이… 가락지성운이요? 바로 저기 있네요! 저건 북쪽왕관자리입니다. 그 안에 감마성이 있어요."

이 매력적인 젊은이가 어떤 도취감에 사로잡혀서 내게 설명을 들려줬는지 보아야 한다. 그는 나를 이리저리로 끌고 다녔고 이곳저곳에 세워두었다. 그러면서 내 어깨를 가볍게 건드렸다.

그리고 내 뒤에 서서 내 고개를 살짝 들어 올렸다.

내게 별들을 보여주기 전에 그는 자신이 먼저 목표를 잘 설정했다. 나는 그가 하늘에서 무엇을 그렇게 찾고 있는지 잘 몰랐다. 그는 입을 다물었다.

"잠깐 기다리세요." 그가 말한다. 마치 별을 놀라게 해서 쫓을 수 있다는 듯이. 그는 진정한 열광자였다.

"오늘은 베가성이 아주 멋지군요!" 그가 환호했다.

"아, 얼마나 아름다운지!"

나중에 나는 집으로 향했다. 그는 '별이 나타나면' 나를 부르겠다고 했다. 그리고 한 시간 후 우리는 관목 옆을 둘이서 살금살금 걷고 있었다. 갑자기 그가 멈춰 섰다. 나는 그가 돌아보지 않은 채로 내 손을 찾고 있음을 알아차렸다. 손을 내밀자 그가 나를 앞으로 이끌었다.

정적과 은은한 빛 속에, 잠잠히 잠든 세상 위로 녹색을 띤 뚜렷하고도 신선한, 거의 촉촉한 별이 떠 있었다.

"카펠라인가요?" 내가 조용히 물었다.

그가 고개를 끄덕였다.

그리고 잠시 가만히 있다가 속삭임으로 신비롭게 발음했다.

"마차부자리에 있어요."

헤어질 때 나는 그에게 감사했다.

나는 말했다.

"설명해줘서 고맙습니다."

"무슨 말씀을! 당신에게 고맙지요!" 그가 말했다.

"뭐가 고마운가요?"

나는 놀랐다.

"관심을 가져준 것이 고맙지요!"

바로 이것이 그날 밤 있었던 일 가운데 가장 놀랍고 예상치 못한 것이었다. 그는 내가 밤하늘의 별에 관심을 보여서 고맙다고 했다. 마치 하늘이 그의 것인 듯 말이다! 그가 모든 광경의 책임자인 것처럼 말이다! 밤하늘이 기대에 어긋나지 않아서 만족스럽다는 듯 말이다!

그는 땅과 하늘의 주인이었다.

나는 나 이전에 몇 명의 사람들이 밤하늘에 관심을 가졌을까 생각해보았다. 천문학자들, 대양 항해자들, 땅과 별의 개척자들.

"관심을 가져주어서 고맙습니다!"

그는 이 땅과 별들을 상속받았다. 그는 지식을 물려받았다.

1936년

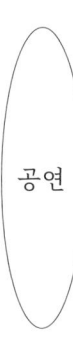

공연

나는 탑으로 다가갔다. 사실대로 말하자면 그것은 탑이 아니라 굴뚝이었다. 기선의 굴뚝보다 약간 더 큰 굴뚝이었다.
위쪽에 문이 검게 보였다.
나무 계단이 그 문으로 이어졌다.
전체 건물이 엄청나게 불안정한 것 같았다.
아주 작은 창문을 통해 표를 발급해주었다. 창구원은 보이지 않았다. 아주 작은 창선반 위로 동전을 던지는 한 손만 보였다.
나는 계단을 올라가 굴뚝 내부에 들어섰다. 나는 발코니에 서서 아래를 내려다보았다. 열려 있는 문을 통해 들어온 대낮의 햇빛으로 환한 아래쪽에 빨간 오토바이들이 서 있었다. 그 문은 마치 창고나 작업실로 들어가는 문처럼 빛의 사각형 모습을 하고 있었다. 빛의 사각형이 흙바닥 위로 떨어졌다. 모든 광경이 매우 여름의 분위기를 띠고 있었다. 문지방 위에서 풀들이 초록을 뽐내고 있었다.

발코니에는 나 말고도 몇십 명의 관람객들이 더 웅성거리고 있었다. 남자아이들이 가장 많았다. 그들은 조급성을 드러내며 계속해서 박수를 치고 있었다.

아래쪽 문으로 남자와 여자가 들어왔다. 여자는 이른바 피스타치오 색이라고 하는 색깔의 방수 기능이 있는 승마복 바지를 입고 검은색의 목이 긴 장갑을 끼고 있었다. 이 복장은 그녀의 젊음과 날씬한 몸매를 잘 드러냈다.

그들은 오토바이에 올라앉아 안경을 썼다. 그때 나는 이 오토바이들의 모습이 여느 것과 상당히 다르다는 걸 느꼈다. 위압적인 인상을 빚어내도록 하려고 오토바이에 어떤 부분을 더 장착했거나 아니면 일부분을 떼어낸 거라고 하겠다. 나한테는 그렇게 보였다는 말이다. 그 후에 나는 이런 느낌이 올바른 것이었는지 확인하지 않았는데 이 쇼가 끝난 후 오토바이를 살펴볼 여유가 내겐 없었기 때문이다. 그렇지만 나는 이 오토바이들이 이상하고, 나아가서 교활한 느낌을 준다는 인상을 떨쳐버릴 수가 없다.

여자가 먼저 출발했다. 그녀는 벽을 따라 오토바이를 몰기 시작했다. 90도보다 크지도 작지도 않은 트랙을 상상해보시라. 다시 말해서 수직에 대해 직각으로 타는 것이었다.

오토바이가 원을 그렸다. 오토바이가 운전자와 함께 저 끝으로 나가떨어질 거라는 느낌이 들기도 했다! 그 순간 재빨리 물러서지 않으려면 의식적으로 노력해야 했다. 나는 의식적으로 애를 썼고 물러서지 않았다. 큰 망신을 당하지 않으려면 이 작은 용기가 반드시 필요하다는 걸 이해한 탓이었다.

그녀는 회오리바람을 일으키면서 내 옆을 지나갔다. 그러고 나서 나는 어깨를 잔뜩 구부리고 재빨리 멀어져가는 작은 형상을 뒤에서 보았다.

오토바이가 내 옆을 빠르게 지나갈 때면 나는 매번 깜짝 놀라곤 했으므로 나중에는 이 무거운 오토바이에 올라탄 작고 허약한 여자의 모습이 재빨리 질주해갈 때면 나는 어떤 교활함을 발견하고는 했다. 때로 나는 그 작은 여자의 모습이 나를 뒤돌아볼 것을 기대하기조차 했다.

나무판자를 이어 붙인 굴뚝이 흔들렸다. 끔찍한 두려움 속에서 나는 굴뚝 안이 그냥 나무통과 같다는 것을 알아차렸다.

거기에다가 모터 소리까지 가세했다. 엄청나고 둔탁한 높은 톤의 소리였다.

쇼가 끝났을 때 나는 귀가 먹먹했다. 귀가 먹어서 소리가 들리지 않는 상태에서 나는 벽에서 내려온 오토바이가 멈춰 섰고 여자가 여전히 오토바이 위에 앉아서 한 손을 쳐드는 것을 보았다. 그러고 나서 그녀는 안경을 벗었는데 그러자 베짱이 같은 큰 눈의 얼굴 대신 공중에, 마치 거울에 비친 듯이, 매력 넘치는 사람의 얼굴이 나타났다.

탑에서 멀어지면서 나는 '벽을 타고 도는 오토바이 질주'라는 글이 탑에 둘려 있는 것을 보았다.

아주 커다란 인쇄체 글자였다. 문화휴식공원의 깨끗한 대기 속에서 탑은 활기차게 희게 보였다.

한때는 자전거 주자들이 그 비슷한 일을 했다. 그들은 거대한 바구니의 안쪽을 달렸다. 관객들은 가느다란 체를 통해서 그들을 바라보았다.

물론 그것은 오토바이가 등장하는 쇼처럼 효과적이지는 않았다. 자전거 주자의 모습은 웃음을 부추긴다. 그럼에도 불구하고 그 공연은 굉장한 신종목이었다.

첫 공연이 몇 년도에 있었더라?

1910년이었나?

서커스는 아직 옛날 모습 그대로였다. 기술적 발견으로 인해 이루어진 도시 생활의 변화가 아직 서커스에는 반영되지 않았다.

그리고 기술 분야에서는 자전거가 최초로 서커스 무대에 도입되었다.

그 이전에 나는 어떤 전기에 의한 기적을 시연한 것을 기억한다. 그 공연은 과학 실험으로 진행되었고 '니콜라 테슬라의 전류'라는 진지한 제목을 가지고 있었다. 그러나 그것은 마술이었다. 관객들은 비상한 세기의 전류를 앞에 서 있는 사람에게 통과시켜도 그가 몸을 상하지 않는다는 것을 믿어야 했다.

자전거는 굉장한 인상을 남겼다. 서커스에서 자전거를 이용해 벌인 최초의 묘기는 바로 경사진 트랙을 도는 것이었다고 생각된다. 그리고 그다음에야 하얗게 연마한 나무판을 바닥에 깐 무대 위에서 곡예사들이 묘기를 부리기 시작한 것이다. 그 무렵 자전거 주자들의 묘기 공연은 코믹한 것으로 바뀌었다. 자전거 스포츠가 광범위하게 퍼졌기 때문에 자전거가 사람들에게 감탄을 안겨줄 기회를 잃지 않으려면 광대놀음의 도움에 기대야 하게 되었던 것이다. 기술의 세계에서 평범한 자전거는 사망했다. 평범한 자전거는 자기의 두 바퀴로 동강 났다. 그리하여 이 가능성을 손에 넣은 것이 최강의 코믹 연기였다.

오토바이는 위협적이다. 오토바이는 가지고 놀기 어렵다. 속도가 위험성과 연관되어 있다는 생각을 할 때 우리의 머릿속에 떠오르는 것은 자동차의 이미지가 아니라 우리의 시야에 쏜살같이 가로줄을 그으며 질주하는 오토바이의 이미지이다.

우울한 자전거의 막냇동생은 악하고 성급하며 쉽게 길들여지지 않는 존재로 보인다. 그는 악의로 몸을 떨며 으르렁거린다. 만약 자전거가 투명하고 부서지기 쉬운 잠자리처럼 빨리 달린다면, 오토바이는 로켓처럼 날아간다.

나는 벽을 타고 도는 오토바이 질주와 같은 곡예가 관객들에게 특별한 인상을 남기는 비밀이 과연 무엇인가라는 질문에 답하고 싶다… 정말로 그 묘기는 아무것과도 비교할 수 없을 만큼 강렬한 인상을 남긴다.

그 비밀은 수직으로 움직이는 사람의 모습 속에 우리의 의식이 상상할 수 있는 가장 강력한 공상의 요소가 담겨 있다는 데에 있다. 이 공상은 우리의 현세적 시력 앞에서 중력의 법칙에 거스르는 어떤 사건이 전개될 때 떠오른다.

그런 사건들이 공상의 경계를 이룬다. 그런 사건들은 우리의 현세적 감각에 가장 비상한 일로 감지되는데, 그런 사건들이 벌어지면 우리 앞에 아주 잠깐 동안 우리의 물리법칙에 정반대되는 물리법칙이 지배하는 존재하지 않는 세계의 모습이 떠오르기 때문이다.

공중회전하는 재주꾼을 보면 동화의 나라 같은 향취가 느껴진다. 두말할 것 없이 공중회전하는 곡예사야말로 서커스에서 가장 환상적인 재주꾼이다.

서커스는 인간과 공간의 관계에 대한 우리의 익숙한 관념들을 파괴하는 온갖 공연들이 인간에게 미치는 영향력을 잘 고려했다. 대부분의 서커스 공연들이 균형 잡는 놀이를 기반으로 만들어졌다. 밧줄 타기, 장대 오르기, 저글링.

그래서 무엇이 나오는가?

서커스는 마법의 언어로 과학을 말한다! 반사각과 같은 입사각, 무게 중심, 힘의 적용점. 우리는 이 모든 것을 서커스의 다양한 동작 속에서 알게 된다.

이는 정말로 매혹적이다.

우리는 강한 자신감을 가지고 자연이 인간에게 설정한 한계선에 맞선다는 결정을 내리고 도전하는 용감하고 강인한 사람을 보는 것이다.

1937년

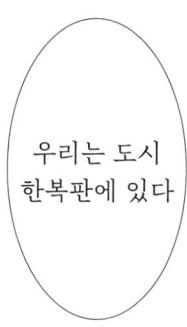

우리는 도시
한복판에 있다

    대도시에 사는 우리는 우리에게 제공된 하나의 놀라운 가능성을 그다지 높게 평가하지 않는데, 바로 누구나 언제든지 동물원에 갈 수 있다는 점이다.

    우리는 도시 한복판에 있다.

    트램을 타고 십 분만 가면 우리는 놀라운 세상에서 분리된다. 게다가 도시와 아무런 공통점도 없는 이 세상은 도시가 가장 눈부신 모습으로 나타나는 바로 그곳에 위치하고 있는 것이다.

    이제 우리는 트램에서 내린다.

    높은 건물들이 있다.

    트램 노선들이 교차된다.

    다른 어느 곳보다 바로 여기에서 당신이 도시에 있다는 것을 강렬히 느끼게 된다. 여기가 모스크바에서 가장 철커덩 소리를 내는 곳 중 하나다.

도로 교통 신호들을 관리하는 유리로 된 부스로부터 불과 몇 걸음 떨어진 곳에 마법 같은 존재들이 살고 있다는 생각은 하기 어렵다.

우리는 입구로 들어간다.

수풀 사이로 연못이 반짝거린다.

아직 놀라운 건 없다! 백조만 보일 뿐이다! 백조들이 다소 실망스럽기까지 하다. 보통 우리는 약간 굽은 목을 상상하는데, 백조의 목 말이다! 곧게 뻗은데다가 털이 숭숭한 것 같다.

정말로 미끄러져 가네!

그리고 연못 위로 드리워진 나뭇가지 그늘 속에서 미끄러져 가는 모습은 고요한 이미지를 만들어낸다.

아니다, 백조들은 실망시키지 않는다. 우리는 연못에서 멀어지면서 고개를 돌려 백조들을 바라본다. 멋진 새야! 전설과 노래, 은유의 새.

산에 코끼리가 서 있다.

사람들이 산 위에 다닥다닥 서 있다.

코끼리는 더운가 보다. 최소 오 미터 거리에서도 코끼리 숨소리가 들린다. 발을 번갈아 딛고 있다. 눈이 사람 눈과 비슷하다. 선량하고 웃는 듯한 눈이다.

코끼리를 보고 있으니 이상하다! 위협적인 동물이다. 나무를 뿌리째 뽑아내니까. 어떤 맹수도 코끼리에게 덤벼들지 않는다. 코끼리는 공포심을 자아내는 파괴적인 전쟁 무기였다. 동시에 우리의 시선은 겉모습에서 어떤 온순한 형태를 포착해낸다. 코끼리는 어떤 점에서 아기를 닮았다!

산 위 나무 아래 한 사람이 앉아 있다. 진흙이 묻은 장화를 신고 점퍼에 모자를 쓴 평범한 사람이다. 조련사가 아니라 그냥 경비원이다. 코끼리를 지키는 경비원이다. 그의 두 손에는 가느다란 막대기가 들려 있다.

코끼리가 그 사람에게 다가간다.

사람이 코끼리에게 뭐라고 말한다. 우리에게는 안 들리지만, "응, 뭘 줄까?" 같은 내용인 건 분명해 보인다.

그 사람의 자세가 변하지 않는다. 그대로 팔과 다리를 쭉 뻗고 앉아 있다. 무시무시하고 못생긴 얼굴이, (고무로 만든 건지, 찰흙으로 만든 건지 모를) 거대한 회색 얼굴이 그 사람 위에 있다.

얼굴에 표정이 나타난다. 코끼리는 영 불편한 모양이다. 코끼리가 또 조른다. 벌써 몇 번이나 졸랐지만 다 거절당했다. 코끼리는 다시 조르지 않고 참아보려는 자제력을 스스로에게 발견하지 못한다. 코끼리는 자신의 나약함을 깨닫고 불편해한다.

코끼리가 청하는 것은 사과다.

여기서 우리는 가장 완벽한 기계 가운데 하나가 작동하는 걸 목격한다. 바로 코끼리의 코다.

물론 코끼리가 우리를 위해 코를 구부리는 것은 절대 아니다! 우리보고 감탄하라고 그러는 게 아니란 말이다. "저것 좀 봐! 저것 좀 보라고!"

코끼리는 분명히 일정한 계산 아래 코를 구부리는 것일 뿐 달리 어떤 이유가 있어 그러는 건 아니다. 코끼리는 경비원의 주머니 속으로 코를 집어넣어야 한다. 거기에 사과가 들어 있으니까.

경비원은 더 빨리 사과를 꺼내 코끼리에게 넘겨주지 않을 수 있었다. 잿빛 코끼리의 거대한 몸뚱이 옆에서 더욱 신선해 보이는 반짝거리는 빨갛고 둥근 물체가 잠깐 보이는가 싶더니 다시 사라진다. 경비원이 사과를 다른 주머니에 감춘다.

코끼리는 계속 서 있다.

그러자 경비원은 작은 막대기로 코끼리의 코를 살짝 때린다. 이 육중한 파이프가 이 경우 코의 기능을 수행한다. 코끼리의 코를 탁 친다. "저리 가!"라는 의미의 충격이다.

그럼 코끼리는 굉장히 낙담해서 물러선다.

펭귄들.

펭귄들이 고개를 뒤로 젖히고 손인지, 작은 날개인지, 지느러미인지 모를 것을 늘어뜨린 채로 앉아 있다.

작고 긴 펭귄의 몸뚱이는 들어 올리고 싶은 작은 말뚝 같다.

펭귄들이 하늘을 쳐다본다. 짙은 빛깔의 주둥이. 검은색인가? 아니다, 푸른색에 가깝다. 갑자기 얼음 가장자리에 활짝 열린 대양의 짙푸른 색.

여기는 캥거루들의 목초지이다.

캥거루들은 최근에 이곳으로 왔다. 우리는 캥거루를 한 번도 본 적이 없다. 하지만 지리 수업 시간에 호주에는 아랫배에 있는 주머니에 새끼를 넣고 다니며 엄청난 점프를 하는 신기한 동물들이 살고 있다는 걸 굉장히 흥미롭게 배웠다. 강력한 뒷발로 서서 몸을 약간 일으키고, 풀 위로 길고 털이 없는 꼬리를 쭉 깔고는 푸른 하늘을 배경으로 실루엣처럼 검게 보이는 둥근 귀를 가진 캥거루의 모습을 우리는 잘 알고 있었다. 캥거루는 아직 점프를 하지 않았다. 캥거루는 바스락 소리를 듣고는 막 부르르 몸을 떤 참이었다.

우리는 어릴 때부터 캥거루를 좋아한다. 그런데 그 캥거루가 처음으로 우리 눈앞에 있는 것이다! 꼬리! 캥거루의 꼬리다! 꼬리가 풀 위에 늘어져 있다. 이런 각도에서는 살펴보기 힘들다. 작은 얼굴을 본다. 부드럽고 붉은빛이 감도는, 눈썹이 가끔 떨리는 작은 얼굴이다. 이 작은 얼굴이 누구를 연상시키는 거지? 개야! 그래, 바로 개의 얼굴이야. 작고 보잘것없지만 사랑스러운 잡종 개의 얼굴이다.

그런데 모든 사람의 흥미를 끄는 건 바로 캥거루 다리이다. 엉덩이도 다들 흘깃거린다. 몸뚱이 전체의 부드러움과 특히 앞발을 고려한다면 엉덩이가 정말로 얼마나 발달했는지! 앞발은 아주 연약하고 쇠약해 보인다.

"점프를 아주 잘해요!" 누군가 설명한다.

약자에게서 돌연 굉장한 방어 수단이 발견되면 사람들은 약자에게 공감하는 법이다.

사람들은 노루의 가느다란 다리를 만족스럽게 바라보며, 붉은광대버섯처럼 색깔이 지나치게 선명한 넓은뿔사슴이 나무들이 빽빽한 숲속으로 들어가면서 갑자기 그놈도 관목으로 변해버려서 무성한 나뭇잎들과 햇빛의 얼룩점들 사이에서 알아보지 못할 때 탄성을 지른다.

이제는 호주 타조를 살펴보자. 거기에 많은 관람객이 모여 있다.

"뭘 잡는 거야?" 감탄하는 소리가 들린다.

"쟤들이 뭘 잡아?"

정말로 이해할 수 없다. 타조가 거의 우리 코앞에서 날고 있는 뭔가를 잡아챈다. 이 '뭔가'가 보이지 않아서 우리가 흥분하는 것이다.

"뭘 잡고 있는 거야?"

주둥이가 쩍 열렸다가 탁 소리와 함께 닫히곤 한다.

이 새의 목소리도 대단히 인상적이다. 디즈니가 얼마나 옳은지! 동물의 겉모습은 아주 많은 걸 표현한다! 타조나 화식조, 황새를 바라보면 곧장 디즈니 만화영화를 떠올리게 된다. 이들은 모두 디즈니의 캐릭터이다. 굉장한 예술가다! 그는 동물의 얼굴에 존재하는 인간과의 미묘한 유사점을 경이로운 유머로 발전시켰다. 신화와 우화를 쓴 사람들이 과연 이 유사함을 이미 알고 있지 않았단 말인가? 그 유사함이 민족 서사시에서 인물화되지 않았단 말인가?

호랑이.

호랑이가 먼 곳을 바라보고 있다. 그의 시선을 잡을 수가 없다. 당신이 그와 눈을 맞추려고 아무리 애를 써도 소용없다. 그는 언제나 당신 너머를 바라본다.

어디를?

모른다.

어딘가 먼 곳이다.

덧붙이자면 그는 당신이 시선을 맞추려고 애쓴다는 걸 아는 것만 같다. 그는 거의 혐오감을 느끼며 이 놀이를 거절하는 것이다. 그의 시선은 저 먼 곳을 떠돈다. 그의 표정은 마치 저 아주 먼 곳 어딘가, 오직 그의 시선만이 가닿는 곳에서, 그를 흥분시키는 뭔가를 보고 있다는 것만 같다. 그는 바라보다가 고개를 돌리고는 깔려 있는 나무판자 위를 잠깐 걸어 다닌다. 그러고는 일 초 전에 서 있던 바로 그 자리에 다시 멈춰 서서 똑같은 방향을, 똑같은 시선의 힘으로 다시 쳐다보는 것이다.

얼마나 멋진 얼굴인가! 하얀 얼룩을 바탕으로 한 노란 얼굴이다. 마치 석회를 뿌린 것만 같다. 가로로 찢어진 두 눈. 이따금 눈살을 찌푸린다. 이따금 어떤 울분으로 인해 눈을 찌푸린다. 그럴 때면 무엇보다도 고양이를 닮았다.

그리고 수염. 수염은 곧고 깨끗하다. 눈부신 두 뭉치다. 거의 돌과 같은 흰색이며 단단함이다.

라마를 보시라. 얼마나 표정이 풍부한 라마인가! 라마는 기분이 좋은데다가 태평하다. 라마는 당연히 자기가 받아야 할 어떤 찬사를 기다리며 이곳 목초지에 비스듬히 앉아 있는 거라고 생각할 수 있다.

더 앞으로 가보자.

거대한 배가 장밋빛을 띠고 있다. 바로 하마다. 자고 있다. 얼마나 다리가 짧은가! 그 짧은 다리를 얼마나 우습게, 단정하게 모으고 있는지.

하마의 눈썹 위는 살이 두둑해서 불룩 튀어나와 있다. 그리고 하마의 얼굴 표정은 어리둥절한 느낌을 준다.

코끼리와 마찬가지로 하마는 관객을 감동시키는 동물에 속한다.

감동은 동물 우리 앞에 서 있는 관객이 보이는 반응 가운데 대체로 가장 흔한 반응이라는 것을 말해야겠다. 관객은 거의 항상 미소를 지으며 동물을 바라본다. 거의 항상 동물은 관객의 마음에 든다. 맹수조차도 호감을 불러일으킨다. 맹수의 힘에 대해 이야기한다. 맹수가 앞발로 후려치면 무슨 일이 일어나는지, 얼마나 먹어대는지? 자작나무 아래 구덩이 속에서 잠든 호랑이 두 마리를 보고서 아이들은 펄쩍 뛰며 박수를 친다.

그렇다, 한가롭고 투명한 자작나무 아래서 호랑이 두 마리가 자고 있었다.

"자작나무 아래서 자고 있어! 자작나무 아래서 자고 있다고!" 아이들이 소리쳤다.

동물원에서 사는 동물 가운데 그곳에서 태어난 동물들은 각별한 감동을 불러일으킨다. 보호 심리가 곁들여진 감동이다.

동물원에서 혼종이 태어났는데 암사자와 수컷 호랑이 사이에서 태어난 타이곤이다. 아주 멋진 동물로 생기 있고 젊고 보통 이상으로 의젓하다.

아이들에게 제일 인기 있는 것은 거북이다. 동물원에는 코끼리거북이라는 놈이 있다. 작은 야외 우리 안에 있는 이 거북이는 편마암과 시들어가는 수풀 사이에서 혼자 산다. 거북이의 크기는 이동식 부엌과 맞먹을 정도다. 정말로 이놈은 바퀴를 제거한 이동식 부엌을 연상시킨다. 보호색이 있고 몸이 냄비 모양이다. 이 거북이의 외형에는 뭔가 군사적인 느낌이 있고 동시에 순진한 느낌도 있다.

조금 더 가면 앵무새가 있다.

나는 앞에 어떤 이상한 가을 사진이 있어서 그걸 보고 있는 줄 알았다. 내 앞에 멋진 나무가 쓰러진 것만 같았다. 해만 남아 있을 뿐 텅 빈 공원에서 나뭇가지와 잎사귀 들이 사방으로 흩어져 날아갔다.

가까이 다가가자 많은 새들이 보였다. 작은 새 무리였다. 앵무새들이었다. 그런데 얼마나 작은지! 뭐랑 비교하면 좋을까? 작은 과자 그릇? 아주 작은 물병이랑 비교할까?

그 색깔은?

어떤 앵무새들은 정말로 에나멜로 뒤덮인 것 같았고, 또 어떤 앵무새들은 라일락처럼 깃털이 풍성했고, 또 다른 놈들은… 비교할 것을 찾지 못하겠다. 맞아, 나무랑 비슷했다. 그 새는 이곳에서 저곳으로 자리를 바꾸었다. 날아다녔고 갑자기 반짝 빛났고 사라졌다.

이 기적의 존재는 호주작은앵무새라고 불린다. 앵무새가 아니라 작은 앵무새이다. 왜냐하면 정말로 아주 작은 새이기 때문이다. 한 마리 한 마리가 미니어처의 걸작이라 할 만하다. 여기 한 마리가 작은 그물 고리 위에 앉았다. 앵무새들이 하듯이 자기 이마의 도움을 받아가면서 그물 위로 걸어간다. 우리 눈높이 정도에서 멈춰 섰다. 새의 목에 있는 무늬가 보인다. 그러자 대꾸하는 소리가 들린다.

"저렇게 하기가 얼마나 힘든데!"

한 아이가 다른 아이에게 하는 말이다.

사실 저런 무늬를 만들기는 정말 어렵다! 그렇다면 모든 색채를 발명하기는? 이 색채 계열과 풍부한 뉘앙스를 만들어내는 것은….

천재적인 장인은 대체 누구인가?

자연이다.

공작새의 가슴에 칠해진 경이로운 하늘색은 자연의 실험실에서 만들어진 것이다. 점프왕 캥거루의 구조를 고안해낸 것은 바로 자연이다.

다이아몬드꿩.

플라밍고.

큰부리새.

이 새를 본 적 있는가? 큰부리새! 이런 새를 고안해내는 것은 얼마나 힘들었을까. 이 새 한 종류에만 1,001일의 밤이 소요됐을 만큼의 판타지가 담겨 있다!

어치는 어떤가?

평범한 어치이다. 우리 위에 걸려 있는 작은 표지판에 그렇게 적혀 있다. '평범한 어치' 평범한 어치. 작은 새. 그냥 작은 새. 유럽의 숲속에 둥지를 튼다. 익조益鳥이다. 참나무와 잣나무 씨앗을 여러 곳으로 운반한다.

평범한 어치가 어떤 옷을 입었는지 잘 살펴보시라. 누구의 세련된 취향이 이 새의 갈색 원피스에 두 개의 뚜렷한 흑백 줄무늬를 덧대어 놓았을까?!

아니면 갈매기를 보자.

갈매기가 일종의 어뢰이며, 낮게 부착된 날개를 달고 있는 가장 완전한 종류의 단엽기라는 것에 대해서는 아예 말하지 않겠다. 갈매기의 색깔에 주의를 기울여보자. 갈매기의 모습을 보면 유행복에 대한 생각이 떠오르지 않는가? 그리고, 아마도, 갈매기에게 갖다 붙일 수 있는 가장 알맞은 수식어는 바로 '우아하다'일 것이다.

우아한 갈매기!

우리는 자연 전시회, 자연 진열대에 들렀다.

그리고 또다시 우리는 도시에 있다. 우리는 기계들 가운데 있다. 기계를 만드는 것은 얼마나 어려운 일인가! 다리. 비행기. 또는 작은 공구들. 현미경의 마법 같은 눈.

우리는 환상적인 기술세계 속에 있다. 여기서 인간은 자연과 동일한 힘의 거장으로 등장한다. 인간은 자연보다 강력하다. 인간은 자연의 비밀을 벗겨내고 자연이 봉사하도록 강제한다. 인간은 자연을 길들이고 자연은 갈수록 덜 울부짖으며, 동물원의 새끼 동물 마당에 있는 잘 따르는 새끼 눈표범처럼 인간의 손안에서 갈수록 더 가르릉거린다.

1937년

투르크메니아인

클리츠[•]는 야전 우편으로 온 삼각형 모양의 작은 편지를 개봉했다. 형에게서 온 편지가 아니었다. 아니다. 형의 글씨가 아니다…. 클리츠는 서명을 보려고 편지지를 뒤집었다. 몇 개의 서명이 있었다. 형에게 무슨 일이 생긴 게 분명하다. 동지들이 쓴 편지다.

오늘 클리츠는 어머니를 만나러 아울^{••}로 갈 예정이었다. 하지만 만약에 편지가 베르디의 죽음을 전한다면?

아니야, 편지를 읽지 않는 편이 낫지.

클리츠의 시선이 다시 한 번 서명 위로 떨어졌다. 알아보기가 힘들다…. 하지만 서명 한 개를 읽어냈다. 니키포로프. 또 하나는 발라쇼프다. 형의 동지들이 분명하다. 그리고 형의 죽음을 알리는 편지가 분명하다. 그렇지 않다면 알지도 못하는 사람들이

• 송곳니라는 뜻이다.
•• 카프카스와 중앙아시아에 있는 요새화된 마을.

갑자기 전선에서 클리츠에게 편지를 쓸 이유가 뭐란 말인가?

클리츠는 방에 혼자 있었다. 그러나 그는 큰 소리로 물었다.

"어머니에게 뭐라고 말하지?"

그렇지만 어쨌든 말해야 하고 어쨌든 어머니는 알게 될 것이다, 오늘이 아니면 내일이라도. 클리츠는 편지를 바르게 펴고 읽기 시작했다.

몇 시간 뒤 그는 아울로 가는 길을 걷고 있었다. 바로 이 길을 따라 반대 방향으로 그가 베르디와 함께 걸은 지 일 년이 지났다. 어머니와 작별한 후 그가 말했다.

"이제 가자, 클리츠."

그들은 걸어갔다.

"뒤돌아봐. 아직도 서 계셔." 클리츠가 말했다.

형이 고개를 저었다.

"그럴 필요 없어."

그는 뒤돌아보기가 슬펐던 것이다. 클리츠는 이해했다. 저기, 멀리 뒤쪽에, 아울의 나지막한 담벼락 사이에 어머니가 서 있었다. 장교학교에서 돌아온 베르디는 이틀간 집에 머물렀다. 이제 그는 임명되는 대로 복무하기 위해 도시로 돌아가는 것이다.

"돌아봐, 베르디." 클리츠가 말했다.

베르디가 돌아보았다.

"불쌍해." 그가 조용히 말했다.

"불쌍해."

그는 잠시 동안 서 있었다. 그의 어깨 위에서 빨간 실오라기 하나가 가늘게 흔들렸다.

"이게 뭐야?" 클리츠가 물었다.

"어머니 손수건에서 나온 거야, 헤어질 때…" 베르디가 대답했다.

그들은 계속 걸어갔고 다리까지 정말로 얼마 남지 않았다. 어렸을 때는 다리 너머로 가본 적이 한 번도 없었다. 다리는 어린 시절의 경계선이었다. 굳어진 진흙 때문에 갈색이 된 다리가 옛 길 위로 뻗어 있었다. 클리츠는 형을 올려다보았다, 그도 다리를 쳐다보는지.

"빨리 달리면…" 하고 갑자기 베르디가 말하더니 아울 쪽을 향해 아주 빠른 속도로 달려갔고 클리츠는 그를 멈춰 세울 겨를도 없었다. 그러고 나서 클리츠는 어머니가 베르디를 향해 서둘러 걸어오는 것을 보았고 빨간 옷 아래에서 어머니의 무릎이 얼마나 힘들게 움직이는지도 보았다. 갑자기 어머니가 넘어졌고 클리츠는 어머니가 죽었다고 생각했다. 아니다. 베르디가 어머니를 일으켜 세우고 그들은 걸어간다…. 클리츠는 슬픔으로 가슴이 미어지는 것만 같아서 돌아섰다. 그는 혼자 길을 걸어갔다. 베르디를 기다리려고 다리에서 멈춰 섰다. 그는 가시덤불이 수북이 자라난 위쪽의 옛길을 바라보았다. 베르디가 돌아와 그들이 다시 나란히 걸어갈 때, 클리츠는 베르디가 어머니를 일키다 군복 상의에 묻힌 모래를 보았다.

형제간의 관계는 보통 거칠며 상냥함은 대개 숨어버리기 마련이다. 그러나 형제는 형제다. 오랫동안 떨어져 있었어도 한마디 말만으로 당신을 이해하고 당신과 눈짓을 하며, 오랫동안 잊고 있었던 것, 당신과 그만이 알고 있는 우습고 은밀한 것에 대해 묻는 사람은 바로 형제인 것이다. 당신이 사람들에게 둘러싸여 있으면 형제는 말없이 당신을 바라본다. 그리고 당신은, 그가 당신의 언행을 걱정하고 있다는 것을 안다. 혹시나 자기가 이해하지 못하는 길을 당신이 가더라도 그는 당신이 스스로를 망치지 않기를 바란다. 사람들과 대화를 마친 당신은 불현듯 형제가 만족스럽게 팔짱을 끼고 있는 모습을 보게 된다. 형제는 당신의 명예를 걱정한다. 이것은 다시는 있을 수 없는 일이다….

형제가 있는 것은 좋은 일이다. 그가 갑자기 밤에 찾아오면 그에게 식사를 주고 잠자리를 제공하는 것은 유쾌한 일이다. 그가 함께 있는 것이 결코 방해가 되지 않는다. 당신은 일을 계속할 수도 있고 어쩌면 램프 불빛 너머로 그를 잠시 바라본 다음 물어볼 수도 있다.

"거기서 뭘 찾는 거야?"

"소금."

"저기 있어."

"아!"

당신이 일을 마치고 자리에서 일어나면 형제는 이미 자고 있다. 그의 얼굴을 잠시 바라본 당신은 그가 어머니를 닮았다고 상냥하게 생각한다.

"어머니한테 가면 안 되나요?"

"안 됩니다."

"왜지요?"

"잠들었어요."

클리츠는 당황해서 서 있었다. 그는 면회를 허락지 않는, 하얀 가운을 입은 여자가 누구인지 바로 알아차리지 못했다. '아, 그래. 의사구나. 마리야 파블로브나야. 맞아, 이 여자가 얼마 전에 콜호스*에 왔지.' 하지만 그는 이미 그녀와 몇 번 대화를 나눈 적이 있었다!

"어머니는 어디 계시나요?" 클리츠가 물었다.

"나와 함께 계십니다." 마리야 파블로브나가 대답했다.

"당신과요?"

"흥분하지 마세요. 알다시피 그녀를 여기에 머물도록 했습니다. 만약 위험…"

"좋아요, 좋아." 클리츠가 동의했다. 마리야 파블로브나는 어머니가 팔과 어깨에만 화상을 입었다고 이미 그에게 이야기했다. 클리츠가 물었다.

"당신 집이 어디입니까?"

바로 그때 그는 사무실에서 멀지 않은 복도에 마리야 파블로브나가 생활하는 방이 있다는 것을 떠올렸다. 어머니가 지금 거기에 누워 있는 게 분명했다.

"위험하진 않나요?" 클리츠가 물었다.

---

* 노동 일수에 따라 농업 생산물이나 수입의 일정 몫을 지급받았던 소련의 집단농장.

"팔과 어깨예요." 마리야 파블로브나가 반복했다.

클리츠가 그녀에게 미소 지었다.

"제가 질문하는 것을 양해해주세요. 왜냐하면…"

"얼마든지요." 마리야 파블로브나가 말했다.

"아주 자연스러운 일입니다."

"당신 이름이 마리야 파블로브나인가요?"

"마리야 파블로브나입니다."

"제가 잊은 거 같습니다."

마리야 파블로브나는 클리츠에게 그가 러시아어를 잘한다고 말했다. 그는 왜 그런지를 설명하고 싶었다.

"저는 모스크바에서 공부했습니다." 그가 시작했다.

그런데 마리야 파블로브나는 이미 알고 있었다.

"어디서 들으셨나요?" 클리츠가 물었다.

"당신 어머니가 이야기했어요."

주변에는 젊거나 나이 든 집단농장원 여성들이 북적거리고 있었다. 몇 명은 클리츠가 아는 사람이었으나 다른 사람들은 모르는 사람들이었다. '저 사람은 나이 든 아만비비이고, 저 사람은 마찬가지로 아들을 전선에 보낸 오굴다블레트야. 머리를 길게 땋은 카라가도 있네…' 남자는 없고 여자들뿐이었다. 대장장이인 나자르 혼자 서 있었는데 그는 노인이었다.

"살람!" 클리츠가 자신을 바라보는 걸 알아차린 대장장이가 말했다.

"살람!" 클리츠가 대답했다.

"네 어머니에게 상을 준다는구나!" 대장장이가 말했다.

모두 활기를 띠었다.

"물론, 줘야지. 이미 다들 알고 있는 사실이야. 회장이 그렇게 얘기했거든."

클리츠의 어머니가 나서지 않았더라면 목화가 얼마나 불에 탔을지 말하기 시작했다. 그런데 어머니가 어떻게 나섰는지 클리츠는 정확히 머릿속에 그려낼 수 없었는데 상황을 물어보고도 그가 듣기를 멈추곤 했기 때문이었다. 그는 어머니를 집어삼킨 화염의 노란 혀를 보았고 이 장면이 세상의 모든 색깔과 소리를 앗아가버렸다. 목화에 붙은 불을 껐을까? 불길 속에서 자루들을 끄집어냈을까?

"어떻게 된 일입니까?" 클리츠는 열 번은 물어보았다.

그러자 열 번째로 목화가 어떻게 불탔는지 사방에서 그에게 이야기해주기 시작했다. 클리츠는 이가 없는 오베즈가 떨어트린 어떤 램프에 대해 또다시 이야기를 들었다.

"이 이빨도 없는 놈을 그냥…" 클리츠가 말하며 주먹을 움켜쥐었다.

"아니야, 아니야!" 이가 없는 오베즈 걱정에 깜짝 놀란 듯한 아가씨가 외쳤다.

"그가 얼마나 울었는데, 정말 얼마나 울었는지 몰라…"

그러면서 그 아가씨가 이 없는 오베즈가 우는 모습을 우습게 표현했기 때문에 다들 웃음을 터뜨렸다. 클리츠도 웃었다. 클리츠도 웃었다는 사실에 모두 기분이 나아졌다.

"그런데 저, 말입니다." 마리야 파블로브나를 향하며 클리츠가 말을 시작했다.

"저기 말입니다…"

그는 입을 다물었다.

"아니, 아무것도 아닙니다." 그가 말했다.

"무슨 말을 하려고 했나요?"

"제가 하려던 말은… 아닙니다. 됐어요."

그는 우리 민족이 자랑스럽다는 말을 하려고 했었다. 그러나 자신의 마음을 가득 채우고 있는 모든 생각들과 연관 없이 입 밖으로 나오는 이 말은 추상적으로 들릴 거라고 생각한 것이다.

"그러니까 지금 어머니가 주무신단 말이지요?" 클리츠가 물었다.

"주무시고 계십니다!" 마리야 파블로브나가 말했다.

조용해졌다. 모두 귀를 기울이는 듯 복도 쪽을 향했다. 그리고 마리야 파블로브나의 그림자가 한번 살짝 움직인 듯하자 그 즉시 사람들이 좌우로 갈라져서 길을 내주는 것이었다. 마치 화를 당한 환자에게 가려는 그녀의 의도를 인정하듯이.

"지금" 클리츠를 돌아보며 마리야 파블로브나가 말했다.

그는 그녀에게 고개를 끄덕였다.

몇 분 후 그녀가 돌아왔다.

"가시지요…. 어머니가 당신을 보고 싶어 합니다."

그는 문턱에 멈춰 섰다.

어머니가 그에게 오려고 했는데 붕대가 그걸 방해하는 것 같앉다. 그는 어머니가 그렇게 하얀 것으로 에워싸여 있는 걸 본 적이 없었다. 그녀를 덮은 홑이불이 바닥까지 내려와 있었다. 베개 크기만 한 하얀 수건이 그녀의 이마도 덮고 있었다.

화염이 그녀의 머리까지도 휩쌌다는 생각에 그는 전율했다.

"아닙니다. 저건 얼음이에요." 그의 생각을 짐작한 마리야 파블로브나가 속삭였다.

"아프세요?" 클리츠가 물었다.

"아니."

어머니의 시선이 마리야 파블로브나가 서 있는 쪽을 향했다. 클리츠는 '나는 아프지 않아. 저 훌륭한 여성이 나를 도와줬는걸' 하고 말하는 감사의 시선임을 이해했다.

"어머니에게 다가가보세요."

클리츠는 자신도 모르게 앞으로 걸어갔다. 그러고는 어떻게 해서 침대 맡에 무릎을 꿇고 어머니 손바닥에 고개를 묻었는지 기억하지 못했다. 아련한 향기가 손바닥에서 풍겨 나왔다. 그리고 그 향기를 맡으면서 클리츠는 유목민의 천막 입구에 햇볕이 빛의 반점을 그리는 것을 보았다. 그리고 어머니가 점심거리를 불에서 내리길 기다리는 자신과 형을 보았고 구석에 세워진 낡은 바퀴를 보았다….

'이건 노동의 냄새야.' 클리츠는 생각했다. 손바닥이 움직였고 클리츠는 고개를 들었다. 그러자 어머니가 한 손으로 그의 머리카락을 만졌다. 그녀는 그의 머리를 쓰다듬기 시작했다. 그리고 안정되고 한결같은 손의 움직임을 느낀 그는 그녀가 깊이 생각했다는 것을 알아차렸다. 그러한 힘은 그녀의 깊은 생각에서 비롯된 것이었으므로 만약 지금 그녀가 베르디에 대해 묻는다면 클리츠는 그녀에게 진실을 감추지 않을 것이다. 그는 어머니가 슬픈 소식을 굳건하게 들을 거라고 확신했다. 그리고 어머니가 질문을 던졌다.

"베르디는 돌아오지 않는다니?"

"돌아오지 않아요." 클리츠가 말했다.

이륜 짐마차가 하얀 벽에 그림자를 던졌다. 클리츠는 해를 잠시 바라보았다.

"벌써 9월이에요." 그는 현관에 나타난 마리야 파블로브나를 보고 말했다. 벽에 드리운 이륜 짐마차의 그림자는 그녀의 주의도 끌었다. 그녀는 현관에서 내려오며 그쪽을 바라보았다. 그러고 역시 해를 잠깐 바라보았다.

"회장은 어디 있나요?" 클리츠가 물었다.

"사무실에 있어요."

클리츠는 회장과 함께 도시로 간다는 사실이 기뻤다. 소년이 말 한 마리를 끌고 와 마차에 매기 시작했다. 하얀 말이었는데 아침 햇살에 거의 푸른빛으로 보였다. 소년이 이룬 짐마차를 살짝 굴리자 담 밑에 개 한 마리가 자고 있는 것이 보였다. 이것이 마리야 파블로브나를 몹시 웃겼다.

"그런데 이 꽃들은 이름이 뭐죠?" 그녀가 물었다. 클리츠는 알지 못했다.

"말바*입니다."

연보라색과 파란색의 말바 몇 송이가 담 주변에 피어 있었다.

"말바라." 마리야 파블로브나가 따라서 말했다.

"아마 투르크메니아 말로도 있을 텐데요."

회장이 밖으로 나왔다.

푸른 양복을 입고 가슴에 레닌 훈장을 달고 나타난 그는 파파하**를 쓴, 키가 크고 수염을 말끔히 깎은, 나이 들고 당당해 보이는 사람이었다. 그는 멀리서 말을 잠깐 바라보더니 곧장 말에게로 다가가 말 머리 앞에 서서 뭔가를 바로잡기 시작했다. 클리츠는 그들이 지금 출발할 것이라고 생각했다. 그러나 회장은 건물들 사이의 골목으로 걸어가더니 대장간 옆에 멈춰 섰다. 대장간 문간에서 땜질을 하던 수염 난 대장장이가 일어섰다. 그의 부젓가락에서 흔들리는 김이 올라왔는데 클리츠 눈에는 들판과 그 배경이 위로 흘러가는 것처럼 보였다.

"그는 내가 아이였을 때를 기억할 겁니다." 클리츠가 말했다. 클리츠는 자신이 박사 학위 논문을 심사받을 때 회장이 그의 발표를 들으러 참석했던 일을 마리야 파블로브나에게 몹시 이야기하고 싶었다. 그러나 역사학 박사라는 학력을 자랑한다고 그녀가 생각할까 봐 그는 이야기하지 않았다.

회장이 돌아왔다. 그들은 이륜 짐마차에 탔고 회장이 고삐를 잡았다.

"이랴!" 소년이 말했다.

---

* 러시아어로 말바는 아욱 꽃이란 뜻이다.
** 카프카스의 체르케스 사람들이 쓰는 높은 털모자.

그러자 마리야 파블로브나도 말했다.

"이랴!"

클리츠가 물었다.

"어머니가 회복될까요?"

"회복될 겁니다. 찾아오세요."

"이랴!"

"이랴!"

마차가 움직였다. 그러자 소년이 옆으로 물러나서 제대로 출발하는지 감독하고 싶다는 표정으로 바라보았다.

양쪽 다 입을 다물고 있었다. 클리츠와 회장 둘 다. 다리 위에서 말은 속도를 줄였고 그 후 그들은 곧게 뻗은 길을 달려갔다.

계속해서 지나가는 마차들과 사람들을 마주쳤다. 혼자 가는 사람들도 있었고 무리 지어 가는 사람들도 있었다.

먼지가 내려앉고 땀이 말라붙어 불편해진 그들의 알록달록한 옷을 해가 밝게 비췄다. 그들은 즐겁게 대화를 나누며 지나갔고 작업 도구의 손잡이를 붙잡고 있는 그들의 강인한 손가락이 보였다. 사람들은 황무지를 정복하러 가고 있었다. 새롭고 강력한 건설 현장의 점점 커지는 윤곽선들이 불꽃과 태양빛의 반사광 사이로 저 멀리 보였다. 얼마 안 있어 투르크메니아 사람들에게 꼭 필요한 물의 반사광이 그곳에서 반짝거릴 것이다.

길 전체가 일터로 나가는 사람들과 일을 마치고 돌아오는 사람들로 북적이고 있었다. 그들의 형제는 전사의 황금 제복을 입고 전장의 동료들이 그를 위해 땅을 판 무덤 속에 누워 있다.

"내가 무얼 해야 하는지 알고 있어, 베르디!" 클리츠가 소리 없이 말했다.

그리고 그가 아는 모든 사람들 중에서 가장 존경하는, 지금 고삐를 손에 쥐고 있는 엄격한 스승이자 친구인 나이 든 농부가 그의 생각을 들었다.

"너는 투르크메니아의 역사를 써야 해." 회장이 말했다.

그는 길 저 멀리를 바라보았다.

"러시아 형제들이 우리가 다가가도록 이끌어준 그 명예에 대해 쓰도록 해라."

1944년

작은 거울

메레드는 해를 등지고 걸어갔다. 작은 거울을 들여다보았을 때 그는 금빛 구름들 사이로 자신의 갈색 얼굴을 보았다.

그는 먼지에 뒤덮인 작은 거울을 발견했다. 누가 이걸 떨어뜨렸을까? 아마도 어느 젊은 여자의 손가방에서 빠져나왔을 것이다. 손바닥에 쏙 들어오는 둥근 작은 거울. 자신의 턱수염을 이쪽 끝에서 저쪽 끝까지 다 살펴보기 위해서 메레드는 꽤 오랫동안 거울을 위아래로 움직여야 했다.

메레드는 오늘 아울에서 도시로 왔다. 그는 아쉬하바드에 오면 언제나 기분이 좋았는데 이번에는 작은 거울을 발견해서 특히 더 기분이 좋았다. 그는 이 거울이 아주 마음에 들어서 계속 손에 꼭 쥐고 있었다. 거울이 주머니 속에 들어 있는데도 말이다.

메레드는 어느 집을 방문했다. 그는 이 놀라운 횡재에 대해서 어떻게 이야기를 하고, 어떻게 손바닥을 깜짝 펴 보일까 상상했다. 그렇지만 봄부터 친구들을 만나지 못했기 때문에 문턱을 넘어서자 이미 거울은 잊어버리고 말았다.

메레드 말고도 손님이 여섯 명 더 있었지만 가장 존경받는 사람은 메레드였다. 그가 음유시인이었기 때문이다. 친구들이 메레드를 아무리 잘 알고 있었다 해도, 어쨌든 메레드는 특이한 인물이었고, 차를 마시러 다들 자리에 앉을 때 집주인은 모두가 볼 수 있는 자리에 메레드를 앉혔다. 메레드가 가져온 두타르*는 지금 그의 등 뒤 벽에 기대져 있었다.

오랫동안 차를 마셨다. 작은 마당에서 해가 보이지 않았는데, 푸른 하늘로 아까 메레드의 작은 거울에 비쳤던 바로 그 금빛 구름이 갑자기 떠오르기 시작한 걸 보면 해는 이미 진 모양이었다.

메레드가 두타르를 들고 노래 부르기 시작했다. 그는 친구들이 이미 여러 번 들어본 그 노래를 불렀다. 그러나 그들은 만족스러워했고 메레드가 노래를 계속 부를수록 듣는 것이 더욱 좋아졌다. 메레드는 고개를 젖히고 노래를 불렀다. 친구들은 눈을 반쯤 감은 그의 얼굴을 쳐다보거나 소리의 뭉치가 주변에서 탕탕 뛰는 듯한 그의 손가락들을 바라봤다. 노래를 마친 메레드가 말했다.

"아가씨가 노래를 들었어. 다들 보았나?"

정말로 흙담 저편에 한 아가씨가 서 있었다. 메레드가 노래를 마치자 아가씨는 자리를 벗어났다. "아마도 부끄러워서겠지…" 집주인이 말했다.

• 중앙아시아의 민속악기로 2현, 또는 4, 5현의 현악기.

"옆집 아가씨야. 러시아인이야…?"

"그렇다면 무슨 뜻인지 전혀 몰랐단 거네." 메레드가 말했다.

"하지만 듣기 좋아한 걸로 보였어."

"약혼자가 전쟁에 나갔어." 집주인이 말했다.

나이 든 사람들이 입을 다물었다. 그들은 흙담 쪽을 흘깃거렸고 흙담 위로 이제 저녁 별이 떠 있었다.

"난 용사 유수프에 대한 노래를 불렀는데" 메레드가 말했다.

"러시아 아가씨가 기꺼이 내 노래를 들었단 말이야. 그녀는 내가 용사에 대한 노래를 부른단 걸 알았어. 내 노래를 들으면서 역시 영웅적인 공훈을 세우고 있는 자기 약혼자를 생각한 거야. 그래서 나는 노래 부르는 게 좋아. 나는 그녀의 약혼자를 노래한 거야."

나이 든 사람들이 깔깔대고 웃었다.

"어떻게 그런 얘기가 돼!" 한 사람이 말했다.

"넌 유수프를 노래했잖아."

"마찬가지라니까." 메레드가 말했다.

"나는 용사에 대한 노래를 했고 그녀의 약혼자도 용사니까. 나는 그녀가 내 노래에 귀 기울이는 걸 봤어. 그녀는 저 멀리 마치 전쟁과 자기 약혼자를 바라보는 것처럼 쳐다봤어. 그녀는 상상을 했고 얼굴이 빛났어. 바로 여기에 노래의 힘이 있는 거야…"

메레드가 추측을 했다. 그런데 아가씨는 정말로 그의 노래를 들으며 약혼자를 생각했다. 그녀는 다시 흙담으로 가서 나이 든

작은 거울 249

가수에게 감사의 표시를 하고 싶어졌다. 그러나 그렇게 하지 않았다. 존경받는 투르크메니아인들의 대화를 방해하고 싶지 않아서였다. 모든 민족은 존중받아 마땅한 고유의 풍습을 가지고 있다. 그녀는 흙담으로 다가가지 않았지만 속으로 말했다.

'백발의 시인이여, 감사합니다!'

그녀는 쪽문을 나가 흙먼지 가득한 거리를 걸어갔다. 저녁이 되어 먼지가 날아오르지 않고 발밑에 부드럽게 깔렸다. 나무들이 검게 보였고 나무들 사이로 저녁 별빛이 가로등처럼 빛났다. 약혼자에 대한 생각이 그녀를 떠나지 않았다. '어쩌면 그 사람도 지금 러시아의 들꽃들이 흔들리지 않고 피어 있는 어느 공터에서 저 별을 보고 있을지 몰라.'

"너도 용사야." 마음속으로 약혼자를 향해 그녀가 조그맣게 말했다.

"그런데 네가 선물한 작은 거울을 잃어버렸어…. 기억하지? 작은 거울 말이야…. 혹시 이게 불길한 징조일까? 너한테 무슨 일이 생긴 거 아닌지?"

아가씨는 어쩌면 나이 든 시인이 징조에 관해서라면 뭐든 잘 알고 있을지도 모른다고 생각했다. 그에게 가서 물어보면 어떨까.

"제가 작은 거울을 잃어버렸는데요, 사랑하는 사람이 전쟁에 나가면서 선물로 준 거울이에요…. 어쩌면 그 사람에게 무슨 일이 생긴 걸까요?"

아가씨는 징조를 믿지 않았지만 여전히 슬펐다. 약혼자가 그녀에게 선물한 작은 거울… 어떻게 그걸 잃어버릴 수 있었을까?

그리고 이때 그녀는 또다시 노랫소리를 들었다. 그녀는 멈춰서서 듣기 시작했다. 그녀는 가사를 이해하지 못했지만 나이 든 음유시인이 사랑 노래를 부르고 있음을 느꼈다. 호전적인 투르크 메니아어가 지금은 부드럽고 밝게 들렸다. 아가씨는 귀 기울여 들었고 그러자 약혼자가 먼지투성이 길을 건너 그녀에게 다가오고 있는 것만 같았다. 이제 그가 그녀 앞에 멈춰 선다. 그리고 그녀는 거울을 잃어버린 걸 그에게 이야기한다. 헤어질 때 두 사람이 같이 들여다보았던 그 거울을.

"내가 거울을 잃어버렸어." 아가씨가 말했다.

"그런데 나이 든 시인이 노래를 불렀는데 그 노래 속에서 널 보았어, 마치 큰 거울에 비친 것처럼 말이야."

메레드가 두 번째 노래도 마쳤다. 아가씨는 생각에 잠겨 수로 옆에 앉아 있었다. 그녀는 나이 든 사람들이 얘기하는 것을 듣지 않았다. 설령 들었다 해도 이해하지 못했을 것이다.

두 번째 노래를 마치자 메레드는 자신의 발견을 떠올렸고 친구들에게 거울을 보여주었다. 집주인이 소리쳤다.

"메레드! 너는 커다란 노래를 불렀는데 인생은 그동안 작은 걸 지어냈구나…. 들어봐. 그 거울은 방금 흙담 옆에 서 있던 아가씨 거야. 그녀가 그 거울을 자주 들여다보았거든. 난 그녀가 자기 얼굴에 빠졌다고 생각했지. 그런데 그 아가씨 말이 '아니에요, 내 얼굴에 감탄해서가 아니에요. 제가 사랑하는 사람의 얼굴을 보고 싶어서예요. 작별할 때 함께 거울을 들여다보았거든요. 저는 거울을 바라봅니다. 오랫동안요. 그러면 사랑하는 사람의 얼굴이 거울 속에 나타나요' 하는 거야. 그녀가 나한테 한 말이야. 메레드, 아가씨한테 연인의 얼굴을 돌려줘!"

아가씨는 수로 옆에서 잠이 들었다. 그리고 잠에서 깨어났을 때 그녀는 무릎 위에 별들이 흩뿌려진 작은 거울이 놓여 있는 것을 보았다. 그녀는 거울을 들고 들여다보았다. 약혼자의 얼굴이 전투모 아래에서 그녀에게 미소 짓고 있었다. 아가씨는 꿈이 계속되고 있다고 생각했다. 그러나 그것은 꿈이 아니라 인생이었다.

1945년

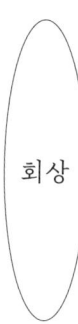

회상

　소녀의 어머니가 잠들었다. 그러나 소녀는 차량 안을 돌아다니며 승객들과 이야기를 했다. 소녀가 내게도 다가왔다.
　나는 창 옆에 서 있었다.
　소녀의 머리칼이 한낮의 햇볕을 받아 반짝거렸다. 차창 너머로 카자흐스탄의 거대한 공간이 남쪽으로 날아가고 있었다. 우리가 북쪽으로 올라가고 있었으니까.
　"이게 뭐예요?" 소녀가 물었다.
　"뭘 묻는 거니?"
　"이거요⋯." 그녀는 지평선과 함께 달려가고 있는 건물들의 윤곽선을 가리키며 손가락으로 유리창을 짚었다.
　"역이야."
　"역이라고요?"
　"그래. 우리가 지금 역을 향해 가고 있거든."

"엄마를 깨워야 하나요?"

"모르겠구나…. 엄마를 왜 깨우려고 하니?"

엄마가 그녀에게 사과를 사주겠다고 약속한 것이었다. 맞은편 창가에서 잠든 엄마의 머리칼을 한낮의 햇살이 비추었다.

"엄마를 안 깨워도 돼." 내가 말했다.

"내가 사과를 사줄게."

"좋아요."

"너랑 엄마는 모스크바로 돌아가니?"

"네…. 엄마랑요."

"아빠는 전쟁에 나가셨어?"

"전쟁에 나가셨어요. 아빠는 포병 대위예요…. 제가 보여줄 게요."

아이는 엄마 옆에 놓여 있던 작은 서류가방에서 작은 사진을 꺼내 보여주었다. 사진 속에는 두 명이 찍혀 있었는데 포병 대위와 그의 딸이었다. 나는 포병 대위의 모습을 보게 될 거라고 생각했으나 방금 머리를 깎고 하얀 셔츠를 입은 젊은 사람의 모습이 있었다. 여자아이는 어린 아기를 사진 찍을 때면 거의 항상 그렇듯 환하게 미소 짓고 있었다.

"보세요." 여자아이가 말했다.

사진에는 세 번째 대상이 있었다. 작은 지팡이의 손잡이 부분이었는데 소녀의 머리와 젊은이의 팔꿈치 사이에 비죽 나와 있었다. 카메라가 찰칵 하며 사진을 찍기 전에 지금 햇살을 받으며 잠들어 있는 저 여성이 젊은이에게 명랑한 목소리로 물었을 것이 분명하다.

"지팡이는 왜요?"

젊은이가 즐거운 목소리로 대답했다.

"놔둬!"

그렇게 해서 지팡이가 그 자리에 남게 되었다. 나는 그들이 사진사에게 사진을 받았을 때 어땠을지도 상상해보았다. 아마도 그들은 거리를 건너가 작은 계단을 올라서 가로수 길에 들어섰을 것이다. 그곳에서 그들은 벤치에 앉아 지나가는 사람들을 의식하듯 좀 부끄러워하면서 사진을 들여다보기 시작했다. 그리고 아마도 그들 중 한 명이 말했을 것이다.

"이것 좀 봐, 지팡이도 나왔네."

그러고 나서 그들은 가로수 길을 걸어갔다. 덧붙이자면 딸을 안고 간 사람은 아버지일 것이다. 자신이 이미 아이 아빠라는 걸 의식하는 건 즐거운 일이고, 그래서 그는 아내에게서 파란 포대기를 받아 직접 아기를 안는다. 엄마가 봄을 맞아 여기저기 생겨나 빨간 집들을 비치고 있는 웅덩이를 뛰어넘고 무지개 색 작은 벙어리장갑을 낀 한 손을 뻗고는 남편을 기다린다. 남편은 벽돌에서 벽돌로 발을 내딛는 동시에 아기를 덮고 있는 레이스를 매만지며 아기의 작은 얼굴을 바라본다….

나는 사진을 열심히 칭찬해주었다. 그러자 소녀는 사진을 다시 작은 서류가방 속에 감추었다. 그녀는 다시 창가로 돌아와 정말로 사과를 사줄 것인지 물었다. 나는 꼭 사주겠다고 말했다. 그러고 나자 나는 어린아이의 손을 잡고 걸어갈 때 찾아드는 행복감을 맛보았다. 우리가 차량 밖으로 나올 때까지 이 행복은 이어졌고 기차 플랫폼에 섰을 때까지도 사라지지 않았다. 소녀는 갑자기 달리고 싶어 했다. 안 돼, 나는 아이를 놓아주지 않았다. 나는 플랫폼에서 아이가 뛰어서는 안 된다고 말했고 불만에 찬 작은 손은 내 손안에 여전히 머물렀다.

우리가 객차에서 막 내렸을 때 아이는 차량 반대편에서 양동이에 빨간 사과를 담아 파는 것을 본 것만 같았다. 우리는 다른 차량의 승강구를 올라간 다음 반대편으로 내렸다.

"양동이가 하나도 없네." 소녀가 말했다.

우리는 기차의 앞부분으로 향했다. 그리고 기관차 앞을 돌아갔을 때 굉장히 많은 인파를 보았다. 그들은 우리 기차의 승객들, 철도 근무원들, 그리고 지역 주민들이었다. 군중 사이로 종이가 보였다. 공고문을 쓰는 종이보다 크지 않은 종이였다. 그런데 검은색 제목을 달고 있는 인쇄물이었다. 신문이었다. 누군가 종이를 양손에 들고 있었는지 아니면 종이가 벽에 붙어 있었는지 모르겠다. 어쨌든 종이는 마치 군중 가운데 서 있는 것 같았고 모두 그 종이를 보고 있었다. 작고 움직이지 않는 그 종이는 군중과 기차역, 유조 탱크, 지평선으로 에워싸여 있었고 종이 옆에 서 있던 해병이 거기에 인쇄된 내용을 큰 소리로 읽었다. 아무렇게나 걸친 검은 외투가 해병의 어깨에서 흘러내려 니트 옷의 푸른 줄무늬와 붕대의 거즈 천을 드러냈다. 해병은 독일군의 항복을 알리는 내용을 읽었다. 나는 그 명예가 어째서 그에게 돌아갔는지 알지 못했다. 어쩌면 이 지역의 잿빛 풍광 사이에서 특별히 당당해 보이는 해병의 모습이 군중으로 하여금 길을 비켜주어 그가 신문으로 뚜벅뚜벅 나아가게 만들었는지 모른다. 어쩌면 소비에트 군대의 전설적인 부대에 소속된 바로 이 영웅의 입을 통해서 장엄한 소식이 울려 퍼져야 한다고 결정한 누군가가 그 종이를 그에게 건네준 것일 수도 있다. 어찌 되었든 간에 그곳에 모여든 사람들은 모두, 양어깨에 훈장을 줄줄이 늘어뜨린 바로 이 청년이 그 소식을 읽는 게 맞다고 모두 동의한 것이 분명했다. 아무도 그의 말을 가로막지 않았고 주변의 그 누구도 그를 밀치지 않았다. 다만 옆에 서 있던 공장의 검댕을 뒤집어쓴, 방금 공장에서 나온 것처럼 보이는 나이 든 여자 한 명만이 손가락 끝으로 그의 외투 소맷자락을 살짝 건드리는 품이 마치 이렇게 묻고 싶은 것 같았다.

"거기 그렇게 씌어져 있는가, 청년? 정말로? 그렇게 씌어져 있어?"

"자, 이제 엄마를 깨워야 해! 뛰어가자!" 내가 말했다.

그리고 우리는 플랫폼을 달려갔다. 소녀가 나를 앞질러 뛰어갔고 나는 소녀가 승강구로 올라가는 것을 멀리서 보았다. 소녀가 승강구에 다시 나타날 때까지 나는 미처 차량에 도달하지 못하고 있었다.

"엄마가 없어요!"

"저기 계시네!"

그래서 우리는 되돌아 달려갔다. 이제 군중은 환호성을 지르며 모자를 공중으로 던지고 있었다.

"엄마가 저기 있어요!" 소녀가 소리를 지르고는 쏜살같이 군중 속으로 달려 들어갔다. 그 즉시 군중 속에서 하나의 밝은 형태가 분리되어 나왔는데 일 초 후 그 형태는 두 팔 벌려 포옹하는 여성의 모습이 되었다.

그런 뒤 엄마는 딸을 두 팔에 안고 내 옆을 지나갔다. 그녀는 딸의 종아리 위로 두 팔을 교차시킨 채 딸의 얼굴을 자기 얼굴에 밀착시키고 있었다. 딸의 무게 때문에 그녀는 약간 몸을 뒤로 젖히고 걸어가고 있었는데 덕분에 나는 가려진 곳 없이 그녀의 얼굴을 잘 볼 수 있었다. 그녀의 얼굴은 쓰고 있는 머릿수건에 그려진 춤추는 장미들 사이로 빛나며 미소 짓고 있었다. 그리고 나는 승리의 반사광이 이처럼 매혹적이라면 승리 자체는 얼마나 멋진 것일까 하고 생각했다.

기차가 출발하고 나서 보니 우리 객차에 다른 객차의 승객들이 타고 있었다. 한자리에서 대화를 시작한 흥분한 사람들이 자신도 모르게 다른 자리로 옮겨간 것이었다. 늦은 밤이 될 때까지 기차는 이동하는 모임 자리가 되고 있었다. 우리 객차에 젊은 장교 세 명이 나타났다.

"울고 있어." 그들 중 한 명이 말했다.

소녀의 엄마가 울고 있었다.

"왜 우는지 물어봐." 다른 장교가 말했다.

"왜라니 도대체! 기뻐서 우는 거지." 세 번째 장교가 말했다.

그때 소녀가 물었다.

"엄마, 왜 울어?"

그러자 엄마가 대답했다.

"기뻐서 우는 거야."

"들었지." 세 번째 장교가 말하고는 우는 사람에게 미소를 지었다.

그러자 그녀는 흐르는 눈물 사이로 그에게 미소를 지었다.

이때 누군가 선반 끝에 올려둔 양초가 불을 밝혔다. 장교들의 훈장이 반짝거리기 시작했다.

"이름이 뭔가요?" 첫 번째 장교가 물었다.

"나 말인가요?" 엄마가 물었다.

"아니요, 딸 말입니다…"

"갈랴예요…"

"당신의 이름은요?"

"타냐예요."

"자, 승전을 축하합니다!" 장교가 말했다.

그는 어스름 속에서 성큼성큼 걸어 나와 두 사람을 한 번에 껴안고 가슴에 꼭 눌렀다. 두 사람이 앉아 있었기 때문에 그는 껴안으려고 몸을 구부렸다. 포옹한 다음 그는 몸을 바로 펴고 군복 상의를 잡아당겨 바르게 했다. 조국전쟁 훈장의 별이 그의 가슴에서 눈송이처럼 빛났다.

"갈랴와 타냐!" 그가 말했다.

"아, 친애하는 두 분!"

그는 그들을 계속 쳐다보면서 벽으로 물러가 기대섰다. 만약 그가 내려야 하는 다음 역의 불빛이 차량 안으로 날아들지 않았더라면 그는 러시아의 이름이 얼마나 멋진지, 또 러시아의 얼굴이 얼마나 아름다운지, 그리고 그가 지켜내기 위해 싸웠던 조국의 모든 것이 얼마나 멋진지 감탄하면서 시간 가는 줄 모르고 그렇게 서 있었을 것이라고 나는 생각했다.

1947년

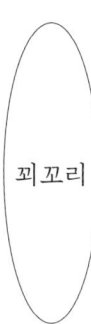

꾀꼬리

갑자기 새 울음소리가 들려와서 나는 우뚝 섰다. 나는 오솔길을 달려 내 키보다 더 높이 자란 관목들 사이에 멈춰 섰다. 그래서 포르피리 안토니치는 나를 볼 수 없었다.

"너 어딨어?"

"여기요."

"어디?"

나는 물 단지를 든 손을 치켜올렸는데 단지가 반짝거려서 놀랐다. 나는 농가 입구에서 포르피리 안토니치와 떨어졌는데 그도 거기서 새 울음소리를 들은 것 같았다. 그가 안경을 살짝 잡고서 내게 달려왔다.

"너 들었어?"

"네!"

"무슨 소릴까, 응? 또다시… 들려?"

새가 한 구절을 반복했다. 포르피리 안토니치는 안경알을 빛내면서 빽빽한 나무들 사이를 들여다보았다. 노래하는 새들은 아주 작아서 찾을 수가 없다. 비록 때로는 사방으로 빙빙 도는 작은 머리를 보았다는 느낌이 들기도 하지만.

"이거 정말 굉장한데! 뭐랑 비슷하달까? 응? 뭐랑 비슷하다고? 조용히 해봐…."

또다시 새가 노래하기 시작했다. 그 소리는 마치 작은 통나무배가 나뭇잎 위에서 가볍게 흔들리는 것과 비슷했다. 텅 빈 소리와 바람 소리, 나무 소리가 다 포함된 소리였다.

"대체 어떤 새일까?"

"몰라요!"

"네가 모르는 건 괜찮아, 하지만 난 뭐야, 나이도 들었는데…."

다른 곳에서도 노랫소리가 들려왔다. 이번에는 오솔길이 이어지는 아래쪽이었다.

"저기로 날아간 걸까, 아니면 다른 새일까?"

새가 더 먼 곳에서 지저귀었다.

"날아간 거야!"

더 멀리서 소리가 들려왔다. 그곳에는 햇살 속에서 붉은빛을 띤 소나무가 흘러가고 있었다. 소나무들이 떠가는 것처럼 보였지만 실은 구름이 흘러가는 것이었다.

"그런데 학교에서는 내가 뭐든지 다 안다고 생각하잖아! 기억나? '포르피리 안토니치는 척척박사야.' 그런데 우리 마을에서 어떤 새들이 노래하는지도 난 모르고 있어! 정말로 사람이 도시에서만 평생 산다면…. 그런데 너 물 가지러 갔었잖아!"

포르피리 안토니치가 휘둥그레진 눈으로 나를 쳐다보았다. 학교에서 그가 화가 났을 때 하는 행동이었다.

"뛰어!"

그래서 나는 뛰어갔다. 몇 번 더 새소리가 들려왔고 나는 포르피리 안토니치를 돌아보았다. 그는 내게 고개를 끄덕여 보였는데 그 역시 그 소리를 들었다는 뜻이었다. 내가 마지막으로 그를 돌아보았을 때 포르피리 안토니치는 안경을 벗고 손수건으로 눈을 닦고 있었다.

나는 그들이 어떻게 등장했는지 보지 못했다. 내가 물이 가득 든 단지를 들고 돌아왔을 때 그들은 이미 농가 옆에 서 있었다. 나중에 헤아려보니 모두 여덟 명의 군인들이었다.

최초 순간에 나는 햇살로 인한 환각이라고까지 생각했다. 햇살이 그들의 어깨와 전투모 위로 반점을 이루어 움직이고 있었다. 그러나 나는 내 강렬한 꿈이 그 어깨들과 전투모들을 다 그려내는 것일 뿐 실제로 내 앞에는 숲과 햇볕 말고 아무것도 없다고 결론지어버렸다. 나는 붉은 군대가 전투를 치르면서 '후퇴'하고 있다는 것을 알고 있었지만 '후퇴'라는 말을 들으면 오랫동안의 이별에 대해 생각하지 않을 수 없었다. 우리 군인들을 급작스럽게 마주친다는 가정을 내가 할 수 있었을까? 내 안의 모든 것이 기쁨에 날뛰었다. 그리고 그 커다란 아픈 마음으로 나는 환상이 사라지길 기다렸다.

나는 관목을 헤치고 걸음을 내딛었다. 포르피리 안토니치가 내게 뭐라고 하며 손을 내밀었으나 나는 알아듣지 못했다. 나는 물 단지를 줘야 한다는 걸 알아차리고 넘겨주었다. 여러 개의 푸른 눈동자들이 내 쪽을 바라보고 있었다. 나는 그들이 연기 사이로 바라보고 있다는 느낌이 들었다. 그들이 포위망을 뚫었으므로 몇 차례의 전투에서 승리를 거두었다는 걸 난 알지 못했다. 하지만 나는 그들이 연기 사이로 바라보는 것을 보았다….

기쁨이 넘쳐흐를 때 소녀들은 어떻게 행동하는가? 두 손뼉을 치며 깡충 뛴다…. 만일 포르피리 안토니치가 금방 내 손을 잡고 자기 쪽으로 끌어당기지 않았더라면 나도 똑같이 행동했을 것이다.

"가만히 있어!"

어쩌면 그는 이 말을 입 밖에 내지 않았을지도 모른다. 그러나 나는 그에게 거의 몸을 바싹 붙이고 숨을 죽였다. 내 손은 그의 손안에 그대로 있었고 그는 내 손을 쥔 채로 자기 손을 들어 올려 심장 옆 벨트 위에 두었다.

그 동작으로 나는 그가 지금 바라보고 있는 것을 나도 봐야 한다는 걸 알아차렸다. 그리고 이 손 저 손으로 전달되던 물 단지가 한 군인의 손에서 멈췄고 그 군인이 무릎을 꿇고 앉아 풀 위에 몸을 굽혔을 때에야 나는 포르피리 안토니치가 바라보고 있던 것을 보았다. 나무 밑에 아홉 번째 군인이 누워 있었던 것이다.

"기관총수야, 손, 보이지?" 포르피리 안토니치가 속삭였다.

부상자의 손은 가슴 위에 놓여 있었는데 검은 그 손은 노동자의 손이었고 기름에 절어 번쩍거리고 있었다. 이 기관총수가 맡은 일을 잘 수행했다는 것을 알 수 있었다….

그런데 나는 누구를 위해서 물을 길은 것일까! 그런데 조금 전만 해도 나비들이 주변을 날아다녔던 이 좋고 활기찬 물은 자신의 단순한 일을 하는 것이 얼마나 힘들었을까! 부상당한 사람은 물을 움켜쥐었으나 새어 나가고 말았다…. 나는 포르피리 안토니치의 손가락이 내 손을 세게 움켜쥐는 것을 느꼈다. 그는 내가 보는 것의 의미를 스스로 이해하기를 늘 바랐던 나의 선생님이었다. 그리고 지금 네가 보는 것의 의미를 이해하냐고 내게 묻는 것만 같았다. 그에 대한 대답으로 나는 그의 팔꿈치에 몸을 바싹 붙였고 아마도 포르피리 안토니치는 내가 고개를 끄덕이는 것을 느꼈을 것이다. 그렇다, 나는 이해했다…. 나는 병사들의 고통을 직면하고 동정의 가치가 크지 않다는 것을 이해했다. 그를 동정하는 것만으로는 부족하다. 나아가서 맹세를 해야 한다! 만일 필요하다면 당신 역시 자신의 생명을 아끼지 않겠다고 그에게 맹세해야 하는 것이다!

"발라셰프" 물을 먹여준 사람이 갑자기 말했다.

"봐… 응! 보라고, 숲에서 무슨 일이 벌어지는지! 나이 든 사람도 젊은 사람도…. 봐, 어린 여자애가 빨치산을 하고 있어! 어? 노인도!"

"우리는… 우리는 농가를 지키고 있는 것뿐입니다." 포르피리 안토니치가 말했다.

"비밀 아지트거든요, 그리고 우리는…"

포르피리 안토니치는 두 팔을 벌려 보이기까지 했다.

"우리는 농가를 지키고 있을 뿐이라고 얘기하렴!"

그래서 나는 우리가 농가를 지키고 있는 것뿐이라고 말했다. 그러나 두 사람은 듣지 않았다. 부상자는 우리를 보며 미소 지었고 그의 동지는 그가 미소 짓자 기뻐했다. 그리고 미소가 사라지지 않도록 그는 크게 웃기 시작했다.

"봐, 수류탄이야! 노인네가 말이야…. 응? 수류탄! 여자애는… 보라고! 응?"

나는 수류탄은커녕 학교 갈 때 입는 치마와 웃옷을 입은 평범한 여자아이였지만 그는 이런 나의 모습까지도 뭔가 전사다운 점으로 구별된다고 생각하는 모양이었다.

"응, 발라셰프? 아니야, 네가 봐…. 여자아이 말이야, 응? 그래, 형제, 우린 너를 이런 사람들에게 남겨둘 거야…" 그가 주먹을 흔들었다.

"그렇지요, 상사 동무?"

"가자." 상사라고 불린 사람이 말했다.

그는 부상자에게 다가갔다. 작별하기 위해서였다.

"발라셰프" 하고 말을 시작한 그가 갑자기 낮은 목소리로, 자는 사람을 부르듯 그를 불렀다.

"발라셰프!"

나는 나무 아래서 무슨 일이 벌어지는지 보지 못했다. 상사의 커다란 몸집이 내 앞에 서 있었기 때문이었다. 내가 본 것은 이제는 손바닥을 위로 하고 풀에 놓여 있는 부상자의 손뿐이었다.

"발라세프!" 상사가 더욱 나지막하게 불렀다.

손이 풀 위로 들렸다. 그리고 상사가 망토 소리를 요란하게 내면서 손을 향해 몸을 던졌다. 이제 나는 부상자를 볼 수 있었지만 눈을 감아버렸다. 나는 죽음의 장면을 목격한다는 데 몹시 놀랐다.

"노래를 부르네." 부상자가 말했다.

"노래를…?"

나는 눈을 떴고 그의 시선과 마주쳤다. 방금 새가 지저귄 나무 꼭대기를 향했던 시선이 지금 내게 미소 지었다.

"꾀꼬리야." 부상자가 부드럽게 말했다.

그는 다시 먼 곳을 바라보기 시작했다. 새는 지저귀길 그쳤지만 그는 바라보고 바라보고 또 바라보았다.

1947년

친구들

초등학생들이 병든 친구가 누워 있는 작은 방으로 들어갔다. 그는 이미 좋아졌으나 의사가 아직 하루는 더 침대에 누워 있으라고 지시한 참이었다.

"앉아!" 방 주인이 말했다. 그러면서 그가 웃었다. 손님들도 웃었다.

앉을 만한 데가 없었다. 방 안의 가구라고는 침대, 의자, 작은 테이블, 그리고 서랍장이 전부였다.

어쨌든 그럭저럭 자리 잡고 앉았다. 둘은 의자에 앉았고 또 둘은 환자 발치에 앉았고 나머지 둘은 창턱에 몸을 웅크리고 자리 잡았다.

한 명만 엉덩이 붙일 데가 없었다. 그는 다른 아이들보다 민첩성이 떨어지는 편이었고 자리 잡는 싸움에서 지고만 셈이었다.

그런데 그는 불만을 전혀 드러내지 않았다. 자기가 이 방에 있다는 사실 하나만으로도 행복해하고 있다는 게 잘 보였다. 그는 눈을 떼지 않고 방 주인을 쳐다보았는데 눈길에는 애정이 가득했다.

"푸시킨." 시끌벅적한 소리가 가라앉자 그가 물었다.

"너 시를 새로 지었니?"

"그래, 빌렌카." 방 주인이 대답했다.

"그럼, 읽어줘! 어서 읽어봐!" 민첩성이 떨어지는 손님이 외쳤다. 지금은 굼뜬 것도 사라지고 없었다. 그는 두 팔을 흔들며 이편저편에 있는 친구들에게로 마구 뛰어다녔는데 이 친구도, 저 친구도, 또 다른 친구도 다 껴안고 싶은 모양이었다. 친구가 새로운 시를 썼다는 게 너무 기뻐서 껴안고 싶은 것이었다.

"너한테 읽어줄 거야, 빌렌카." 누군가 말했다.

"읽어봐, 푸시킨!"

푸시킨은 이미 침대에서 일어나 앉아 있었다.

저물어가는 햇빛이 그가 앉아 있는 곳의 옆 벽 위로 비스듬하게 떨어져 햇빛 속 그의 얼굴이 금빛으로 보였다.

그의 손에 작은 공책이 등장했다. 그는 공책을 넘기다가 찾던 부분을 발견하자 큰 소리로 제목을 읽었다. 첫 단어를 듣자마자 초등학생들은 자신들의 이야기를 쓴 시를 듣게 된다는 걸 알아차렸다. 정말 그랬다. 푸시킨은 친구들에 대한 시를 읽었다.

그들은 바로 그 자리에, 그 방 안에 있었고 그로부터 눈길을 떼지 않고 낭독하는 것을 들었다.

소년들도 모두 시를 썼지만 푸시킨의 시를 들으면서 자신들이 쓴 시와 놀라운 동갑내기 친구가 쓴 시 사이에 얼마나 엄청난 차이가 존재하는지 이해했다. 그 차이란 흐리멍덩한 눈을 한 왜소한 병사와 갈기를 휘날리며 뒷발로 일어선 말을 탄 힘이 넘치는 용사 사이에 존재하는 그런 차이였다.

이번에는 푸시킨이 읽은 시가 특히 그들의 마음에 쏙 들었다. 푸시킨이 시에서 그들의 이름을 하나하나 불러가며 친구 사이의 대화를 나누었으니 어려웠을까! 계속해서 마구 웃음이 터져 나왔다. 초등학생들은 명랑한 노래의 이런저런 가사에서 자신들의 우스운 점들을 알아차렸다.

델비그, 손을 내놔! 자고 있는 거야?
일어나, 이 잠꾸러기 게으름뱅이야!

빌렌카라고 불린 아이가 누구보다 더 열광했다. 그는 시야말로 자신의 운명이라고 생각했지만 시구를 쓰는 것보다 더 어려운 일은 없는 것 같았다. 그는 수업 시간에도 시를 썼고 밤마다 시를 썼지만 아무리 애를 써도 시구들은 입 밖에 내기 부끄러운 수준이었다. 그렇지만 그는 자기 방에서 고집스레 촛불 밝히기를 멈추지 않았다. 그는 언젠가 자신의 펜에서도 푸시킨의 시처럼 가볍고 풍부하게 울리며 가슴에 와닿는 시가 나올 것이라고 믿었다.

푸시킨은 시에 대한 진실함과 성실함, 어떤 일이 있어도 목표를 달성하려는 끈질긴 열정을 높이 사서 빌렌카를 사랑했다.

친구들에게 바친 시가 빌렌카에 대한 언급 없이 지나칠 리 없었다. 푸시킨이 불운한 시인에 대해서 과연 뭐라고 할까? 그 궁금증에 모두 기다렸다. 초등학생 무리 가운데에는 놀림감이 되는 아이가 하나 꼭 있게 마련이다. 사랑을 받기는 하지만 어쨌든 놀림감이 된다. 푸시킨이 다니는 학교에서는 빌렌카가 놀림거리였다.

빌렌카는 시에 취해서 시인의 멋지게 울리는 낭독을 듣고 있었다. 푸시킨이 자기도 언급할 수 있다는 걸 가장 생각하지 않은 아이가 바로 그였다. 그는 온통 시적 환희에 젖어 자신에 대해서는 대체로 잊고 있었다. 그런 그는 시인의 목소리와 몸짓을 보고 낭독이 이제 끝나가고 있음을 감지했고 그 때문에 몹시 고통스러웠다. 그는 푸시킨이 영원히 낭독을 계속하길 원했다!

그런데 갑자기 푸시킨이 자기를 쳐다본다는 걸 알았다. 자신을 곧바로 겨냥한 시구가 이제부터 낭독될 거라는 걸 알아차렸다. 그는 귀에 온 신경을 기울였다. 그러나 다른 관객들이 듣는 것을 방해했다. 그들이 아주 시끌벅적한 웃음을 터뜨렸기 때문에 그가 두 손으로 귀를 가렸을 정도였다.

빌헬름, 네 시를 읽으렴,
내가 금방 잠들 수 있게 말이야!

모두 빌렌카에게 달려들어 그를 잡아당기기 시작했다. 푸시킨이 읽은 구절을 그에게 반복해댔다.
"네가 어떤 시를 쓰는지 알겠지!" 누군가 외쳤다.

"얼마나 지루한지 그 시를 들으면 잠들 수 있을 정도야!"
"다 같이 외치자! 다 같이!" 다른 누군가가 외치고는 노래를 시작했다.

빌헬름, 네 시를 읽으렴,
내가 금방 잠들 수 있게 말이야!

빌렌카는 안개 속을 보듯이 주변을 둘러싼 초등학생의 푸른 교복과 빨간 옷깃을 보았다. 합창으로 부르는 그들의 즐거운 목소리가 마치 멀리서 자기에게까지 들려오는 것 같았다.

빌헬름, 네 시를 읽으렴,
내가 금방 잠들 수 있게 말이야!

그런데 푸른 교복들 사이로 하얀 셔츠가 등장했다. 푸시킨이 침대에서 벌떡 일어나 친구에게 달려간 것이다.
"너한테 용서받으려면 내가 어떻게 해야 돼?" 그가 소리쳤다.
"얘기해! 왜 아무 말 안 하는 거야? 아, 난 얼마나 멍청한지! 내가 어떻게 하면 좋겠어?"
푸시킨의 두 눈이 이글거렸다. 그는 작은 두 주먹으로 자기 셔츠를 넓은 가슴께에서 움켜쥐었다. 그가 뭐든지 할 각오가 되어 있음이 분명했다.

"내가 어떻게 하면 되냐고? 어서 얘기해!"

"만약 할 수 있다면…"

"뭘?"

"만약 네가…"

"말하라니까!"

"이 놀라운 시를 네가 다시 한 번 읽어준다면! 아, 푸시킨, 푸시킨…"

그리고 빌렌카는 친구를 껴안았다.

"아, 푸시킨!" 그가 되풀이했다.

"네가 좋은 친구라는 걸 알아! 네가 나를 엄격하게 판단한다면 그건 시인의 의무가 얼마나 숭고한 것인지 네가 알기 때문이야. 너는 스스로에게도 엄격한 심판관인데 네 앞에서 내가 뭐라고? 그러니까, 또 읽어, 한 번 더 읽어줘! 너의 시라면 영원히 들을 수 있어, 푸시킨!"

1949년

**작가
연보**

1899	3월 3일, 엘리사베트그라드(우크라이나의 키로보그라드)에서 태어남.
1902	가족이 오데사로 이주.
1915	시「클라리몬다」를 지역신문『남부통보 Южный вестник』에 발표하며 시인으로 등단.
1917	노보로시스크대학 법학부에 입학하여 이 년간 수학함. 풍자잡지『폭탄』에 시, 캐리커처, 그림 등을 게재하며 적극적으로 활동함.
1917-18	오데사문학그룹 '녹색 등'에서 활동함.
1920	러시아 전보통신사 남부지부에서 포스터와 전단 등을 제작.
1921	남부지부 책임자인 아크메이즘 시인 나르부트가 하리코프로 가자 그를 따라 소설가 발렌틴 카타예프와 함께 이주.
1922	부모님이 폴란드에 정착. 올레샤는 하리코프에서 모스크바로 이주. 철도노동자신문『경적 Гудок』에 '주빌로 Зубило(조각칼)'라는 필명으로 풍자기사를 써 인기를 얻음. 첫 시집『불꽃놀이』를 출간.
1924	동화소설『세 뚱보』를 집필.
1927	소설「질투」를 잡지『붉은 미개척지 Красная новь』에 발표하며 명성을 얻음.

275

1928	『세 뚱보』 출간.
1929	「질투」를 모티브로 한 희곡 「감정의 음모」 집필.
1930	모스크바예술극장의 요청으로 『세 뚱보』를 각색, 모스크바예술극장과 레닌그라드 볼쇼이드라마극장에서 공연. 희곡 「자산 목록」을 집필.
1931	단편집 『버찌 씨』를 출간. 「리옴빠」, 「사랑」, 「체인」 등 가장 뛰어난 단편들이 1920-1930년대 초에 쓰여짐. 검열로 「자산 목록」이 개작됨. 메이에르홀드가 희곡을 시연했으나 곧 상연 금지됨.
1932	스탈린주의가 팽배해지자 사회주의 리얼리즘 문학이 요구되면서 작품 대부분이 출간 금지됨. 이후 번역과 잡문, 영화 시나리오 등을 집필하며 생계를 유지함.
1934	대표작품의 주인공들, 특히 『질투』의 '카발레로프'가 새로운 소비에트 시대가 요구하는 사회주의 이데올로기에 부응하지 못하는 점에 대해 제1차 소비에트작가동맹회의에서 참회하는 연설을 함. 영화 시나리오 「준엄한 젊은이」를 집필.
1935	발레 〈세 뚱보〉가 볼쇼이극장에서 공연.
1936	영화 〈준엄한 젊은이〉(감독 아브람 롬)가 제작.
1945	제2차 세계대전이 끝남.

	모스크바로 귀환. 거주 허가가 나지 않아 작가 카자케비치의 아파트에서 기거함.
1950	만화영화 시나리오 「서커스의 소녀」를 집필.
1951	만화영화 시나리오 「죽은 공주와 일곱 용사에 대한 이야기」(공동작업)를 집필.
1958	직접 각색한 도스토옙스키 소설 『백치』가 예브게니 바흐탄고프 극장에서 공연.
1960	5월 10일, 지나친 음주로 인한 심장 발작으로 사망. 모스크바 노보제비치 묘지에 묻힘.
1965	아내 올가 수옥과 비평가 슈클롭스키가 일기와 자전적 기록 등을 편집한 『매일 한 줄씩Ни дня без строчки』을 출간.
1966	영화 〈세 뚱보〉(감독 바탈로프)가 제작.
1986	미완성 희곡 「거지, 혹은 잔드의 죽음」(연출가 레비틴)이 모스크바 에르미타주극장에서 공연.
2008	올레샤 거리에 있는 유년 시절의 집에 기념판이 설치됨.
2014	오데사 건립 220주년에 맞춰 스타의 거리에 유리 카를로비치 올레샤를 기념하는 새로운 별이 새겨짐.

옮긴이의 말

번역을 마치고 난 뒤 언제나 밀려드는 생각은 고통스러운 굴레로부터의 해방이라는 만족감 대신 좀 더 숙성시켜 보냈어야 했는데 하는 후회감이다. 하지만 이런 느낌은 시간이 지나면서 내가 세상에 풀어놓은 말들의 복수에 대한 막연한 두려움으로 바뀌게 된다. 더는 번역을 하지 않으리라 굳은 다짐도 해보지만 그 사이 그런 거짓말과 망각을 반복하며 출간한 번역서가 양 손가락으로 헤아릴 정도가 되었다. 또다시 이번 작품이 마지막 번역이기를 바라지만, 또 다른 거짓말과 옅은 망각이 반복될지 지금으로선 알 수 없다.

올레샤를 처음 만난 건 느지막이 군대를 제대하고 대학원 복학을 준비하던 시절 도서관 한 귀퉁이에서 읽던 에드워드 브라운의 *Russian Literature Since The Revolution*(1963)에서였다. 저자는 올레샤의 단편 「버찌 씨」의 주인공이 느끼는 형이상학적 문제를 사르트르의 「구토」에 등장하는 로캉탱의 경험을 선취하는 것으로 해석하며, 주인공 둘 다 동일한 인식론적 관점을 공유하지만 그 결과는 구토와 경이로움이라는 차별성으로 설명하고 있다. 사르트르는 고등학교 시절부터 내 마음의 우상이었기에 관심은 자연스레 올레샤에게로 이어졌고, 이후 그의 소설 연구로 석사 학위를 마쳤다. 박사까지 그에 대한 연구를 발전시킬 계획이었으나 유학 시절 지도교수님의 권유로 '유토피아'라는 새로운 주제에 천착하게 되는 바람에 올레샤에 대한 내 사랑은 잠시 접어둘 수밖에 없었다. 귀국 후 재회한 그는 여전히 풍부한 이미지와 상상력의 작가 모습을 온전히 간직하고 있었다. 그의 텍스트를 다시 펼치며 중단되었던 그와의 대화는 이어졌다. 대표작 「질투」를 비롯하여 눈부신 단편들, 영화 시나리오와 희곡, 자전적 에세이에 이르기까지 대화의 주제는 확대되었다. 그 사이 올레샤와 동행하는 문학의 순례길에서 그의 작품에 대한 몇 편의 논문이 이정표처럼 발표되었고, 작품 한 편이 번역되어 세상에 나왔다. 이번에 나오게 된, 눈부신 메타포의 성찬인 올레샤 단편집 『리옴빠』는 개인적으로는 그에 대한 내 사랑과 존경의 조그마한 표시이다.

이 책에는 올레샤의 거의 모든 단편이 수록되어 있다. 1920년대 초기 단편들은 매우 뛰어난 완성도를 보여주지만, 그 이후 씌어진 단편들은 문학적 완성도가 다소 떨어지거나 이데올로기적 색채가 짙게 배어나오는 작품들이 다수를 차지한다. 이는 공고화되어가는 공리주의적 소비에트 공간이 더 이상 그의 자유로운 상상력을 용인하지 않았기 때문에 벌어진 일이다. 사실 그의 작품이 보여준 시간을 초월한 불멸의 메타포의 영원성은 점차 사라지기 시작했고, 1930년대 중반 이후 올레샤는 완전히 침묵을 강요받게 된다. 결국 그는 자신의 '메타포 가게' 문도 닫게 된다. 이는 작가만의 비극이 아니다. 소비에트 러시아 문학의 비극이기도 하다. 더 이상 그의 눈부신 메타포를 볼 수 없게 되었기 때문이다.

"나이가 들어 나는 메타포 가게를 열었다. (…) 나는 많은 훌륭한 메타포를 갖고 있었다. 언젠가 한 번은 그것들 중 하나 때문에 가게에 불이 날 뻔했었다. 그것은 어느 가을날 오후 나무 밑부근에 있는 작은 웅덩이에 관한 메타포였다. 이 웅덩이는, 이미 말한 바와 같이, 나무 밑에 마치 집시 여인처럼 누워 있었다. (…) 그래서 나는 나의 메타포가 풍부해질 거라고 생각했다.

그러나 고객들은 값비싼 메타포는 사지 않았고, 주로 '죽음같이 창백한' 혹은 '시간은 피곤하게 지나갔다'와 같은 메타포를 샀으며, '백양나무처럼 맵시 있는'이라는 메타포는 순식간에 팔렸다. 그러나 이것은 값싼 상품이었다. 따라서 나는 심지어 그럭저럭 살 수조차 없게 되었다. 나 스스로가 이미 '그럭저럭 살다'와 같은 표현에 의지하게 되었다는 것을 깨달았을 때, 나는 가게 문을 닫기로 결심했다."

2020년 4월
김성일

편집 후기

잘 자고 있다가 울며 다가오는 짐승이 있다. 놀란 듯, 겁에 질린 듯, 자꾸 운다. 그럴 때가 있다. 악몽을 꾼 걸까. 이유는 알 수 없다. 내가 할 수 있는 일이란 아무 일 없다는 듯 어루만지는 것뿐이다. 울음은 잦아든다. 기분 좋은 가르릉 소리만 낮게 들린다.

다시 올레샤를 읽는다. 그는 고무줄 바지를 입은 아이의 모습으로 나타난다. 샌들을 앞으로 질질 끌며 눈앞에서 왔다 갔다 한다. 그는 주먹을 펼쳐 손바닥을 자주 보여준다. 손에는 아무것도 없지만 정말 뭐가 있는 것처럼 주먹을 쥐었다가 편다. 머리가 어떻게 된 걸까.

그가 견뎠을 시간을 떠올리면 이상한 일도 아니다. 좋아하는 여지가 준 버찌를 먹고 씨앗을 내뱉던 땅에 불어닥친 전체주의의 바람은 거셌다. 그의 작품 대부분은 출간 금지된다. 위험으로 달려드는 아이의 손을 안전하게 붙잡는 일을 무엇보다 중요하게 생각하고, 남들은 신경도 쓰지 않는 개미집에 관심을 갖던 올레샤에게는 너무 가혹한 일이었을 것이다. 그는 잡문을 쓰며 그 시간들을 버틴다. 악몽이 드디어 끝났을 땐 빛나던 젊은 시절은 이미 지나간 뒤였다. 간혹 그를 알아보는 사람들에게 술을 얻어먹으며 하루하루를 흘려보냈다.

그렇게 그는 잊혀졌다. 아니다. 그가 다시 주먹을 내민다. 앙상한 단단함이 노인의 눈앞에서 빛난다. 우리는 다가가 앉는다.

올레샤에 오신 여러분, 반갑습니다.

*

유리 올레샤의 단편소설집 『리옴빠』는 2020년 봄에 출판되었다. 소수의 독서가 사이에서만 이름과 명성이 오르내리던 올레샤를 본격적으로 만날 수 있는 이 작품집에는 그의 단편소설 대부분이 원어 번역으로 국내 처음 소개되었다. 당시 이 책을 기획하고 출간의 결실까지 맺은 미행에서는 러시아어권 작가 하면 흔히 떠올리는 도스토옙스키, 톨스토이가 아닌 낯선, 그래서 더욱 매력적인 올레샤를 독자에게 선보인다는 자부심으로 가득했었다. 거기엔 좋은 작품은 꼭 유명한 작가가 아니더라도 언젠가 독자들이 알아챌 거라는 기대가 있었다. 그땐 몰랐다. 사람들에게 낯선 작가에 대한 심리적 거리감은 생각보다 크다는걸.

초판이 소진되는 데 4년이 걸렸다. 우린 선택의 기로에 서 있다. 절판이냐, 재쇄냐. 그동안의 판매 추이를 봤을 때 답은 정해져 있다. 그럼에도 우리답고, 무모한 길을 가보는 것이다. 이번 『리옴빠』 개정증보판에는 단편 3편이 증보되었다. 이들을 포함하면서 단편소설로 분류된 올레샤의 작품을 모두 온전히 담는 계기가 됐다. 표지는 두 가지 버전으로 제작했다. 하나는 표지에 앵무새가 있고, 하나는 앵무새가 없다. 앵무새? 이 책을 읽다 보면 앵무새가 보일 수도, 보이지 않을 수도 있다. 앵무새가 보인다고 해서 좋을 것도, 보이지 않는다고 해서 나쁠 것도 없다. 이 책은 리옴빠니까.

미행에서 만든 책들

1	소설	마르셀 프루스트	최미경	쾌락과 나날
2	시	조르주 바타유	권지현	아르캉젤리크
3	소설	유리 올레샤	김성일	리옴빠
4	시	월리스 스티븐스	정하연	하모니엄
5	소설	나카지마 아쓰시	박은정	빛과 바람과 꿈
6	시	요제프 어틸러	진경애	너무 아프다
7	시	플로르벨라 이스팡카	김지은	누구의 것도 아닌 나
8	소설	카트린 퀴세	권지현	데이비드 호크니의 인생
9	르포	스티그 다게르만	이유진	독일의 가을
10	동화	거트루드 스타인	신혜빈	세상은 둥글다
11	산문	미시마 유키오	강방화·손정임	문장독본
12	소설	마르셀 프루스트	최미경	익명의 발신인
13	시	E. E. 커밍스	송혜리	내 심장이 항상 열려 있기를
14	시	E. E. 커밍스	송혜리	세상이 더 푸르러진다면
15	산문	데라야마 슈지	손정임	가출 예찬
16	칼럼	에릭 사티	박윤신	사티 에릭 사티
17	산문	뤽 다르덴	조은미	인간의 일에 대하여
18	르포	존 스타인벡·로버트 카파	허승철	러시아 저널
19	소설	윌리엄 포크너	신혜빈	나이츠 갬빗
20	산문	미시마 유키오	손정임·강방화	소설독본
21	소설	조르주 로덴바흐	임민지	죽음의 도시 브뤼주
22	시	프랭크 오하라	송혜리	점심 시집
23	산문	브론테 자매	김자영·이수진	벨기에 에세이
24	소설	뱅자맹 콩스탕	이수진	아돌프 / 세실
25	산문	안드레이 플라토노프	윤영순	전쟁 산문
26	소설	안토니 포고렐스키 외	김경준	난 지금 잠에서 깼다

한국 문학

1	시	김성호	로로
2	시	유기환	당신이 꽃 옆에 서기 전에는

유리 올레샤 Юрий К. Олеша, 1899-1960는 엘리사베트그라드(우크라이나의 키로보그라드)의 몰락한 폴란드계 귀족 가정에서 태어났다. 오데사문학그룹 '녹색 등'에서 활동하며 많은 문인들과 교류했던 그는 1922년 모스크바로 이주한 뒤 철도노동자신문 『경적』에 '주빌로(조각칼)'라는 필명으로 풍자기사를 써 인기를 끌었다.

1927년 소설 「질투」를 발표하며 소비에트를 대표하는 작가로 이름을 알리게 되었다. 이 작품은 새로운 소비에트 질서 속에서 구세계 가치의 공존을 모색하는 동시대 인텔리겐치아의 비극을 다양한 비유와 이미지로 묘사하고 있다. 그의 다른 대표작『세 뚱보』(1928)는 지금까지도 다양한 장르로 변주되는 러시아 아동문학의 고전이다.

1920-1930년대 초에 씌어진 그의 단편들에서는 사물에 대한 예리하고 비범한 관찰과 직유와 은유의 눈부신 향연, 독창적인 상상력의 역동적 울림을 확인할 수 있다. 1930년대 이후 스탈린주의가 팽배해지며 그는 침묵을 강요당했고, '메타포의 왕'으로 이름을 떨치던 올레샤는 잡문에만 자신의 이름을 올릴 수 있었다. 사후 출간된, 일기와 자전적 기록인 『매일 한 줄씩』은 올레샤 말년의 빛나는 문학적 상상력을 잘 보여주고 있다.

옮긴이 김성일은 서울에서 태어나 한국외국어대학교 러시아어과와 동 대학원을 졸업했다. 논문 「20세기 초 러시아 유토피아 문학 연구」로 상트페테르부르크 국립대학교에서 박사학위를 받았다. 현재 청주대학교 문화콘텐츠학과 교수로 있으며 이미지와 상상력, 서양 문학과 신화, 매체학 등을 가르치고 있다. 지은 책으로 『러시아 영화와 상상력』, 『톨스토이』(공저) 등이 있으며, 톨스토이와 체호프, 마야콥스키 등 19, 20세기 여러 러시아 작가들의 작품과 『러시아 문화에 관한 담론』(공역), 유리 올레샤의 동화 『세 뚱보』 등을 번역했다. 「문화원형으로서의 도시 페테르부르크 연구」 외 다수의 논문이 있다.

리 옴 빠
Лиомпа

유리 올레샤
김성일 옮김

초판 1쇄 발행
2020년 5월 5일

개정증보판 1쇄 발행
2024년 5월 5일

펴낸곳
미행

출판등록
제2020-000047호

전화
070-4045-7249

메일
mihaenghouse@gmail.com

인쇄 제책
영신사

ISBN 979-11-92004-21-1 03890